Editora Charme

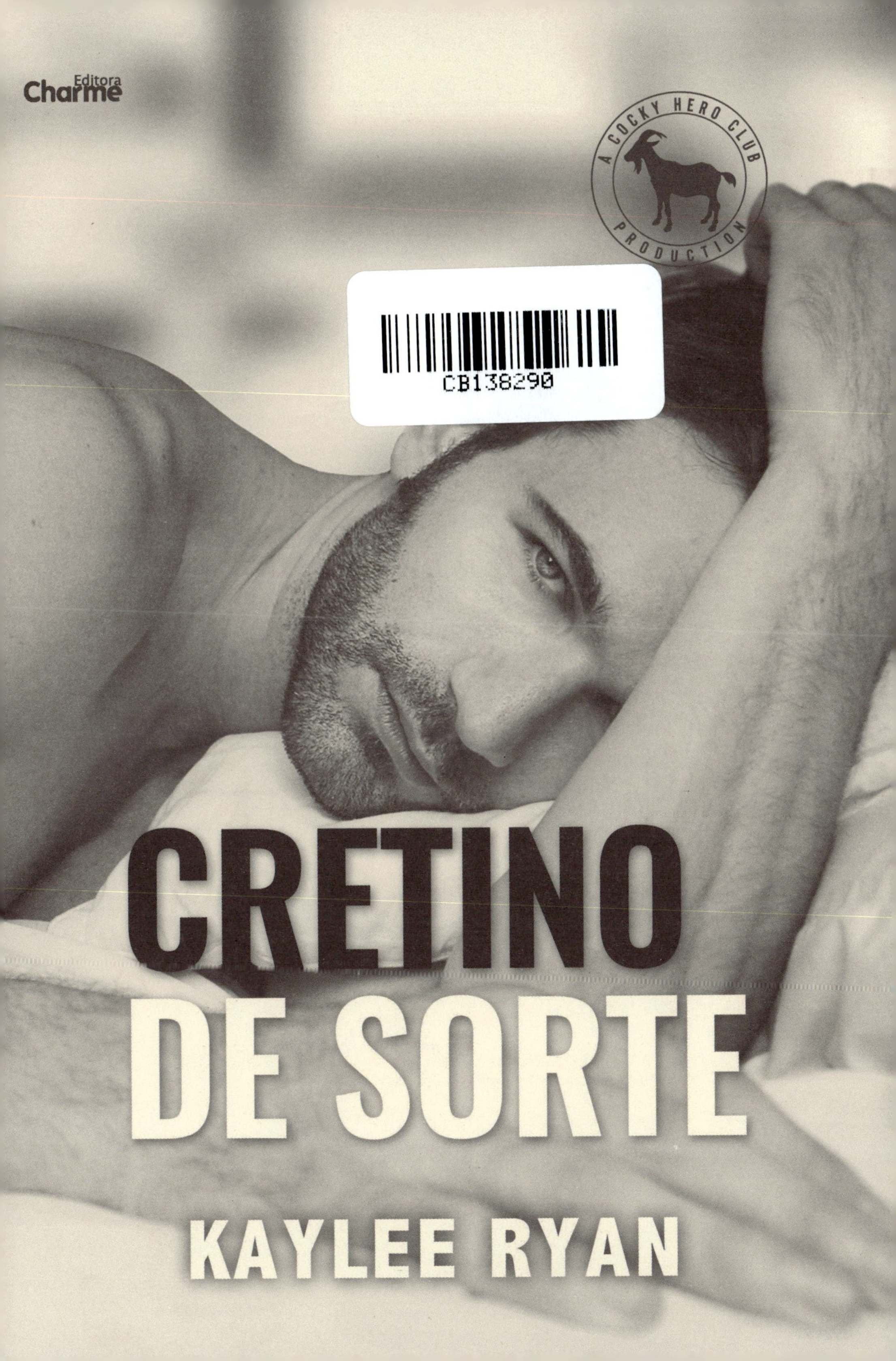

CRETINO DE SORTE

KAYLEE RYAN

Este livro é um trabalho de ficção.
Todos os nomes, personagens, locais e incidentes são produtos da imaginação da autora. Qualquer semelhança com pessoas reais, coisas, vivas ou mortas, locais ou eventos é mera coincidência.

1ª Impressão 2024

Produção Editorial - Editora Charme
Adaptação da capa e Produção Gráfica - Verônica Góes
Tradução - Clarissa Growoski
Preparação - Monique D'Orazio
Revisão - Equipe Charme

Esta obra foi negociada por Brower Literary & Management.

CIP-BRASIL. CATALOGAÇÃO NA PUBLICAÇÃO
SINDICATO NACIONAL DOS EDITORES DE LIVROS, RJ

R955c

Ryan, Kaylee
Cretino de sorte / Kaylee Ryan ; tradução Clarissa Growoski. - 1. ed. - Campinas [SP] : Charme, 2024.
252 p. ; 22 cm.

Tradução de: Lucky bastard
ISBN 9786559331550

1. Romance americano. I. Growoski, Clarissa. II. Título.

CDD: 813
24-88479 CDU: 82-31(81)

Meri Gleice Rodrigues de Souza - Bibliotecária - CRB-7/6439

Editora Charme

www.editoracharme.com.br

Editora Charme

A COCKY HERO CLUB PRODUCTION

CRETINO DE SORTE

KAYLEE RYAN

Cretino de sorte é uma história independente inspirada no romance *Cretino abusado*, de Vi Keeland e Penelope Ward. Faz parte do universo de Cocky Hero Club, uma série de romances originais, escritos por várias autoras e inspirados na série de bestsellers do *New York Times* de Vi e Penelope.

CAPÍTULO 1

Emma

— Me sinto uma traidora.

Olho para minha melhor amiga, Aubrey, que está sorrindo e revirando os olhos.

— Sério, Emma? — Ela dá uma risada, balançando seu filho CJ no colo.

— O quê? Não posso evitar. Sou uma eterna fã do Miami Mavericks.

— Eu sei, e todo mundo aqui também já sabe. Não acredito que você está usando uma camiseta dos Mavericks no treino dos Trojans.

— Estou aqui para dar apoio moral. — Estendo a mão e faço cócegas em CJ, fazendo-o rir. — Que tipo de melhor amiga eu seria se deixasse você vir sozinha? Além disso, você não sabe nada sobre o jogo. Alguém tem que te explicar.

— A única coisa de que preciso saber é que meu marido é o novo treinador de chutes. É aí que reside minha lealdade e a desse menininho. — Ela sorri para o filho.

— Foi uma boa jogada dos Trojans ter contratado o lendário Chance Bateman como o novo treinador de chutes, admito. Eles precisavam mesmo de umas melhorias nesse quesito.

— Não é? — Ela ri. — A gente não pode viver só da venda dos pôsteres com a bunda dele para sempre. Todos nós sabemos que meu salário no abrigo não vai pagar nossa casa nova.

— Sei lá — provoco, batendo o dedo no queixo. — A bunda dele é famosa.

— Ah, para. — Ela acerta meu ombro com o seu. — Não o deixe ouvir você falando assim. O ego do cretino abusado já é grande o suficiente.

Concordo com a cabeça. Ela está certa. Chance é confiante e, sim, um pouco abusado. No entanto, quando se trata de sua esposa e seu filho, ele se controla. Eles são o seu mundo, e Chance não está nem aí que as pessoas saibam disso. Na verdade, acho que ele gosta de exibi-los para o mundo, daí a razão de estarmos aqui na concentração do time. É dia da família e não é aberto ao público.

— Ele mereceu esse apelido — admito, voltando a atenção para o campo. — Sabe, posso ser fã ferrenha dos Mavericks, mas ainda assim sou capaz de apreciar um homem em uma calça de futebol americano.

Admiro a visão dos jogadores em campo e chego à conclusão de que calças de futebol americano são as melhores amigas das garotas. Só um comentário.

— Acho que até agora não tinha percebido o apelo, mas, minha amiga, acho que você sabe o que está dizendo — Aubrey concorda.

— Oi, princesa — Chance diz, cumprimentando a esposa. Estamos na lateral do campo. Como é dia da família, está tudo bem liberado. — Venha cá, homenzinho. — Chance estende a mão para CJ, que alegremente abre os braços para o pai. — Vocês precisam de alguma coisa? — ele nos pergunta.

Estou tentada a responder que preciso de um dos jogadores, mas me seguro. Sou boa de papo, mas flertes aleatórios não são minha praia. Não me interpretem mal, exalto quem consegue transar com um estranho, ir embora na manhã seguinte satisfeita e nunca mais olhar para trás. Eu simplesmente não sou assim.

— Estamos bem — Aubrey responde.

— Vou levá-lo para o campo comigo e apresentá-lo a alguns dos caras. O treino está quase acabando e aí eu apresento você também. — Ele se inclina e pressiona os lábios nos dela antes de ir embora com CJ.

— Sabe — reflito —, se você não fosse minha melhor amiga, talvez eu tivesse um pouco de inveja.

— O quê? — Ela se vira e olha para mim. — Por que você teria inveja de mim? Vivo o tempo todo coberta de fluidos corporais não identificados do meu filho, tenho um marido que é arrogante pra caramba e pensa que sabe de tudo e uma hipoteca de uma casa na Morgan Street que diminui o fundo para a faculdade do CJ.

— Ah, para! Você está vivendo o sonho e sabe disso.

— Não tenho certeza se é *o* sonho, mas é o meu sonho, sim. Amo a vida que Chance e eu estamos construindo.

— Daí a inveja.

— Você vai encontrar o seu cretino abusado — ela me garante, colocando o braço em volta dos meus ombros. — Ele é tudo que eu nunca soube que queria.

— Ele é tão bom com o CJ. — Aponto para o campo onde Chance está com o filho nos ombros, conversando com um dos jogadores, e CJ, bem, ele é todo sorrisos. Aos dois anos, ele não faz ideia da experiência que está tendo. A maioria das crianças nunca chega a ir a um jogo de futebol americano profissional, que dirá entrar em campo com os jogadores e a equipe técnica.

O apito soa, e os jogadores fazem gestos para que as famílias se juntem a eles no campo. Aubrey e eu vamos em direção a Chance e CJ.

— Thomas Bourgeois, esta é minha esposa, Aubrey, e a melhor amiga dela, Emma. Princesa, Emma, Thomas é o nosso chutador titular. — Chance faz as apresentações.

— Garotas — Thomas diz, abrindo um sorriso encantador. Ele olha para minha camiseta, e não posso deixar de sorrir com malícia. — Parece que a gente precisa te dar algumas camisas dos Trojans. — Ele pisca.

— Não precisa, estou bem. — Abro um sorriso presunçoso para Thomas, ou número 2.

Ele coloca as mãos no peito, sobre o coração, como se estivesse ferido.

— Qual é, não seja assim — ele fala com um sorriso.

Olho para ele como quem diz que não está engolindo essa encenação. Ele joga a cabeça para trás numa gargalhada e recua um passo, esbarrando em um companheiro de equipe.

— Qual é, Bourgeois? — pergunta o número 18, muito alto e muito sexy.

— Essa aqui. — Ele aponta para mim.

Sinto meu corpo esquentar, enquanto o número 18 vai me percorrendo com os olhos, catalogando cada centímetro. Finalmente, seus olhos voltam para minha camiseta e congelam ali.

— A gente precisa fazer alguma coisa a respeito. — Ele acena em direção à camiseta.

Por sorte, tenho um busto médio, ou poderia ficar ofendida se eles estivessem falando sobre o tamanho real do meu busto. Mas sei que é o logotipo do Miami Mavericks espalhado pelo meu peito que os está ofendendo.

— Olhos aqui em cima.

Ele sorri.

— Você ficaria bem numa camisa número 18 dos Trojans. Posso te ajudar a tirar isso daí.

— Como é que é?

— Eu disse que posso te ajudar com isso daí. Com uma camisa dos Trojans. — Ele aponta para o meu peito.

— Quanta gentileza a sua — eu digo, com a voz doce —, mas, sinto muito, sou uma garota Mavs. — Dou de ombros, sem desviar os olhos dos dele. Seus olhos são do azul-celeste mais profundo. Sabe aqueles vídeos de férias tropicais que você vê nas redes sociais, que prometem relaxamento e bebidas grátis? Seus olhos parecem o mar desses vídeos. Um azul vibrante.

— Ah, não, não, não, isso não vai dar certo — ele fala, cruzando os braços e fincando os pés na grama.

Seus braços são grossos, com músculos tonificados, com aquelas veias... sabe as veias sensuais nos braços de um homem? As que mostram que ele é um cara esforçado, seja no trabalho ou na academia? Nesse caso, tenho certeza de que é nos dois. Quero dizer, ele joga na liga profissional de futebol americano, não chegou ali por pura sorte. Eu me permito ceder e apreciar esse belo homem na minha frente.

— Gosta do que vê? — ele pergunta.

— Cretino de sorte — Thomas murmura ao mesmo tempo.

— Na verdade, só estava te avaliando. Comparando você com o número oito do Mavs. Você sabe quem é AJ Holland, não é?

— Pfft — ele zomba. — Conheço o AJ, mas te prometo, querida, posso fazer você se sentir melhor do que ele.

— O quê? — pergunto, me empertigando. Eu deveria estar ofendida, mas, para ser honesta, estou um pouco excitada.

— Eu disse: sou melhor do que ele. — Ele abre um sorriso.

Não sei se minha mente e meu corpo estão me pregando peças, mas, droga, é a segunda vez em questão de minutos que interpreto suas palavras como uma insinuação sexual. Preciso acabar com essa merda.

— Ah, que fofo. Tenho certeza de que um dia você consegue chegar ao nível dele — revido. Pronto, de volta a um jogo no mesmo nível. No entanto, seu sorriso e a covinha que aparece sob sua barba me dizem que minhas palavras não o afetam. *Droga*.

Ele se vira e olha para Thomas.

— Ela é sua, Bourgeois?

— Minha, na verdade — Chance responde. — Landon, este é o meu filho, CJ, minha esposa, Aubrey, e a melhor amiga dela, Emma. Estão comigo — anuncia Chance, sem espaço para discussão.

Mais uma vez, me lembro de como minha melhor amiga é sortuda – ela tem um homem como Chance em sua vida. Ele a ama e ao filho incondicionalmente. E porque Aubrey é minha melhor amiga, acabo fazendo parte do grupo. Ele é um bom homem, mesmo que às vezes seja um pouco arrogante.

Landon Barker levanta as mãos no ar, fazendo a camisa de treino número 18 subir e mostrando o V que se forma no cós baixo do short esportivo. Ele pode ser um cretino abusado, mas, se mantivesse a boca fechada, com certeza seria alguém de quem valeria a pena ficar perto só para admirar. Droga, não consigo imaginar o número incontável de horas que ele deve passar na academia e no campo para ter essa barriga tanquinho.

Como se pudesse ler minha mente, ele tira a camisa de treino e a de compressão que estava usando por baixo e limpa o rosto. Me desligo da conversa ao meu redor enquanto o observo. Meus olhos vagam por seu peito musculoso até o abdômen. Em silêncio, conto os gominhos. Oito. Passo a língua nos lábios, imaginando como seria deslizar as mãos neles, ou talvez a língua.

— Ei. — Aubrey bate o ombro no meu, o que me puxa para fora dos devaneios, onde estavam apenas eu e o abdômen do número 18.

— Desculpa. — Me viro para ela.

— A comida está pronta. Vamos lá comer. — Ela aponta por cima do meu ombro para onde a equipe do bufê trouxe uma variedade de pratos de piquenique para várias mesas no campo.

— Claro. — Meus olhos voltam para Landon e o encontro me observando. — De repente, fiquei morrendo de fome. — Lambo os lábios para dar ênfase antes de me voltar para Aubrey de novo. — Posso ficar com o CJ, enquanto você e o Chance fazem seus pratos, depois eu faço o meu.

— Tem certeza?

— Absoluta.

Estendo os braços para pegar CJ de Chance, e o garotinho praticamente pula em mim, rindo quando o aconchego e, em seguida, o apoio no quadril. Ter CJ no meu colo vai manter Landon longe. Pelo menos, essa é a esperança. Não que eu não fosse me oferecer para ficar com ele de qualquer maneira, mas é um bônus tê-lo como desculpa.

Chance e Aubrey vão em direção às mesas, e eu fico observando de longe.

— Você se divertiu hoje? — pergunto a CJ.

— Papai... — Ele aponta para onde Chance e Aubrey estão se servindo.

— Olhe. — Tentando distraí-lo, aponto para o painel que exibe o rosto sorridente de Chance. Ele é muito apegado ao pai. Cada integrante da comissão técnica vai aparecendo antes de passar para os jogadores. Claro que o primeiro jogador seria o *quarterback* titular, Landon Barker. Seu cabelo escuro, aqueles olhos azul-oceano e seu sorriso arrogante estão aumentados na tela. Fico olhando para ele, assimilando suas feições. Com a covinha se insinuando através da barba e o brilho nos olhos.

— Cretino de sorte — murmuro baixinho.

Ele nasceu com bons genes e tenho certeza de que há calcinhas caindo por toda Hermosa Beach – diabos, por todo o mundo, para ser honesta.

— Talvez você devesse pegar o celular e tirar uma foto — uma voz grave ressoa por cima do meu ombro. Seu hálito quente percorre minha pele. Viro a cabeça e vejo Landon.

— Para quê? Só estou comparando suas estatísticas com as do Holland. Você tem trabalho a fazer.

Não tenho ideia se o que acabei de dizer é verdade. Amo futebol americano, mas não sou do tipo de fã que se lembra de todas as estatísticas. Sou das mais descontraídas, bebo uma cerveja, como uns petiscos e grito com a TV. Ah, e não se esqueça das calças. Gosto de pensar que sou uma conhecedora de calças de futebol americano. Não apenas as calças, mas as bundas que as preenchem. Confiem em mim, garotas, se isso não é algo que vocês testemunharam, liguem a TV em uma tarde de domingo e vejam por si mesmas. Prometo que não vão se decepcionar.

— Você é uma figura, sabia? — Há um sorriso brincando em seus lábios. Parte de mim se sente aliviada por não o ter ofendido; a outra parte está irritada justamente por não o ter ofendido. Não faz sentido. Não posso acreditar que estou deixando que ele tenha esse tipo de efeito sobre mim. — Por que não...

— ele começa, mas me afasto quando Aubrey se vira e acena para mim. Não fico por perto para ouvir qualquer comentário obsceno que com certeza sairia de sua boca. Não estou ali para confrontar o *quarterback* sexy. Não, estou ali para apoiar o Chance e acompanhar minha melhor amiga. Essas são minhas prioridades hoje. Um passo após o outro, meus pés me levam até Chance e Aubrey.

— Você está com fome? — Aubrey pergunta a CJ, enquanto o ponho na cadeira ao lado dela.

Ele não responde, mas pega um pedaço de fruta do prato que ela colocou na frente dele.

— Vou me servir. Vocês precisam de alguma coisa?

— Talvez alguns guardanapos extras — Chance diz e ri, observando seu filho enfiar outro punhado de frutas suculentas na boca.

— Pode deixar — respondo.

A caminho das mesas cheias de comida, fico impressionada. Posso ser fã dos Mavericks, mas os Trojans com certeza sabem fazer as coisas. Hoje está sendo divertido; ver como vive o outro lado, ver jogadores profissionais e suas famílias. Claro, eles não são o meu time, mas posso aceitar o dia pelo que é: uma experiência única na vida.

— Sabe... — uma voz grave e sexy soa ao meu lado. — Se eu não fosse mais esperto, pensaria que você está tentando me evitar.

— Olha só, acertou na mosca — digo, dispensando-o enquanto faço meu prato.

Não estou tentando ser insuportável, sério. Só sei como esses caras são. Eu os vejo nos tabloides cada vez com uma mulher diferente. Sei que estão apenas vivendo o melhor momento de suas vidas, com uma nova mulher na cama a cada cidade. Não estou julgando. Cada um com seu cada um. Só não é para mim. Não sou assim. Não gosto de envolvimento casual, mesmo se for com o deus sexy do futebol que é Landon Barker.

— Tudo bem. — Ele ri. — Olha, vou ficar aqui por mais três semanas, mas talvez quando essa fase de treino terminar, a gente possa sair para jantar.

— Jantar? É assim que a juventude antenada está chamando isso hoje em dia?

Ele sorri.

Covinha do caralho.

— Não, obrigada.

— Qual é, querida, não me deixe na mão.

— Em primeiro lugar, meu nome é Emma. Em segundo, não namoro jogadores.

Não apenas jogadores de futebol, mas homens em geral que veem o namoro como um esporte. Não estou interessada em nada disso nem nas ISTs que vêm de brinde.

— Emma...

Sua voz é grave e rouca, e isso me provoca um arrepio. Meu corpo precisa concordar comigo com essa história de "nada de jogadores".

Eu me sirvo com calma e pego uma grande pilha de guardanapos antes de me virar para encará-lo. Ele está na mesma pose de antes — pernas afastadas, braços cruzados e toda a sensualidade em plena exibição.

— Vamos sair.

— Não, obrigada.

Com isso, eu me viro e vou embora. Há uma grande parte de mim que quer se virar e gritar "brincadeira" e perguntar quando e onde, mas, ao me aproximar da mesa dos meus amigos, lembro por que não o faço. Chance está com CJ no colo e a cabeça inclinada para dar um beijo no ombro de Aubrey. Quero o que eles têm, e namorar o sexy Landon Barker não vai me aproximar desse objetivo. Não sou ingênua para pensar que posso mudá-lo. Um tigre não muda suas listras, e está tudo bem. Só não posso ir contra meus princípios e sair com ele quando sei que não vai dar em nada.

Me sento ao lado de Aubrey e passo os guardanapos para ela. Me concentro na comida e nos meus amigos e tento, com todas as forças, ignorar a reação do meu corpo a Landon. Ignoro o fato de que preciso me mexer na cadeira para afastar o desejo que sinto. Não vou negar que ele seria divertido.

Caramba, nem sei se "divertido" descreve como seria estar com Landon Barker — seria mais como uma experiência fora do corpo, e tenho certeza de que eu nunca esqueceria. Só que também me conheço, sexo leva a sentimentos... e isso seria trágico. Como se estivessem conectados a ele, meus olhos o procuram. Eu o encontro parado a menos de cinco metros de distância, rindo e contando piadas com alguns dos jogadores, sem a menor preocupação com o mundo. Ele obviamente não está enfrentando a mesma dificuldade que eu. Não está guerreando consigo mesmo por causa da minha rejeição. Não está tentando acalmar a reação de seu corpo a mim.

Cretino de sorte!

CAPÍTULO 2

Landon

Foram três longas semanas de treino, mas estamos prontos. Posso sentir que tanto os novatos quanto os veteranos estão no ponto. Esta será outra ótima temporada. O apito final soa e uma ovação coletiva explode entre nós. Ainda mais porque estamos prontos para ir para a cama e, para aqueles que são casados e têm filhos, para casa com suas famílias. Já eu? Estou ansioso para ir para minha cama. Ela é macia: exatamente o que imagino ser a sensação de dormir nas nuvens; e está chamando meu nome. Mas antes...

— Bateman, espera — grito para nosso novo treinador de chutes, Chance Bateman.

Ele para e se vira para procurar quem o está chamando. Corro até ele e sorrio.

— Posso pedir um favor?

Não paro de pensar em Emma e isso meio que me tira do sério. Nenhuma outra mulher conseguiu me manter interessado por tanto tempo. Porém, estive preso no treino. Pode ter um pouco a ver com a forma que ela me rejeitou. Com indiferença. Isso nunca aconteceu comigo. Não que eu me lembre. Também é um pouco por causa dela. Ela é deslumbrante pra caralho. Cachos longos e escuros e olhos verdes nos quais eu poderia me perder. Isso se eu me permitir. Consigo até imaginar a maneira como eles se incendiariam quando eu estivesse dentro dela. Mudo minha postura, meu pau já sendo levado pela minha imaginação.

— Depende — ele diz com uma risada.

— Emma — falo, lançando seu nome no ar.

— O que tem ela? — ele pergunta, empertigando-se, endireitando os ombros.

— Posso pegar o número dela?

— Você pediu para ela?

— Pedi, mas ela me deu um fora.

Um sorriso surge aos poucos em seus lábios.

— É mesmo?

— Vai, pode rir — digo com um sorriso também. — Vamos, treinador — eu o incentivo.

— Olha, Landon, você parece um cara legal. Emma é a melhor amiga da minha esposa e uma grande amiga minha também. Não vou te dar o número dela. Se você a quer, tem que se empenhar. — Ele me encara, implorando para que eu discuta com ele.

— Como espera que eu faça isso? Não sei nem o sobrenome dela. A única conexão que tenho com ela é você — respondo, bem ciente de que estou começando a parecer desesperado e, de certa forma, estou. Não posso quebrar meu recorde perfeito. Ela não pode ser a primeira mulher a me rejeitar. Isso não vai acontecer, de jeito nenhum.

— Tudo bem, vou quebrar seu galho. O nome dela é Emma Deaton. — Ele desliza as mãos para dentro dos bolsos da bermuda e me olha com um sorriso cretino. Ele está gostando até demais disso.

— Acordo de cavalheiros e tal. Qual é, cara, você tem que me dar mais do que isso.

— Não tenho que fazer nada além de amar minha esposa e meu filho. Bem, e pagar impostos.

Dou a ele um olhar suplicante, e ele suspira.

— Está bem, ela trabalha com minha esposa no abrigo de animais South Bay. Isso é tudo que você vai conseguir, então não peça mais nada. E — ele aponta o dedo indicador para mim — não faça eu me arrepender disso.

— Palavra de escoteiro — prometo, levantando três dedos.

— Certo. Como se eu acreditasse que você já foi escoteiro — ele zomba.

— Está bem, talvez eu nunca tenha sido escoteiro, mas posso prometer que não sou nenhum tipo de assediador maluco.

— Claro, mas como eu disse, não faça eu me arrepender e está tudo certo.

Não que ele seja meu treinador; ele é o treinador de chute. Ele não pode me torturar no campo.

— Combinado.

Corro para o vestiário para tomar banho. Vou para o hotel pegar minhas coisas e depois para casa.

— E o esquenta? — Case Riley pergunta, nosso *center*, enquanto estou jogando minhas coisas na bolsa de viagem.

— Sem esquenta. Só pronto para ir para casa.

— Vamos no Harvey's hoje à noite?

O Harvey's é um bar pequeno perto do estádio. Não tenho certeza de quando ou como começou, mas ele tem uma entrada lateral com um código, e os jogadores entram em um espaço privado. Temos nosso próprio barman, música, TVs de tela grande, o espaço só para nós. Quando queremos escapar dos holofotes e nos sentirmos normais, o Harvey's é o lugar certo. O lugar fica lotado, tanto pela localização em relação ao estádio quanto por causa dos jogadores que decidem se aventurar na área pública do bar. É o reduto das marias-chuteiras.

— Talvez.

Não vou me comprometer até falar com ela. Talvez eu tenha opções melhores. E se não, esta noite, vou ficar recluso, não importa o quanto Case tente me convencer do contrário. Algumas cervejas e depois minha cama grande e confortável. Essa é a vida emocionante de um *quarterback* profissional.

— Às oito — ele grita atrás de mim. Já coloquei minha bolsa no ombro e estou indo em direção à porta. Tenho que fazer uma ligação.

Entrando no apartamento, deixo a bagagem na porta. Faltam três longas semanas, mas estamos prontos. A equipe está se entrosando e vejo coisas boas para nós pela frente. Também me vejo dormindo na minha cama ultramacia pelas próximas 24 horas. Andando pelo corredor até o quarto, me jogo de costas na cama. Caramba, como é bom estar em casa.

Pego o celular do bolso, o seguro no ar sobre o rosto e clico no mecanismo de busca. Digito "abrigo de animais South Bay" e espero os resultados. Clicando no site, vejo a esposa de Chance, Aubrey, e Emma sorrindo para mim. Percorro a página principal até chegar ao final e encontrar um "fale conosco". Ao clicar nele, o número aparece e o celular me pergunta se quero ligar.

Claro que quero.

— Abrigo de animais South Bay, Emma. — Sua voz doce me cumprimenta.

— Oi, Emma, é o Landon.

— Me desculpa, quem? — Posso ouvir a confusão em sua voz; é como um chute no saco.

— Landon Barker. — Faço uma pausa, deixando meu nome ser assimilado.

— Número 18? — ela questiona.

— Sim. Como você está?

— Desculpa, você estava ligando em relação ao abrigo?

— Não. Liguei para você. Para falar com você.

— Desculpa, estou no horário comercial. Obrigada por ligar — ela diz, e a linha fica muda.

Fico olhando para a tela do celular com a mensagem dizendo que a ligação foi encerrada. Que porra foi essa? Ela desligou na minha cara. Aperto o botão verde para voltar a ligar. Toca duas vezes antes de ela atender.

— Abrigo de animais South Bay, Emma.

— Você acabou mesmo de desligar na minha cara?

— Landon. — Ela suspira, e o som, mesmo que não seja sexual, vai direto para o meu pau.

— Me dê dois minutos.

— Tudo bem. O que posso fazer por você, número 18?

Uma mulher me chamando pelo meu número costuma ser brochante. É isso o que as marias-chuteiras fazem. Elas só querem traçar um jogador e, com sorte, pegar carona na fama. Mas esse não parece ser o estilo da Emma. Na verdade, agora ela está irritada pra caramba.

— Vamos sair para jantar. — É mais uma exigência do que uma pergunta.

— Não — ela responde sem hesitar.

— Um jantar. A gente pode se conhecer melhor.

É isso o que mulheres como ela querem, não é? As boas garotas que você apresentaria para sua mãe. Elas querem sair para jantar e tomar vinho. Esse não é o meu *modus operandi*, mas há uma primeira vez para tudo. Não me entenda mal. Já saí para jantar com mulheres, mas costuma ser em um evento de caridade ou algo patrocinado pelo time. Nunca gostei muito do ato real do encontro. Ou essa coisa de ligar e convidar para sair. Acho que a última vez que isso aconteceu foi no baile de formatura da escola. *Ótimo, agora voltei a ter dezessete anos.*

— Olha, Landon, tenho certeza de que você é um cara legal, mas não estou interessada.

— Emma... — começo, mas ela me corta.

— Eu preciso mesmo desligar. — Com isso, a linha fica muda.

— Puta merda. — Dou um suspiro exasperado, deixando o celular cair ao meu lado na cama. O que é preciso para chegar nessa garota? Estou tentado a ligar de novo, mas já sei qual será o resultado. Ela vai desligar na minha cara pela terceira vez. Não, obrigado. Preciso me recompor e decidir qual será meu próximo passo.

O celular toca, e eu me sento, batendo na cama, procurando por ele. Uma sensação estranha enche meu peito. A sensação de que talvez seja ela. Franzo a testa quando vejo o nome de Case na tela.

— E aí, Riley?

— Harvey's às oito.

— Estarei lá.

— Ótimo. Até mais. — Ele encerra a ligação. Curto e direto ao ponto, mas, de verdade, o que dizer mais? Acabamos de passar três semanas inteiras juntos.

Olho para o relógio; tenho três horas antes de encontrar Case. Tempo suficiente para uma soneca. Tirando os sapatos, viro na cama, descansando a cabeça no travesseiro, e fecho os olhos. Assim que o faço, é ela quem vejo. O fogo naqueles olhos verdes quando ela me rejeitou. Agora, só consigo imaginar o mesmo fogo em seus olhos. Sorrio. Ela não vai nem saber o que a atingiu.

Que comece o jogo, querida.

Que comece o jogo.

Às dez para as oito, estou digitando o código para a entrada dos fundos do Harvey's. O espaço está quieto, exceto pelo velho Harvey limpando o bar.

— Landon — ele cumprimenta.

— E aí, Harv, tudo bem? — Harvey está com quase setenta anos. Ele abriu o bar há mais de trinta anos e ganhou a confiança e o respeito dos Trojans durante esse tempo.

— Ainda estou vivo, então não posso reclamar. — Ele ri. — Como foi o período de treino?

— A equipe está bem este ano.

— Não esperava ver você aqui hoje.

Harvey me conhece bem.

— Pois é, o Case me convenceu a tomar uma.

— Como estão os seus pais? — ele pergunta, limpando o bar que tenho certeza de que não precisa ser limpo. Um hábito que ele adquiriu ao longo dos anos.

— Ótimos. Amando a vida de aposentados.

— Você é um bom filho. Tenho certeza de que valorizam tudo o que você fez por eles.

— Eles se sacrificaram muito por mim na minha infância. É o mínimo que posso fazer. E não espalhe... Você vai arruinar minha credibilidade. — Sorrio para ele.

Ele joga a cabeça para trás numa gargalhada. Sua voz grave e rouca, resultado dos muitos cigarros, é reconfortante. Familiar.

— Como se você tivesse credibilidade — ele rebate.

— Droga, essa foi lá no fundo — digo, com a mão no peito enquanto nós dois rimos.

— O que mais está rolando?

— Primeira noite de liberdade. — Não menciono Emma ou como ela continua a me rejeitar. Preciso entender isso direito antes de começar a receber qualquer tipo de influência externa.

Ele me avalia.

— E?

— E nada. — Balanço a cabeça. Harvey é como um maldito terapeuta, sempre querendo arrancar todos os detalhes interessantes. Só ele sabe como abrir sua alma com bebida e, antes que você perceba, já contou tudo em algumas horas. Tenho certeza de que ele tem algum tipo de superpoder de barman ou alguma merda do tipo.

— Lá está ele. — Harvey olha por cima do meu ombro, para onde Case está chegando com seu gingado.

Quando digo gingado, é mais como um deslizar, o que é estranho para um homem do tamanho dele. Como *center* da equipe, Case Riley tem 1,95 metro e 134 quilos. É um homem grande, e o fato de ele conseguir passar em qualquer lugar é uma surpresa para todos. Ele se sente bem consigo mesmo, apesar de seu tamanho.

— Sentindo minha falta, Barker? — ele pergunta, sentando ao meu lado no bar.

— Você quem me ligou, lembra?

— Três semanas, Barker. Estamos trancados há três semanas e você quer relaxar em casa. — Ele balança a cabeça como se não acreditasse que eu não queria sair. Se ele já tivesse dormido no meu colchão Hastens, entenderia. É extravagante, mas valeu a pena. Como jogadores de futebol, precisamos cuidar do corpo, e isso inclui uma boa noite de sono. Um homem não pode economizar em seu colchão, não na nossa profissão.

— Estava com saudades da minha cama. — Dou de ombros.

— Você e aquela maldita cama. — Case balança a cabeça. — Como está a galera? — Ele acena em direção à área principal do bar, enquanto Harvey desliza uma Corona para ele.

— Está movimentado, mas todo mundo sabe que o período de treino acabou. Sabe como eles são. Não perdem a chance de dar uma olhada.

— Você é um bom homem, Harvey — Case diz a ele. — É bom poder sair de casa e tomar uma cerveja sem ser perseguido.

— O quê? — Me viro no banco e olho para ele. — Está se sentindo bem, cara? — pergunto. Levanto a mão e coloco o dorso na testa dele, assim como minha mãe costumava fazer quando eu era criança. — Sem febre. — Sorrio, enquanto ele afasta minha mão de seu rosto.

— Filho da puta — ele murmura baixinho. — Então... — Ele dá outro longo gole em sua cerveja. — Quais as novidades? — Não tenho certeza se ele está perguntando para mim ou Harvey, mas prefiro pensar que não é comigo e manter a boca fechada sobre Emma. Eu realmente não estou com vontade de ouvir merda esta noite. Meu ego já foi machucado o suficiente por hoje.

— Mesma coisa todo dia. — Harvey ri.

— Como está a patroa? — indago. Vejo um sorriso iluminar aos poucos seu rosto enrugado. Também ajuda a mudar de assunto, e espero que isso impeça Case de perceber que estou com a cabeça longe.

— Ela é minha. — Ele sorri. — Fica mais bonita a cada dia.

— Há quanto tempo você está casado? — Case pergunta.

— Quarenta anos — Harvey e eu dizemos ao mesmo tempo.

— Isso mesmo — Harvey confirma. — Completamos no mês passado.

Eu sei porque ele me contou e dei um presente para eles. Um fim de semana em uma pousada local. Harvey trabalha demais.

— Eu não conseguiria imaginar a mesma boce... hum, mulher por tantos anos. — Case tropeça nas palavras, fazendo Harvey e eu rirmos. Mais algumas cervejas e ele se esquece de se policiar. Estamos acostumados. Caramba, todos nós somos assim.

— Você vai se acostumar — Harvey garante a ele. — Um dia, vai.

— Não. — Case termina a cerveja e desliza a garrafa vazia em direção a Harvey, que logo a substitui por outra.

— E você, Landon?

Dou de ombros.

— É difícil encontrar a pessoa certa quando você está no centro das atenções. Não sou contra, mas é uma merda para nós, jogadores, ter que lidar com nosso trabalho, e é ainda mais difícil para cônjuges e filhos. Além disso, há vantagens em ter variedade. — Abro um sorriso entusiasmado. É isso que esperam que eu diga. Essa é a pessoa pública que todos conhecem. No entanto, um dia, gostaria de sossegar. Quero uma esposa e filhos. Só não vejo isso acontecendo tão cedo para mim. Talvez depois que eu parar de jogar, quando estiver fora dos holofotes e os abutres deem atenção para o meu substituto. Então talvez eu possa encontrar a pessoa certa. Alguém que me queira, não pela fama ou conta bancária.

Emma surge em minha mente com seus olhos verdes e brilhantes. Com certeza ela é o tipo de garota que você escolheria para sempre. Mal a conheço, mas isso já é tão óbvio quanto o céu é azul. Não quero que ela mude seu sobrenome por mim, apenas um encontro serviria.

Um encontro.

Eu sei, que ilusão.

Passamos a próxima hora falando sobre coisas aleatórias. A temporada, o ódio de Case por lavar roupa e, de alguma forma, a conversa volta para minha cama. Por mais que eu não quisesse sair, estou feliz por ter feito isso.

É bom apenas sair e jogar conversa fora. Da próxima vez, vamos convidar o pessoal, mas eu sabia que esta noite seria tudo, menos discreta, se tivéssemos convidado. Chego em casa em vinte minutos. É incrível como há pouco trânsito quando não há jogo. Depois de tirar a roupa, vou para baixo dos lençóis. Sentindo a super maciez da minha cama pela primeira vez em semanas, fora a soneca mais cedo, não demora muito para o sono me dominar.

CAPÍTULO 3

Emma

Mal dormi na noite passada. Culpa do número 18 e seus olhos azuis. Não tenho ideia do que Landon Barker está tramando. Mas tenho certeza de que, seja o que for, não vou me envolver, por mais persistente que ele seja. Embora eu reconheça que é emocionante ter sua atenção, é pelos motivos errados. É tudo sobre a caça, à qual não vou me render tão cedo.

— Bom dia — Aubrey diz, se juntando a mim em nosso escritório compartilhado. Ela é a gerente, e eu sou a gerente-assistente do abrigo de animais South Bay. Foi assim que nos conhecemos e somos melhores amigas desde então.

— Oi. — Sorrio e retorno para a agenda de voluntariado em que estou trabalhando.

— Alguma ligação hoje? — ela pergunta com um sorriso.

— Hã — dou um gemido, encostando na cadeira. — Não. Espero que ele tenha entendido.

— Sabe, Chance disse que ele pediu seu número ontem antes de todo mundo ir embora.

Isso faz eu me endireitar na cadeira.

— Por favor, não me diga que ele deu.

— Não, mas ele disse o seu sobrenome e onde você trabalha.

— Bom, isso resolve o mistério. — Ontem, nós duas fritamos o cérebro para saber como ele tinha descoberto. Eu já deveria ter imaginado que tinha sido o Chance. Estava confusa demais para sequer considerá-lo.

— Chance disse que, se ele quisesse seu número, teria que se empenhar para consegui-lo.

— Ótimo. Tudo de que preciso é ter o Chance o encorajando. Diga para ele que, da próxima vez, ele pode dizer para o Landon que não estou interessada.

— Ele disse que, de agora em diante, vai ficar de fora. Deu o que o Landon precisava para encontrar você. O resto é com ele.

— Ele vai se entediar logo. Afinal, ele é o Landon Barker. Pode ter a mulher que quiser e não vai ficar esperando por mim.

— Nunca se sabe. Você pode ser a pessoa que vai mudá-lo. — Aubrey encolhe os ombros, como se as palavras que tinham acabado de sair da sua boca não fossem as mais fantasiosas que ela já dissera.

— Não quero mudá-lo. Isso nunca funciona. Ele é assim, e isso não é uma coisa ruim. Ele só não é para mim.

— Como você sabe quem ele é? — Ela ergue as sobrancelhas.

— Está bem. Não o conheço. Mas tenho uma percepção sobre ele e não sinto que funcione bem com quem eu sou. Que tal assim?

— Você está julgando.

— Como se você não tivesse julgado o Chance.

— Ah, pois é, eu julguei. Admito. Mas você está se esquecendo de algo — ela diz, se levantando da mesa que fica de frente para a minha.

— Então me diga, velha sábia. O que estou esquecendo? — pergunto, fazendo graça. Já posso até imaginar o que ela vai jogar na minha cara.

— O que você está esquecendo, minha querida Emma, é que sim, eu julguei o Chance, mas acabei me casando com ele. — Ela ergue a mão esquerda e mexe o dedo anelar com a aliança de casamento e o anel de noivado. Não que eles sejam difíceis de perceber.

— Então você encontrou seu unicórnio. Nem todas temos essa sorte. E você não o mudou. Ele mudou por sua causa. Para melhor. Há uma diferença.

— Concordo. Mas como você sabe que não será a mesma coisa com o Landon? Como sabe se ele já não é um cara para compromisso? Por causa de alguns tabloides? Qual é, Emma, você é inteligente o suficiente para não acreditar em tudo o que lê nessas coisas ou on-line. Poxa, fala com o Chance. Ele pode te contar as experiências dele em primeira mão.

Admito que ela tem razão, mas é demais. *Ele* é demais. Ele é esse atleta profissional maravilhoso, e eu sou a garota comum que ajuda a administrar um abrigo para animais. Ele pode não estar entediado agora por causa da caça, mas ficaria. Um dia. Estou nos salvando do drama e da possível mágoa que com certeza são inevitáveis.

— Não vou falar com o Chance — digo quando percebo que ela ainda está me observando, esperando uma resposta. — Tenho que seguir meu instinto dessa vez, e ele me diz que Landon Barker tem escrito na testa "vou te magoar".

Aubrey balança a cabeça.

— Mulher, eu já estive onde você está. Às vezes, você só precisa se arriscar.

— Nunca fui muito de correr riscos.

— Só prometa que vai manter a mente aberta.

— Claro, tanto faz, mas é questionável. Deixei bem claro naquele dia no campo e nas duas vezes que ele ligou ontem que eu não estava interessada. Tenho certeza de que ele enfiou o rabo entre as pernas e passou para a próxima mulher disposta. Deus sabe que há muitas na fila para disputar a atenção dele.

Assim que as palavras saem da minha boca, o sino sobre a porta nos alerta para a chegada de um visitante. Me levanto da cadeira e caminho pelo corredor até a área da recepção. Ali encontro uma mulher segurando um buquê de flores.

— Olá, tenho uma entrega para Emma Deaton.

Não, ele não fez isso.

— Eu sou a Emma. — Chego mais perto e aceito o buquê, colocando-o no balcão da recepção.

— Assine aqui, por favor. — Ela me entrega uma prancheta e eu rabisco minha assinatura. — Obrigada. Tenha um bom dia — ela deseja, e se vai tão rápido quanto chegou.

— Flores? — Aubrey pergunta, com um sorriso. — De quem elas podem ser? — Ela está disfarçando; ambas sabemos muito bem de quem são. Ninguém me manda flores. Nunca. Tipo, nunca recebi flores antes em toda a minha vida. Claro, um buquê no baile de formatura da escola, mas nunca assim. É incrível o efeito que tem para melhorar seu humor. O *quarterback* é persistente, admito. Ele é bom no jogo, só que, embora as flores sejam uma surpresa agradável, não estou jogando. Não, vou permanecer no banco de reserva. Pelo menos no que se refere a ele.

— Elas são para você. — Faço questão de abrir um sorriso enorme, exagerando o olhar, o que a faz rir.

— Ah, sério? — Ela estende a mão para pegar o cartãozinho, mas sou mais rápida, agarrando-o antes que ela tenha a chance.

Seguro o pequeno cartão e me inclino para cheirar as rosas. Não apenas rosas, mas lírios também, os meus favoritos. O buquê é lindo, com as rosas brancas e os lírios cor-de-rosa entrelaçados. Mesmo sem saber, ele escolheu o arranjo perfeito. Porém, tenho certeza de que ligou para a floricultura e disse para escolherem. Pensando bem, ele deve ter pedido a um assistente para encomendá-lo. Caras como ele, ricos e profissionais, não podem se incomodar com atos tão mundanos como pedir flores. De repente, meu sentimento de felicidade murchou. Com certeza foi isso. Ele não perderia tempo em enviá-lo pessoalmente.

— Você vai ler? Ou prefere ficar aí olhando para esse arranjo deslumbrante com uma cara abobada o dia inteiro? — Aubrey sorri, orgulhosa de si mesma por me desafiar.

Mostro a língua para ela, como a adulta que sou. Virando o pequeno envelope nas mãos, deslizo o dedo indicador sob o selo e retiro o pequeno cartão que apenas diz: *Ligue para mim*, com um número de telefone. Está assinado com um *L.B.*, e é isso. O abusado já foi supondo que ele é o único homem disputando minha atenção. Claro, ele está certo, mas, ainda assim, não podia pelo menos incluir seu nome completo?

— E então? — Aubrey pergunta, impaciente como sempre.

— De um tal L.B. — Dou de ombros, lhe entregando o cartão.

Ela lê e ri.

— Parece que temos outro cretino abusado nas nossas mãos. Ele espera que a gente leia sua mente e adivinhe que *ele é o L.B.* que enviou isso? — Ela olha para o cartão e sorri. — Já te contei como conheci o Chance?

— Já, algo sobre uma miniatura do Obama? — Tento recuperar na memória.

— Isso, e a moto dele... tinha as iniciais C.B. gravadas, e eu não resisti em pensar que significavam cretino babaca.

— Eu lembro que você me contou isso.

— Pois é, parece que você tem o seu próprio homem de iniciais.

— O quê? Você está louca.

— Não mesmo. A gente precisa dar um nome para ele.

— Ele já tem um. Landon Barker.

— Não, não, não o nome verdadeiro. Qual é a graça? — Ela pensa por um minuto. — Já sei. Cretino de sorte. — Ela balança a cabeça, orgulhosa de si mesma.

— E por que ele tem tanta sorte? — pergunto, sabendo que vou me arrepender.

— Ele tem a sua atenção. Ele precisa de mais sorte do que isso?

Balanço a cabeça para ela.

— E o que é essa coisa de *nós*? Temos outro cretino abusado nas nossas mãos? Como assim? Você está trocando o Chance? — provoco, sabendo muito bem que não há a menor chance.

— Nós somos um pacote — ela diz, sem perder o rumo. — Ele quer minha melhor amiga, então também vai ter a mim, meu marido e meu filho. Ele tem que passar pela nossa aprovação.

— Pena que ele nunca terá a chance de estar sob a sua lupa.

— Veremos — ela responde, acenando no ar com o pequeno cartão.

— Me dê isso, mulher doida. — Pego o cartão dela e o coloco no bolso de trás. Vou jogar fora mais tarde.

Acho que nunca houve um dia mais longo do que este. Foi um dia tranquilo no abrigo. Aubrey teve que sair na hora do almoço para levar CJ para seu check-up anual, então ficamos eu e os animais. Dois voluntários estavam agendados para hoje, mas antes da uma hora eles já haviam ido embora. A tarde inteira foi só eu, os animais e meus pensamentos. Ah, e aquele pequeno envelope branco irritante que ainda está no meu bolso.

Aubrey me deu um sermão antes de ir embora, falando que a coisa certa a fazer era mandar uma mensagem agradecendo. Claro, foi um gesto simpático, mas ele sabe que não estou interessada. Ainda assim, não consigo parar de pensar no fato de que está no meu bolso. Assim que estaciono na garagem de casa, pego minhas coisas e entro. Enquanto subo os degraus da frente, eu a observo. Não é muito, apenas uma casa pequena de dois quartos, um banheiro, com um reduzido gramado que deveria ser meu quintal. Com o sol da Califórnia, está mais para uma mancha marrom e feia. Não é muito, mas é tudo meu. Bem, meu e do banco, mas um dia será meu. Apesar do quintal marrom e dos vizinhos próximos, ainda é melhor do que morar em um apartamento.

Coloco a bolsa no balcão da cozinha e as chaves e o celular ao lado dela. A primeira coisa que faço todos os dias depois de chegar em casa é tirar a roupa e tomar banho. Amo os animais, é claro, mas nem sempre eles cheiram bem e, depois de limpar os canis, sempre me sinto nojenta quando chego em casa. Tiro os sapatos e sigo para o quarto pelo pequeno corredor. Tiro a roupa depressa, jogo no cesto, em seguida pego um short, uma camiseta, calcinha e decido dispensar o sutiã. Afinal, sou só eu e não estou esperando companhia. Me viro da cômoda e vejo o pequeno envelope branco no chão.

Landon.

Deve ter caído do meu bolso. Me curvando, pego-o e o jogo na pequena lata de lixo do quarto. Pronto. Acabou. Não preciso mais me preocupar com sua existência. Fingindo que o cartão não existe mais, saio do quarto e vou ao banheiro para tomar um longo banho quente.

De banho tomado, com o cabelo molhado, embolado no alto da cabeça, sem sutiã, vou para a cozinha decidir o que comer no jantar. Amo cozinhar, mas cozinhar para uma pessoa só, nem tanto. Pego um dos muitos jantares de micro-ondas do Healthy Choice no freezer. Não é exatamente o que eu chamaria de banquete, mas é o que tem para hoje. Enquanto a comida esquenta, pego um garfo, uma toalha de papel do rolo e uma garrafa de água da geladeira. O micro-ondas faz um bipe. Com cuidado para não me queimar, removo a fina cobertura de plástico e jogo a refeição em uma tigela. É uma espécie de frango com arroz. Jogo o lixo fora e, *voilà*, o jantar está servido. Mesmo com as mãos ocupadas, consigo pegar o celular e chegar à sala de estar sem derramar nada. Me sento no sofá para uma noite na frente da TV, sem ter que pensar em nada. Pelo menos, esse é o plano até o celular tocar. Não consigo evitar e solto um suspiro profundo quando vejo que é Aubrey. Já sei por que ela está ligando.

— Oi — cumprimento, colocando a tigela vazia na mesa de centro.

— Você mandou uma mensagem para ele? Espere, não, por favor, me diga que ligou para ele.

— Não — digo, reforçando o "n".

— Emmmmaaaa — ela arrasta meu nome. — O que vou fazer com você?

— Não me atazanar para ligar para ele? — sugiro, sabendo muito bem que ela não vai aceitar. — Aubreeeeyyy — falo zombando.

— Ah, pare. — Ela ri. — Estou falando sério. Você pode estar perdendo algo incrível.

— Quero mais do que apenas sexo incrível, Aubs.

— Quem disse "sexo"? — Posso ouvir a diversão em sua voz.

Droga.

— Você sabe do que estou falando.

— Na verdade, sei, sim. Tenho o meu próprio cretino abusado e deixa eu te dizer… — ela começa, mas a impeço.

— Não. Por favor, não. Eu te amo, mas da última vez que você me falou sobre você e o Chance, não consegui olhar para ele por uma semana. Mantenha essa merda longe de mim, Bateman — provoco.

— Ah, que seja. — Ela ri. — Só mande uma mensagem para ele. Diga "obrigada".

— Não. Aí ele vai ter meu número e é claro que ele não entende o significado da palavra não. Para que eu daria o acesso total a mim o tempo todo? Sem chance.

— Medrosa — ela incita.

— Ah, nossa, estou morrendo de medo — respondo, mal conseguindo conter a risada. — Olhe, ele vai acabar entendendo. Se eu enviar uma mensagem, vai iniciar uma conversa que não precisa acontecer. Já dissemos o que precisava ser dito. Ele me convidou para sair. Falei que não. Ponto final.

— Chance ainda está no campo. Quando ele chegar em casa, vou perguntar tudo sobre o sr. *Quarterback*. Terei um relatório completo para você amanhã.

— Não precisa fazer isso. Não vou mudar de ideia. — Me recuso a admitir que saber mais sobre ele, direto da fonte, ou pelo menos de alguém que o conhece de verdade, é tentador.

— Ei, o que aconteceu com manter a mente aberta?

— E eu lá concordei com isso? — reajo, fingindo estar confusa.

— Como assim? Você quer saber tudo? Está feito. Vou colocar o Chance para trabalhar. — Não discuto com ela. Sei que vai perguntar ao Chance de qualquer maneira.

— Boa noite, Aubrey — falo, cantando.

— Não tão rápido, senhorita.

— Ai — solto um gemido.

— Me mande uma foto das flores. Onde você colocou? Na sala?

— Não. Deixei no abrigo.

— O quê? Por que você faria isso? Elas são lindas.

— A gente pode apreciá-las no escritório.

— Emma, elas são suas. Você deveria apreciá-las na sua casa.

— Tá bom, tá bom. Te vejo amanhã, quando a gente puder apreciar as flores.

Ela suspira profundamente, como se eu fosse sua maior decepção.

— Tchau, Emma.

Ela desliga e consigo imaginá-la correndo para Chance assim que ele entra pela porta, emboscando-o para obter detalhes sobre Landon. Eu deveria estar preocupada porque ela é capaz de convencer esse homem a fazer qualquer coisa. Um bom exemplo é o bode de estimação deles, Pixy. Algumas das histórias que ela me contou sobre como Pixy apareceu são hilárias. Nunca conheci alguém que tivesse um bode de estimação, ainda mais um que ficasse em casa, mas, de alguma forma, Pixy é adequado para eles.

Limpo minha bagunça, lavo os poucos pratos e tranco a casa. Estou pronta para o fim deste longo dia. Na cama, olho para as sombras no teto. A casa está silenciosa, exceto pelo barulho do ventilador pequeno que mantenho na mesa de cabeceira. Não há mais nada para me distrair dos meus pensamentos. Pensamentos que são consumidos por um pequeno envelope branco no fundo da minha latinha de lixo. Não posso deixar de me perguntar qual é a motivação que ele tem. Só pode ser a caça. Não consigo imaginar o que mais poderia ser. Olho para o relógio e vejo que já passou mais de uma hora. Preciso dormir um pouco. Tiro as cobertas e, pisando duro, vou até a lata de lixo e, sob o brilho do luar, recupero o pequeno envelope. Abro a gaveta de cima da cômoda, o jogo lá e a fecho depressa. Pronto. Agora, se por acaso eu mudar de ideia a qualquer momento, não vou me arrepender de ter jogado fora o número dele. Volto para a cama e posso, finalmente, relaxar. Enquanto caio no sono, não consigo deixar de pensar que Aubrey vai adorar ter essa nova informação.

CAPÍTULO 4
Landon

Já se passaram três dias desde que enviei flores para ela. Três dias checando o celular obsessivamente. Ela não vai ligar, sei disso, mas eu tinha esperança.

Eu deveria deixar pra lá e seguir em frente, mas algo me diz para não desistir: algo como minha intuição. E sempre confio nela. Claro, deve ser apenas a sensação irritante de que ela é a primeira a me rejeitar, mas parece... algo mais. Seja o que for, está me deixando louco.

— Barker.

Me viro e vejo Chance Bateman parado ao meu lado.

— Ei, treinador, Bourgeois está bem. — Aceno para o campo onde Thomas está praticando *field goals*.

— Sim. — Ele concorda com a cabeça. — Ele tem talento.

— Grande elogio da estrela do futebol.

Ele ri.

— Todos nós temos espaço para crescer. Pode acreditar. Sei muito bem disso. De qualquer forma, achei que você deveria saber que tem sido o assunto do momento na minha casa esta semana.

Interessante.

— Jura?

— Como se você já não soubesse. — Ele balança a cabeça, com um sorriso divertido.

— Ela é osso duro de roer — digo. Não me incomodo em dizer que estou falando sobre Emma. Ele já sabe.

— Nem tanto.

— Estamos falando da mesma pessoa? Emma Deaton? — rebato.

— Isso mesmo. — Seu sorriso fica mais largo. — De alguma forma, você conseguiu ter a minha esposa do seu lado.

— O que isso quer dizer?

— Quer dizer que as flores foram uma boa jogada, e agora a Aubrey quer saber tudo sobre você.

— Aubrey, certo. — É decepção o que sinto?

— Isso. Fui instruído a reunir e relatar todos os detalhes sujos.

— E o que sua esposa acharia se soubesse que você está me contando isso?

Ele joga a cabeça para trás e ri.

— Minha esposa é advogada. Ela não está praticando, mas ainda tem o... digamos, "talento especial". Você tem sorte de ser eu perguntando e não ela.

— Talvez ela possa tentar convencer a Emma — murmuro.

— Preciso levar algumas informações para minha esposa. Então, me diga uma coisa. Por que a Emma? Pelo que sei de você, esse não é o seu *modus operandi*.

Aprecio a ousadia.

— Não é. A maioria dos meus encontros foi para eventos de caridade ou eventos do time, coisas do tipo. Nada... assim — confesso.

— De novo, por que a Emma?

Encolho os ombros.

— Ela me deu um fora.

Ele inclina a cabeça e me analisa.

— É isso? Ela te rejeitou, então você manda flores e olha o celular o tempo todo, cabisbaixo como se tivesse perdido seu melhor amigo porque ela te rejeitou?

— Quem está cabisbaixo? — pergunto, porque as duas outras coisas são verdade.

— Você. Você esteve distraído a semana toda e dá para ver no jogo.

— Espere aí. Meu jogo está bom. Kaden e eu estamos nos entrosando, fazendo as jogadas — falo, me referindo a mim e ao *running back* titular, Kaden Hahn.

— Você está fazendo as jogadas, mas sua cabeça não está nelas. Você está no piloto automático. Seu braço está frouxo e seu arremesso é tímido em comparação ao que é capaz de fazer. — Ele faz uma pausa, deixando essa nova revelação ser assimilada. — Olhe, por algum motivo, minha esposa está torcendo por você. Ela acha que você seria bom para a Emma. Mas ela é como se fosse da família para a gente. Ela não é um jogo. — Com isso, ele se vira e vai embora.

Eu deveria gritar para ele. Impedi-lo de ir embora, mas estou congelado, meus pés estão incapazes de se mover, como se eu estivesse em areia movediça. Os últimos três dias flutuam em minha mente e, embora odeie admitir, ele está certo, tenho empurrado com a barriga. Tenho que tirar essa mulher da cabeça. Já fui muito longe para desistir agora. Preciso pelo menos levá-la para jantar, para tomar um drinque. Caralho, *qualquer coisa* para tirá-la da cabeça. Gostaria de pensar que um jantar e algum tempo na minha cama seria o final perfeito para esse pequeno... seja lá o que for, mas ela não me ligou, mesmo depois de eu mandar flores, então tenho certeza absoluta de que meu pau não vai chegar perto dela. Não importa o quanto nós dois queremos isso. Porque sei que ela quer. Posso ver em seus olhos toda vez que ela olha para mim. Percebo como sua respiração muda sempre que estou perto. Ela está lutando contra essa atração entre nós e não sei por quê.

Tirando Emma da cabeça, volto para o campo. Termino o treino, estando mais presente do que durante toda a semana. No vestiário, fico em silêncio, corro para o chuveiro e saio com nada além de alguns acenos para os caras.

Vinte minutos depois, retiro as chaves da ignição e fico olhando para o abrigo à minha frente. Não planejava vir aqui, mas foi onde acabei chegando. Não me apresso para sair do carro, tentando elaborar o que vou dizer. Mais do que isso, tento descobrir o que diabos estou fazendo e por que essa mulher está me afetando.

Dez minutos depois, ainda não tenho respostas e percebo que estou parecendo um cara esquisito sentado no estacionamento de um abrigo de animais. Alcançando a maçaneta, começo a sair do meu SUV, mas congelo quando a vejo. Seu cabelo longo e escuro está trançado e jogado sobre o ombro. Ela está vestindo uma regata com o logotipo do abrigo e uma calça justa, legging, a melhor amiga de um homem.

Não consigo tirar os olhos dela. Ela está conduzindo um cavalo em minha direção. Então, vira a cabeça para falar com ele e a vejo tropeçar. Minha mão abre a porta e minhas pernas correm para me levar até ela, mas é tarde demais, ela tropeça e cai no chão. O cavalo fica assustado e passa correndo por mim. Não tento pará-lo e corro na direção dela, caindo de joelhos ao seu lado.

— Emma — digo, ofegante.

— Ai. — Sua voz é suave e retraída pela dor.

— Ei, me deixa te examinar.

Ela levanta a cabeça e a dor em seus olhos torce meu estômago.

— L-Landon? — ela pergunta, confusa.

— Sim. — Tiro a franja de seus olhos. — Você está bem?

— O que você está fazendo aqui? — Ela tenta se sentar e se encolhe.

— Me deixa te ajudar. — Ela não resiste. Fico de pé, coloco as mãos sob seus braços e a levanto. Ela tenta se soltar e acaba caindo em meus braços ao gritar de dor. Sem pensar, apenas a pego no colo como uma noiva e a carrego para a porta da frente. — Você pode abrir a porta? — pergunto. Ela consegue girar a maçaneta, e eu chuto a porta com o pé. Passo pela mesa da recepção e vou pelo corredor. — Este é o seu escritório?

— É — ela confirma, o rosto ainda contorcido de dor.

Não pergunto qual é sua mesa, o buquê de lírios e rosas me sinaliza. Escondo o sorriso, mas algo dentro de mim se anima sabendo que ela o guardou. Com cuidado, eu a coloco na cadeira.

— Me deixe dar uma olhada. — Passo as mãos por sua perna, com músculos tonificados, e paro quando alcanço o tornozelo.

— Está tudo bem, ou vai ficar. Só caí de mal jeito. — Ela tenta puxar a perna das minhas mãos, mas não permito. — Você ainda não disse o que veio fazer aqui.

— Vim para te ver.

— Me ver? — ela pergunta, confusa.

— Pois é, já fazia muito tempo que eu não via esses olhos verdes. — Estou olhando para ela, nossos rostos próximos, enquanto me ajoelho diante dela. Tenho o desejo repentino de puxá-la para um beijo.

— Qual é, Landon. Por que você está aqui?

Não sabia que era verdade até que as palavras saíram dos meus lábios pela primeira vez, então repito:

— Para te ver. — Meus dedos passam gentilmente por seu tornozelo, que já está começando a inchar. — Desculpe não ter chegado a tempo, eu tentei. Vi você tropeçar.

— Não é sua culpa ou responsabilidade.

— Talvez não, mas, ainda assim, me desculpe. Parece uma torção.

— Que maravilha — ela murmura.

— Você está sozinha aqui?

Ela faz que sim com a cabeça, seus olhos vidrados.

— Sim. A gente tinha um voluntário agendado, mas ele não veio. A creche do CJ ligou, e ele está com conjuntivite, ou é o que acham. Aubrey saiu para buscá-lo e levá-lo ao médico.

— Certo. Bom, acho que se você colocar gelo e mantiver o pé elevado, deve ficar tudo bem. Onde posso conseguir um pouco de gelo?

— Eu me viro. Você já pode ir.

Incapaz de resistir, coloco a mão em sua bochecha.

— Estou aqui e vou te ajudar.

Seus olhos verdes me observam – e eles são mesmo de uma cor única – tanto que perco o ar quando ela me encara. Piscando com força, examino seu rosto, e é quando vejo algumas sardas suaves em suas bochechas. Não as tinha notado antes, mas gosto delas. Combinam com ela. Elas a tornam mais... humana, acho. Emma não é como as mulheres com as quais estou acostumado. Vestidas para matar, com mais maquiagem do que dá para encontrar em uma loja de departamentos e sempre com uma missão: levar um jogador para a cama. Emma é uma lufada de ar fresco, uma que eu não sabia que precisava até este momento.

— Obrigada — ela sussurra.

— Onde posso conseguir um pouco de gelo?

— Temos um armário no banheiro do outro lado do corredor. Tem um kit de primeiros socorros. Deve ter algumas bolsas de gelo nele.

— Tudo bem. Já volto.

Luto contra a vontade de pressionar meus lábios nos dela, ou mesmo de provar suas sardas. Em vez disso, me levanto, dou um aperto suave em seu braço e saio em busca das bolsas de gelo.

— Aqui. — Alguns momentos depois, entrego a ela uma garrafa de água que encontrei na sala de descanso. Ela a pega, e eu abro um frasco de ibuprofeno. — Tome. Vai ajudar com a dor e a inflamação. — Ela não discute e estende a mão para pegar os comprimidos e jogá-los na boca, bebendo metade da garrafa de água.

— Obrigada.

Aceno com a cabeça. Agarrando o que suponho ser a cadeira de Aubrey, deslizo-a para apoiar sua perna e, em seguida, aperto a bolsa térmica para ativá-la. Aperto por alguns minutos, misturando antes de colocá-la em seu tornozelo. Ela estremece, mas não diz nada.

— Está tudo bem aí?

— Sim, vou ficar bem.

— Que bom. Agora, me diga o que posso fazer para colocar o cavalo de volta no pasto.

— Merda, me esqueci do Buckwheat.

— Buckwheat? Todos os animais aqui têm nomes?

— A maioria. Posso ligar para Aubrey ou Chance quando ele chegar em casa.

— Não precisa. Estou aqui. É só me diz o que fazer.

— Landon...

Ouço o argumento se formando nessa única palavra, então coloco o dedo em seus lábios para calá-la. *Seus lábios sempre foram assim tão cheios e... beijáveis?*

— Vou te ajudar. Agora me diga o que posso fazer.

— Ele é um bebezão — ela cede. — Mas se você colocar um pouco de ração em um balde e esperar um pouco, ele vai vir até você.

— Certo. Onde está a comida?

— Lá fora no celeiro. Posso te mostrar. — Ela se move para se levantar.

— Não. — Minha voz é firme. — Você vai ficar quieta. Bem aqui. — Entrego meu celular para ela. — Ligue do meu celular para o seu número.

— O quê?

— Eu disse para você ligar para o seu número do meu celular. Aí vai poder me orientar sem ficar tentada a se levantar para ver o que estou fazendo. Quando a gente terminar, você pode excluir a chamada para que eu não tenha o seu número.

— Isso é loucura. Por que você ia querer que eu excluísse o meu número?

Dou de ombros.

— Quero merecer, Emma. Agora ligue para você mesma. — Não sei o que estou fazendo. Esta é a oportunidade perfeita para conseguir seu número, mas estou falando sério. Quero merecê-lo. Há vantagens em ter que me empenhar para ter seu afeto. Não é algo que eu sabia que queria ou mesmo precisava em minha vida até que a vi cair no chão. Não consigo explicar. Fiquei preocupado com ela. Não apenas "ah, espero que ela esteja bem", mas preocupado de verdade. Não entendo o que está acontecendo. Mal conheço essa garota, mas ela me consome. Uma breve conversa e o fato de ela não se jogar em cima de mim, pelo visto, é tudo o que é necessário para me fisgar. Quem diria...

Vejo um tremor leve em sua mão quando ela pega meu celular. Seus dedos pressionam devagar a tela enquanto ela disca seu número. O celular está na sua mesa. Eu o pego, levando-o ao ouvido.

— Celular da Emma. — Sorrio. Para minha surpresa, ela sorri de volta. — Vou pegar o Buckwheat. Mantenha a bunda aí na cadeira. — Aponto para a cadeira enquanto falo com ela pelo celular. Eu a observo quando ela balança a cabeça e, aos poucos, um sorriso vai aparecendo em seu rosto. Isso me atinge no estômago e me faz estufar o peito ao mesmo tempo. Eu fiz isso. Coloquei esse sorriso ali e mal posso esperar para fazê-lo de novo.

— Então vá. — Ela aponta para a porta, e eu bato continência. Sua risada me segue por todo o corredor.

Na parte externa, não tenho certeza do que vou enfrentar. Vejo Buckwheat perto do celeiro.

— Ele está perto do celeiro — digo a Emma.

— Ótimo. Cavalos são espertos. Ele sabe onde é alimentado, e está na hora de comer.

— Eu consigo fazer isso. Quanto?

— Para ele, uma concha, um pedaço de feno e precisa preencher a água.

— Pode deixar. — Me aproximo. — Oi, amigão! — Estendo a mão para deixá-lo sentir meu cheiro. — Cavalos percebem o medo? — pergunto a Emma.

— Sim, todos os animais percebem. Você está com medo, Landon? — Ela está provocando, e eu adoro isso.

— Não, mas ele parece assustado.

— Ele deve estar mesmo. Pobrezinho.

Buckwheat vira a cabeça, se aproximando de mim.

— Ei, cara. Vamos colocar você de volta no campo, ok? — Ele bufa, e considero como um sim. Me afasto e abro o portão, esperando que ele simplesmente entre. Mas ele não entra. — Tem que ser teimoso, hein? Você pegou isso da Emma?

— Ei! — Ela ri.

— Você sabe que é verdade — provoco. — Tudo bem, então a ração está no celeiro? — pergunto, embora ela já tenha me dito.

— Sim. A gente guarda em um barril para proteger dos roedores e outros animais. Tem uma concha dentro.

Vou em direção ao celeiro, e, claro, há um grande barril de plástico azul com uma etiqueta "Ração de Cavalo" na lateral. Abro a tampa e a concha está lá, como ela disse.

— Encontrou? — ela indaga.

— Sim, uma concha, né? Normal ou bem cheia?

— O quê?

— Uma concha bem cheia ou normal? Essas coisas fazem a diferença, Emma.

Ela ri de novo, e adoro o som.

— Pode ser bem cheia.

— Pode deixar. — Com a concha bem cheia em uma das mãos e o celular no ouvido com a outra, volto para fora, para Buckwheat. Ele ergue a cabeça, e juro que seus olhos se arregalam quando ele vê a concha de ração nas minhas mãos. — Isto aqui é para você, amigão — digo a ele. — Vamos. — Eu o seguro, deixando-o dar uma cheirada, e ele mostra a língua, tentando pegar um pouco, mas puxo a concha para longe. Um pouco da ração cai no chão, então ele se curva para tentar devorá-la. — Vamos, Buckwheat, por aqui. — Seguro a concha e vou caminhando devagar para o campo. Que bom que deixei o portão aberto.

— Ele está te seguindo? — Emma pergunta.

Eu me viro para olhar por cima do ombro.

— Ele ainda está decidindo. Onde eu o alimento?

— Pode ser no chão mesmo. Há um espaço vazio próximo à calha d'água. Está vendo?

— Sim.

— É onde a gente costuma alimentá-lo.

Jogo a concha de ração no chão e ouço galopes. Eu me viro a tempo de ver Buckwheat parar e começar a comer.

— Ele entrou — aviso a Emma.

— Ah, que bom! — Posso ouvir o alívio em sua voz. — Agora, um pouco de feno.

— Certo. — Me certifico de que o portão está fechado e volto para o celeiro para guardar a concha e verificar se a tampa do tambor está bem fechada. — Coloco o fardo de feno ao lado da ração? — pergunto para conferir.

— Sim, só um pedaço.

— Quanto é um pedaço?

— Não sei, uns dez centímetros. Ele come grama, mas a gente gosta de dar feno para ele, porque é com isso que ele está acostumado.

— Certo. E onde jogo isso?

— Ao lado da ração.

— Fácil demais. — Jogo o feno, mas Buckwheat não parece notar, já que ainda está devorando a ração espalhada no chão. Não preciso perguntar onde está a água, pois há uma bica suspensa sobre a calha. Puxo a alavanca e me encosto na cerca enquanto vai enchendo. — Como está o tornozelo? — pergunto.

— Dói, mas vou ficar bem. Vou para casa descansar e melhorar.

— É o seu pé direito.

— Sim.

— Você não pode dirigir.

— Aubrey vem me buscar.

— Ou eu poderia te levar para casa. Talvez a gente possa pegar comida no caminho para lá.

— Landon, já conversamos sobre isso.

Não, você recusou o jantar, não uma carona para casa.

— Não — ela diz, mas não com a mesma convicção de antes.

— Qual é, Emma. Você sabe quem eu sou. Não sou um assassino em série.

— Que reconfortante — ela responde, seca.

— Eu posso terminar o que você precisa fazer aqui. A gente para em um drive-thru ou pedimos pizza e te levo para casa. Tranquilo.

— Vou precisar do meu carro.

— Quem disse que você vai poder dirigir amanhã? Eu tenho que estar no campo às nove. Posso passar e te pegar. — *Ou eu poderia ficar*, penso, mas guardo esse pensamento para mim.

— Aubrey pode me buscar.

Quero discutir, mas até eu sei quando parar. Além disso, o que ela vai fazer quando eu aparecer na casa dela pela manhã?

— O que mais precisa ser feito?

— Apenas a verificação noturna. Preciso ter certeza de que todos os animais têm água e as gaiolas estão fechadas. O resto que eu tinha na minha lista hoje pode esperar. Os animais são o mais importante.

— Tem certeza? — pergunto enquanto desligo a água e volto para o prédio.

— Sim. Se você não se importar.

— Já te disse que não. Estou voltando para dentro agora.

Por mais que eu odeie encerrar a ligação, bloqueio a tela em vez de bisbilhotar para conhecê-la melhor. Ter que me empenhar para chamar sua atenção leva ao mérito, e aquele sorriso que ela me deu antes... com certeza vou me empenhar para receber mais. Não tenho certeza do que isso significa, ou se quero que signifique alguma coisa. Por enquanto, vou apenas seguir com o que me parece certo e vamos descobrindo o resto à medida que avançamos.

CAPÍTULO 5

Emma

Landon desliga, e eu olho para seu celular. Ele disse que eu poderia apagar meu número. Meus dedos pairam sobre ele, mas não consigo apagá-lo. Estou curiosa para saber se ele vai verificar e, caso o faça, se vai usá-lo. Não tenho certeza se ele usaria. Não depois de me dizer para apagá-lo, pois queria que eu desse meu número a ele. De certa forma, se eu não apagar a ligação, estou dando meu número, não é?

— Você precisa de algo? — Landon pergunta da porta.

Coloco o celular na mesa e balanço a cabeça.

— Obrigada pela ajuda, Landon.

— De nada. — Ele exibe suas covinhas, com certeza ciente do poder delas.

— Então, me indique para onde devo ir agora.

— No final do corredor há duas salas. Só temos cães, gatos e o Buckwheat no momento. Há uma pia e, ao lado dela, uma mangueira conectada à água. Só verifique se todas as tigelas estão cheias. Não vai precisar abrir as gaiolas.

— Pode deixar. Mais alguma coisa?

— Não.

— Vou ser rápido. — Ele pisca e desaparece no corredor.

Apoiando a cabeça para trás na cadeira, fecho os olhos. Não acredito que isso está acontecendo. Que eu caí, e ele era o único ali para me ajudar. Por que tinha que ser ele? Sei que sou maluca. Qualquer mulher ficaria entusiasmada em ter Landon Barker à sua disposição, mas ele é... demais. Sexy demais, confiante demais também... tudo.

— Ei. — Sua voz grave me tira dos pensamentos.

Abrindo os olhos, eu o vejo ajoelhado ao lado da cadeira, uma expressão de preocupação em seu rosto.

— Tudo bem?

— Ah, você quer dizer além do tornozelo torcido e do fato de você ter que fazer meu trabalho e cuidar de mim? Claro, estou ótima. A propósito, obrigada pelo diagnóstico, doutor.

— Venha, srta. Independente. Vamos te levar para casa. — Ele fica de pé e começa a retirar a bolsa de gelo do meu tornozelo.

— Muito obrigada por toda a ajuda, mas posso ligar para a Aubrey. Só precisamos destrocar os celulares — digo, pegando o dele da mesa e o entregando. Eu já deveria ter ligado para ela, mas não o fiz. Não quero analisar o porquê disso. Vou colocar a culpa na dor, e talvez tenha um pouco a ver com a sensualidade do *quarterback* que está cuidando das minhas necessidades. Quer dizer, do meu tornozelo.

Meu celular toca, e ele sorri ao tirá-lo do bolso e olhar para a tela. Ele o vira para me mostrar que é Aubrey.

— Viu? *Timing* perfeito. — Estendo a mão para pegar o celular, mas, em vez de entregá-lo, ele exibe aquelas malditas covinhas e desliza o dedo pela tela.

— Oi. — Ele faz uma pausa. — É o Landon. — Ele explica por que está com meu celular e o que aconteceu. — Vou pegar comida para ela e levá-la para casa. — Outra pausa. — Posso buscá-la pela manhã.

— Me deixe falar com ela — peço em voz alta, estendendo a mão.

— Não, ela não está de acordo com isso. — Ele ri. — Mas, de qualquer maneira, é o que vou fazer.

— Landon — insisto, e minha voz soa autoritária.

— Ela quer falar com você. — Ele pisca ao entregar o celular e pegar o dele, colocando-o no bolso de trás.

— Oi, Aubs.

— Parece que você teve um dia agitado. Como está o tornozelo?

— Está inchado e dói ficar em pé. Devo ficar bem se descansar esta noite.

— Ele vai te levar para casa, hein?

— Pensei que talvez... — Não continuo, porque sei que ela sabe aonde quero chegar.

— Sim, eu iria, mas ele está aí e quer muito te ajudar.

— E se ele for um assassino psicopata ou algo do tipo? — pergunto, dando uma espiada em Landon. Ele está apoiado na borda da minha mesa, pernas cruzadas na altura dos tornozelos, braços cruzados à frente do peito e um sorriso arrogante. Como a adulta que sou, mostro a língua, fazendo-o rir.

— Ele não é.

— Você não tem como saber.

— Chance, Landon Barker é um assassino em série? — Eu a ouço perguntar ao marido e reviro os olhos. Eu o ouço rir e dizer não. — Viu? — ela diz.

— Tá bom. Você pode me pegar de manhã?

— Você já tem carona.

— Aubreeyy — falo, choramingando.

Ouço uma risada diabólica.

— Te vejo amanhã. Cuide do tornozelo.

A linha fica muda, e estou tentada a jogar o celular na cara presunçosa do Landon.

— Você já está com tudo o que precisa? — ele indaga. Aponto para minha bolsa e minha lancheira no canto da mesa. Ele as pega e as entrega para mim. — Pronta? — Antes que eu tenha a chance de responder, ele está se curvando e me levantando nos braços.

Dou um gritinho, o que faz com que uma risada ecoe do fundo de seu peito.

— Sabe, estou melhor. Tenho certeza de que posso dirigir. — Minha tentativa de convencê-lo é ignorada.

Ele continua e empurra a porta, me levando para seu SUV.

— Você pode abrir a porta? — ele pergunta.

Estou pensando em discutir com ele e hesito, mas tenho certeza de que ele vai descobrir uma maneira de abrir a porta sozinho. Além disso, ficar tão perto dele, em seus braços, envolvida por todos os seus músculos, com seu cheiro me dominando, está me fazendo sentir coisas que eu não deveria. Não quero me sentir atraída por ele, mas já me sinto. Preciso de distância, então estendo a mão e abro a porta. Ele a move com a perna e, com cuidado, me coloca no banco do passageiro.

— Vou trancar. — Ele corre de volta para a porta, se certifica de que está trancada e, em seguida, corre de volta para o SUV. Ele se acomoda facilmente atrás do volante e olha para mim. — Certo, o que vamos jantar?

— Tenho comida em casa. Para mim — acrescento, como uma reflexão tardia. — Posso comer lá.

— Claro que pode, mas você precisa evitar movimentar o tornozelo. Vai, me deixa comprar o seu jantar.

Meu estômago ronca. Traidor. Não olho para ele, porque sei que ele também ouviu.

— Tudo bem, um drive-thru. Obrigada. — A última parte sai como um murmúrio. O que não digo é que ainda vou almoçar. Eu não estava com fome, então planejei caminhar com Buckwheat e depois comer, antes de verificar tudo e encerrar o dia.

— Você escolhe.

— Qualquer coisa. Não sou exigente.

— Sério? E se eu disser que quero um hambúrguer suculento com fritas?

Meu estômago volta a roncar e minha boca saliva.

— Eu diria: adicione um chá gelado grande e fechamos negócio. — Posso sentir seus olhos em mim ao pararmos em um cruzamento. Não ouso olhar para ele. Não quero saber no que está pensando no momento.

Ele pega o celular, toca na tela e o coloca no ouvido.

— Oi, Harv. Preciso de um pedido para viagem, por favor. — Ele pede três cheeseburgers deluxe, duas batatas fritas e dois chás gelados grandes. — É, eu sei, mas é uma ocasião especial. — Ele escuta e então diz: — Obrigado, Harv. — E encerra a ligação.

Ficamos em silêncio pelos próximos quinze minutos, nada além do zumbido dos pneus no asfalto preenchendo o interior. Não sei quem é Harv ou para onde ele está nos levando, então, quando paramos na entrada dos fundos de um pequeno bar não muito longe do estádio, meu interesse é despertado.

— Já volto.

Eu o observo ir em direção à porta dos fundos, digitar um código e desaparecer. Onde estamos e por que ele tem o código para entrar? Não que seja da minha conta, mas se este for um local escuso, eu deveria saber, não é? Afinal, ele me trouxe aqui.

Poucos minutos depois, ele está de volta e me entrega um saco de papel branco que tem um cheiro dos deuses.

— Que lugar é esse? — pergunto, colocando o saco no colo.

— Um bar. O proprietário, Harvey, é fã dos Trojans. Ele tem um espaço nos fundos para os jogadores, uma espécie de extensão da área principal do bar. Só a gente tem acesso. É um lugar onde podemos vir para relaxar e tomar uma cerveja, sem nos preocuparmos com os fãs. Não me entenda mal, a gente ama os fãs, mas às vezes você só quer relaxar. Só quero ser Landon Barker, não Landon, o *quarterback* dos Trojans. Harvey torna isso possível.

— Isso é... legal da parte dele.

— Pois é, ele faz isso há anos. Aproveito ao máximo, e a comida dele é de comer rezando. Esse vai ser o melhor hambúrguer que você já comeu.

— Será? Já comi hambúrgueres muito bons quando era mais nova. Meu pai é uma fera quando se trata de grelhados.

— Estou te dizendo. É o melhor — ele diz, saindo do estacionamento. — Então, para onde vamos agora? — ele pergunta ao parar o carro no cruzamento.

— Vire à esquerda. — Ele obedece, e pegamos o caminho para minha casa. Não conversamos, a não ser pelas minhas instruções. Vinte minutos depois, ele está entrando na minha garagem.

— Lugar legal — ele elogia, tirando a chave da ignição.

— Não é nada de mais, mas é meu — respondo, na defensiva.

— Ei. — Ele estende a mão e a coloca no meu braço. — Não estava sendo rude ou sarcástico. Falei sério.

Odeio ficar na defensiva com ele. Ele é apenas um cara normal que recebe muito dinheiro por fazer algo que ama e, devo admitir, ele é bom pra caramba no que faz. Amo minha casa e não tenho vergonha dela. Preciso relaxar. Estou deixando sua carreira e sua fama ofuscarem o homem que ele é. O homem que está cuidando tão bem de mim. Faço um gesto com a cabeça e abro a porta.

— Fique aqui — ele instrui, saindo do carro e correndo para o meu lado. — Pego isso depois. — Ele tira o saco das minhas mãos e o coloca no chão. — Você está com a chave?

Reviro a bolsa, rezando para que esteja ali, e não na minha mesa no abrigo. Finalmente, eu a sinto e a puxo para fora, mostrando para ele.

— Achei.

— Certo. Vou destrancar a porta e mantê-la aberta. Você fica aqui. Já volto para te buscar.

— Posso tentar andar — retruco, e ele me lança um olhar que me diz para ficar quieta. Repasso em minha mente, tentando lembrar se minha casa está uma bagunça. Tenho quase certeza de que está tudo arrumado, sem sutiãs espalhados ou algo parecido. Não me julgue. Gosto de ficar à vontade assim que chego em casa. Costumo fazer isso antes de tomar banho, para poder começar o jantar. Isso se eu for cozinhar. De qualquer forma, está tudo certo. Eu acho.

— Pronta? — ele pergunta, aparecendo na minha frente. Confirmo com relutância e pego sua mão, deixando-o me ajudar a sair do SUV. Uma vez fora do carro, deixo a perna no ar, porque dói só pensar em colocar pressão no tornozelo. Aceno com a cabeça e, com muito pouco esforço, ele me pega em seus braços e me carrega para dentro.

— Pode ser no sofá?

— Sim. Muito obrigada. — Ele me coloca no sofá e pega uma almofada da outra ponta. Observo, enquanto ele reclina a parte onde estou e, em seguida, coloca a almofada sob meu tornozelo. É estranho tê-lo em minha casa, no meu espaço e cuidando de mim. Ele poderia, facilmente, apenas ter me deixado aqui, mas, em vez disso, se certifica de que estou confortável. Não tenho certeza de como me sinto sobre isso.

— Já volto. — Ele desaparece, fechando a porta atrás de si. Ele mal saiu e já está empurrando a porta de novo. Minha bolsa, lancheira, as bebidas e a comida estão em suas mãos. — Tudo bem deixar isso aqui? — ele pergunta, apontando para a mesa de centro.

— Sim. Obrigada.

— Aqui. — Ele me entrega um chá. — É o melhor chá gelado que você já provou.

— Duvido muito. Sou da Geórgia. Ninguém faz chá como no Sul.

— Experimente — ele insiste.

Querendo saber o porquê desse alarde todo e também provar que ele está errado, coloco o canudo no copo e tomo um gole. É bom.

— É bom, mas não é bom como na Geórgia.

— Que tal: é o melhor chá gelado da Costa Oeste? — Ele sorri.

— Se te faz se sentir melhor... — brinco, e ele sorri. — E esse hambúrguer que você elogiou tanto?

— Este é seu e aqui estão suas batatas fritas.

— Obrigada. — Eu os coloco no colo, desembrulho o hambúrguer e dou uma grande mordida. Cubro a boca com a mão enquanto mastigo, porque mordi mais do que poderia mastigar, e ele não precisa ver isso. — Ah, meu Deus — digo quando finalmente engulo. — É incrível.

— Eu te falei. Quer saber o que mais é incrível? — Ele não espera minha resposta e continua: — Que você come comida de verdade.

— Em vez de comer comida falsa? — pergunto, dando outra mordida.

Ele sorri.

— Não, em vez de "ah, só uma salada para mim" — ele diz, afinando a voz para parecer mais feminina.

— Humm... isso era para ser eu?

— Não, mas é o que estou acostumado a ouvir. Me explique isso. Por que as mulheres não comem na frente dos homens? Você tem que comer para viver, então... por que isso?

— Imagino que elas ficam nervosas ou estão tentando te impressionar. Eu, por outro lado, não estou nem uma coisa nem outra — falo, dando outra mordida. Se eu achasse que ele estava sendo sincero sobre essa coisa de "me deixa levar você para jantar", que era mais do que apenas a caça, talvez eu também ficasse nervosa. Mas ele não está, e este é o único jantar que ele vai ter. Vi as mulheres em sua companhia, as modelos, as atrizes. Não chego nem perto delas. Não é uma crítica a mim mesma, é só um fato. Pelo que li, ele joga dentro e fora do campo, e eu dei um fora nele. Devo ser a única mulher nos Estados Unidos a fazer isso. Abalei seu ego, então agora ele tem que provar que pode me fazer dizer sim.

— Talvez seja isso — ele murmura.

— O quê?

— Tenho certeza de que é isso.

Terminamos os hambúrgueres, dois para ele e um para mim, e começamos a comer as batatas fritas.

— Você pode me passar minha bolsa? — peço.

Ele a coloca ao meu lado no sofá. Pegando minha carteira, tiro uma nota de dez dólares e entrego a ele.

— O que é isso? — Ele olha para o dinheiro como se ele o ofendesse.

— Pelo jantar.

— Não vou aceitar seu dinheiro, Emma.

— Por favor. — Tento fazer charme para ver se ele cede. Não tive essa sorte.

— Não. Pode guardar. — Seu tom de voz é muito sério, algo que não é comum nele, então concordo e coloco os dez de volta na carteira.

— Obrigada pelo jantar. Obrigada por me trazer para casa, cuidar das coisas do abrigo, tudo. Obrigada, Landon.

— Foi tão difícil assim?

— E pensar que eu estava começando a acreditar que talvez você não fosse tão ruim.

— Ei, tenho uma reputação a zelar.

— Ah, sim, e que reputação é essa?

— Com as mulheres. — Ele balança as sobrancelhas, e eu tento ao máximo não rir, mas não consigo segurar.

— Pode rir. Seu garoto tem habilidades.

— Não. Pare — falo com dificuldade no meio de uma risada. Quando finalmente paro de rir, termino as batatas fritas e jogo o lixo no saco. — Era disso que eu precisava, obrigada.

— De nada. — Ele junta todo o lixo, enfia no saco e se levanta.

— Aonde você está indo? — pergunto, esticando o pescoço para observá-lo, enquanto ele entra na cozinha.

— Vou procurar a lixeira — ele responde. Poucos minutos depois, está de volta sem o saco de lixo, mas segurando uma bolsa de gelo da geladeira e uma toalha da gaveta ao lado do fogão. Ele coloca a toalha sobre meu tornozelo e a bolsa por cima. — Tudo bem? — Ele olha para mim.

— Obrigada. — Admito que nunca esperei esse lado dele. Eu o rotulei como rico e pretensioso, não gentil e carinhoso. É um contraste indiscutível com o que eu tinha na cabeça. Cuidar de mim o torna mais... encantador. É perigoso. Preciso ficar esperta. Não posso permitir que, por ter sido legal comigo durante uma tarde, eu me junte à multidão que cai a seus pés.

Ele balança a cabeça e, com suas pernas compridas, passa por cima das minhas e se senta no sofá.

— E agora?

— Hum, não entendi a pergunta.

— Quer ver um filme?

— Você não tem lugares para ir, pessoas para ver ou comer? — pergunto.

— Sim. Tenho que estar bem aqui e tenho que te ver ou... — ele faz uma pausa e olha para meu peito antes de seus olhos voltarem para o meu rosto — ... comer a sobremesa. — Ele sorri com malícia.

— Você veio, a gente jantou, deixei você pagar e agradeço sua ajuda, mas você já pode ir agora.

— Ah, qual é, só um filme. É cedo. — Ele pega o controle remoto na mesa de centro e liga a TV. Ele se sente em casa, acessando a Netflix e procurando filmes. — O que está a fim de assistir?

— Landon. — Ele vira a cabeça e olha para mim. — Vá para casa.

— Não, obrigado. — Ele se volta para a tela e seleciona um filme. É uma comédia romântica, o que me surpreende.

— Essa é a sua escolha?

— É, as mulheres não gostam dessas coisas? Os filmes românticos?

— Sim, mas isso não explica por que você escolheu esse.

— Não se preocupe, Deaton. Já sei que este encontro não termina com esse tipo de final feliz — ele brinca.

— Encontro? — pergunto, sem acreditar.

— Eu fui te pegar, literalmente. — Ele sorri. — Jantamos e agora estamos vendo um filme. Considero isso um encontro.

— Não. Não. Sem chance, Barker, pode ir tirando o traseiro da minha casa.

— Tudo bem. — Ele ergue as mãos. — Não é um encontro. Somos apenas duas pessoas lindas passando um tempo juntas. Que tal?

— Ah! Você é tão esperto.

— Obrigado.

Reviro os olhos e me ajeito no sofá para assistir ao filme. Que escolha tenho? Ele cuidou de mim, pagou o jantar... Acho que é o mínimo que posso fazer. Tento não olhar para ele, o que é bem difícil. Eu me concentro na TV e me perco no filme. É um que já vi antes, mas mesmo assim fico facilmente entretida com a história.

No meio do filme, minha bexiga está estourando. Estendo a mão, removo a bolsa de gelo e abaixo a perna do sofá.

— O que você está fazendo? — ele pergunta, pausando o filme.

— Preciso fazer xixi.

— Me deixe te ajudar. — Ele se levanta e estende a mão para mim.

— Acho que posso andar. — Suas mãos seguram meus braços, enquanto eu tento dar um passo. É doloroso, mas não é nada que eu não possa suportar. — Viu?

— Vi, mas também sei por experiência... — Ele aponta para o peito. — Atleta profissional, lembra? Enfim, também sei por experiência própria que, quanto mais você descansar e colocar gelo, mais rápido vai se curar. — Então se curva e me levanta nos braços. — Onde fica?

— A porta no final do corredor. — Meu batimento cardíaco vai às alturas. Estar em seus braços mexe comigo. Quando você olha para além do fato de ele ser arrogante, da carreira que tem, e vê o homem que ele é, o que resta é o jeito carinhoso que ele tem me mostrado hoje e sua sensualidade. E isso é meio difícil de esquecer quando seus braços fortes estão me carregando.

Ele caminha pelo corredor e para do lado de fora da porta do banheiro.

— Vou ficar aqui e esperar por você. — Ele empurra a porta e a abre para mim. Com cuidado, me coloca de pé, mantendo as mãos na minha cintura para evitar que eu caia.

— Estou bem, Landon.

Ele concorda com a cabeça e me solta. Entro pulando, encosto no balcão do banheiro, fecho e tranco a porta. Respiro fundo, e parece ser a primeira vez que o faço desde que caí. Landon é insistente, intenso e teimoso pra caramba. Também é carinhoso, e isso não é algo que eu esperava. É o homem mais sexy que já vi, e ficar perto dele está exigindo uma força de vontade que eu não sabia que tinha. Se eu fosse do tipo aventureira, pularia em seu colo e o deixaria fazer o que quisesse comigo. Não tenho dúvidas de que isso entraria para os livros de história, mas não sou assim. Sei que se deixasse isso acontecer, eu me arrependeria no dia seguinte. Com o sexo vêm os sentimentos e não consigo separar os dois.

— Emma, você está bem aí? — Landon chama através da porta.

Merda.

— Sim, só um segundo. — Vou me apoiando para o vaso sanitário, abaixo a legging e, de alguma forma, consigo me sentar sem cair. Embora minha bexiga esteja cheia, demora um pouco para o xixi sair sabendo que Landon está parado do lado de fora da porta, ouvindo. Finalmente capaz de fazer o que preciso, consigo me levantar e manco até o balcão para subir a legging e lavar as mãos.

Quando abro a porta, ele está ali. Sem dizer nada, ele mais uma vez me pega, como se eu fosse nada além de ar, e me carrega para o sofá.

— Você tem pipoca? — ele pergunta.

— Sim, está na despensa.

— Vou pegar outra para você. — Ele pega a bolsa de gelo da mesa. — E vou fazer pipoca. O que você quer beber?

— Ainda tenho um pouco de chá.

Ele faz um gesto com a cabeça.

— Já volto.

Devo estar em algum tipo de universo alternativo. Não entendo por que ele ainda está aqui ou por que está decidido a ficar. Ele sabe que não vai me levar para a cama hoje, ou pelo menos já deveria saber.

— Aqui. — Ele coloca uma toalha limpa e uma bolsa de gelo no meu tornozelo. — É muito cedo para isso, mas eu os vi no armário e achei uma boa ideia trazê-los para você, assim você não tem que se levantar para pegá-los mais tarde. — Ele coloca um frasco de Advil e uma garrafa de água na mesa ao meu lado. Antes que eu possa agradecer, ele está de volta à cozinha e retorna com mais duas garrafas de água e uma enorme tigela de pipoca.

É assim que passamos o resto da noite. Terminamos de ver o filme, e ele começa outro. Quando acaba, estou exausta e pronta para dormir.

— Vou dar uma limpada. — Ele se levanta e pega a tigela e as garrafas de água vazias. — Aí te ajudo a ir para a cama.

— Eu dou conta.

— Tenho certeza de que dá, mas não precisa, já que estou aqui — ele diz e sai.

Quem ele acha que é? Sim, ele me ajudou demais hoje e agradeço, mas posso muito bem me virar sozinha. De pé, pulo pelo corredor até o banheiro para lavar o rosto e escovar os dentes. Mesmo o corredor não sendo tão comprido, paro na metade do caminho para recuperar o fôlego.

— O que você está fazendo, Emma? — Mãos fortes agarram meus quadris e seu hálito quente acaricia minha orelha.

— Estou me preparando para dormir.

— Não sem mim — ele fala, e posso jurar que chega um pouco mais perto.

— Eu dou conta. Obrigada por tudo. Você poderia, por favor, se certificar de trancar a porta ao sair? — peço, dispensando-o.

— Logo depois de colocar você na cama. — Grito quando ele me levanta. — Qual é o seu quarto?

— Me ponha no chão.

— Tenho todo o tempo do mundo, Emma. Qual é o seu quarto?

— Preciso escovar os dentes. — Eu me rendo. Não adianta brigar com ele.

— Sem problemas. — Ele me carrega até o final do corredor e não me coloca de pé até que eu esteja em frente à pia. — Faça o que precisa. — Ele aponta para a pia enquanto abaixa a tampa do vaso sanitário e se senta.

— Está brincando comigo?

— Não.

— Landon, vá embora. Estou bem. Não preciso de você aqui na minha casa, me levando para lá e para cá como se eu fosse uma criança. Eu me viro. Agradeço por querer ajudar, mas posso me virar sozinha.

— E eu posso ficar até que você esteja pronta para ir para a cama.

— Você não vai estar aqui no meio da noite ou de manhã quando eu estiver me arrumando. Já sou bem grandinha, número 18. Eu me viro.

— Talvez eu devesse ficar — ele reflete.

— Não! Você não vai ficar.

— Então faça o que precisa fazer, me deixe te colocar na cama e você não vai me ver de novo até amanhã de manhã.

— Ah! É tão frustrante falar com você.

Ele concorda com a cabeça.

— É o que dizem.

Precisando que esse dia acabe, me apresso para lavar o rosto e escovar os dentes. Não digo a ele que terminei. Em vez disso, me viro e começo a andar, quer dizer, pular para fora do banheiro. Ele se aproxima, coloca o braço ao meu redor, permitindo que eu me incline em sua direção, e vamos para o meu quarto.

— Qual é o seu?

— Este. — Aponto para a porta do lado direito do corredor. A porta está aberta e, felizmente, minha cama está feita e não há nada à vista que não deva estar, pelo menos numa olhada rápida. Vamos para a cama, e eu me sento.

— Onde está o seu pijama?

— Eu posso pegá-lo, Landon — digo, exasperada.

— Eu também. Você pode se trocar, enquanto eu busco os remédios e a garrafa de água. E aí vou embora. Prometo.

— Gaveta superior. — Aponto para a cômoda. Assim que ele abre a gaveta, lembro que é onde coloquei o cartão das flores. Em silêncio, cruzo os dedos, esperando que tenha deslizado para o fundo e ele não perceba.

Não tenho essa sorte.

— Ah, você guardou. — Ele levanta o pequeno envelope branco entre os dedos e, claro, aquelas malditas covinhas aparecem.

— Não sei como isso foi parar aí. — Que mentira.

Ele sorri.

— Você deveria usar, sabe. Meu número.

— Não, obrigada. Estou tentando me livrar de você, lembra?

— Não vou embora assim tão fácil. Na verdade, você deveria me dar o seu número para que eu possa saber como você está.

— Você ainda está aqui — digo, e minha voz se eleva. Não estou gritando, mas a irritação que ele causa com certeza está aparecendo.

— Vou embora, mas quero o seu número. Quero ter um jeito de saber como você está. Você mora sozinha e me sinto mal por te deixar assim.

Algo em seu olhar me diz que é mais do que isso. Mas acabo cedendo só para me livrar dele. Preciso dele fora do meu espaço.

— Está bem. Está no seu celular. Não apaguei a chamada. Mas não me encha de mensagens — eu bufo, e ele sorri. Odeio gostar do fato de que ele está preocupado.

Ele pega um pijama e faz gestos exagerados para colocar o pequeno envelope branco de volta na gaveta. Em seguida, joga a roupa para mim e sai do quarto, fechando a porta. Olho para a porta, desejando que pudesse trancá-la. Nunca precisei antes. Caramba, conhecendo sua arrogância, ele apenas tiraria a porta das malditas dobradiças. Não querendo ser pega de calça curta, ou melhor, de calcinha, tiro o sutiã às pressas e coloco a camisa do pijama. Fico com a legging. Posso tirá-la depois que ele sair. Estou indo para baixo das cobertas quando ele bate na porta.

— Pronta ou não, aí vou eu — ele cantarola e abre a porta devagar.

— Me dê aqui e vá embora. — Estendo as mãos para o frasco de Advil e a água.

— Tão mal-humorada — ele provoca.

— Landon — eu rosno. Rosno de verdade. É o que esse homem fez comigo. Rosno para ele como um animal selvagem, e não de prazer, devo acrescentar.

— Aqui. — Ele tira dois comprimidos, abre a garrafa d'água e os entrega para mim. Engulo e o observo conectar meu celular no carregador e o colocar na mesa de cabeceira. — Você precisa de mais alguma coisa?

— Não. Pode ir para casa.

— Tudo bem. Te vejo amanhã de manhã. Você chega ao abrigo às nove, não é?

— Como você sabe disso?

— Aubrey — ele diz, encolhendo os ombros.

— Isso — confirmo, com os dentes cerrados. Ela está do lado dele, então sei que a chance de ela vir me pegar de manhã é pequena. Mais um encontro com ele e chega. Ele está testando minha paciência e me deixando com tesão, tudo ao mesmo tempo. Meu corpo e minha mente estão em guerra.

— Tenho que estar no campo às nove, então vou te deixar às oito e meia. Tudo bem pra você?

— Sim.

— Precisa de algo? — ele pergunta. Desta vez, sua voz é mais suave e me lembra de como ele estava me tratando logo depois que caí.

Carinhoso.

Gentil.

— Não. Boa noite, Landon.

Minha respiração para no peito quando ele se inclina e beija o topo da minha cabeça.

— Boa noite, Emma. Eu tranco a porta.

E, assim, ele se vai. Escuto seus passos pesados até a porta da frente e ela se fechar. A maçaneta balança quando ele testa para verificar se está trancada. Finalmente, me jogo nos travesseiros quando meu celular toca com uma mensagem.

Desconhecido: Boa noite, Emma. A porta está trancada.

Salvo seu número. Tenho a sensação de que vou precisar saber quem está me ligando ou mandando mensagens no futuro.

Eu: Obrigada.

Não quero dar a ele a ideia de que vamos ficar enviando mensagens um para o outro o tempo todo. Já o agradeci várias vezes hoje. Ele sabe que sou grata pelo que fez por mim. Acabou. É hora de deixar pra lá. Coloco o celular de volta na mesa de cabeceira, apago o abajur e, para minha surpresa, logo caio no sono.

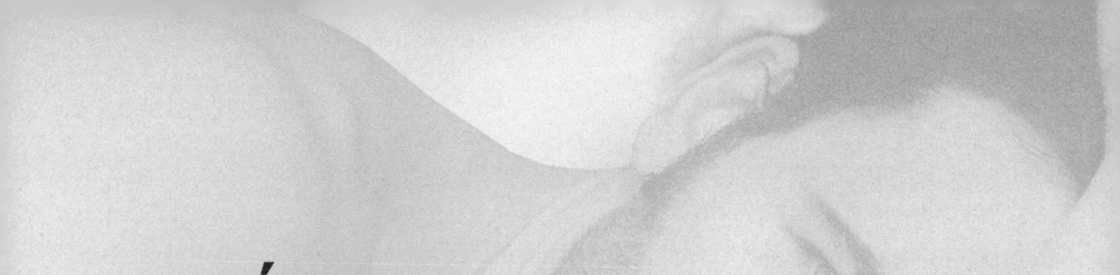

CAPÍTULO 6

Landon

Estou olhando para o despertador quando ele muda para 6h29. Mais um minuto, e ele vai me acordar com um estrondo. Alcançando-o, eu o desligo para evitar que o alarme irritante toque. Dormi muito mal na noite passada. Fiquei repassando o dia com Emma na mente. Essa coisa entre nós começou porque ela me deu um fora. E ainda há uma parte de mim que deseja ter a satisfação de saber que posso fazê-la mudar de ideia. No entanto, ela é diferente de qualquer mulher que já conheci.

Eu amo as brincadeiras, mas, mais do que isso, amo que, quando estou com ela, sou apenas o Landon. Ela parece não se importar com minha carreira ou minha conta bancária. Será que ela está só fingindo? Eu realmente acho que não, mas não a conheço bem o suficiente para formar esse tipo de opinião. É por isso que quero conhecê-la. Sim, quero que ela aceite sair comigo, um encontro, mas, ao mesmo tempo, ela é quem ela parece ser de verdade? Essa mulher linda, que assume quem é? Uma mulher que adora animais e não tem vergonha de comer um hambúrguer suculento na frente de outras pessoas.

Quero que ela seja real.

Quero que ela seja essa pessoa.

Meu instinto me diz que ela é. Não costumo errar com essas coisas, mas sempre há uma primeira vez. Se essa não é a verdadeira Emma, ela é uma atriz incrível. Pelo que sei até agora, ela é verdadeira.

Saindo da cama, tiro a cueca boxer e vou para o chuveiro. Eu costumo sair para correr, mas estou me arrastando por causa da noite mal dormida e, com um treino longo pela frente no sol quente da Califórnia, sei que não devo forçar a barra. Talvez eu tire uma soneca quando chegar em casa e saia para correr depois que o sol se puser. Também poderia correr na esteira, mas prefiro ao ar livre; gosto mesmo é de correr na praia.

Depois do banho, leio alguns e-mails e assisto à ESPN até a hora de sair. Passo na padaria do bairro e pego bagels com cream cheese e dois cafés grandes. Não sei como ela gosta do café e, por algum motivo inexplicável, isso me irrita. Então, para garantir, peço que coloquem creme e açúcar na sacola.

Estaciono na frente da sua casa dez minutos antes das oito. Vejo a cortina se mover, e esse pequeno gesto infla meu peito. Ela está observando... esperando por mim. Não tento conter o sorriso ao pegar a sacola de bagels e os dois copos de café. A srta. Emma está prestes a compartilhar sua segunda refeição comigo. Equilibrando tudo com uma das mãos, bato na porta. Sei que ela está perto, já que estava na janela, mas demora pra caramba para abrir.

Respiro aliviado assim que a porta se abre. Emma está diante de mim com uma camisa polo com o logotipo do abrigo no peito e que lhe cai muito bem, mostrando seu corpo esguio e aqueles seios incríveis. Ela está com um short cáqui que não é nada sexy, mas nela, ele fica. Posso imaginar suas pernas tonificadas e bronzeadas ao meu redor. Seu cabelo está amarrado de qualquer jeito no topo da cabeça, porém os cachos rebeldes ainda aparecem e são perfeitos. Seu rosto está sem maquiagem e, assim como ontem à noite, é possível ver as sardas em suas bochechas. Travei uma batalha comigo mesmo noite passada para não a puxar para meus braços e passar a língua nas sardas. Esse desejo ainda existe, mais forte do que nunca.

— Landon? — ela pergunta, e eu balanço a cabeça para voltar à realidade.

— Bom dia, sardentinha — digo, o apelido saindo da minha boca antes que eu possa impedir. Ela faz uma cara feia, e sua testa se franze. Luto contra a vontade de estender a mão e suavizar as linhas com o polegar. — Trouxe o café da manhã.

— Entre — ela convida e dá um passo para trás.

— Como está o tornozelo?

— Dolorido, mas hoje consigo colocar peso.

— Você consegue mantê-lo apoiado na mesa hoje?

— Na maior parte do tempo, sim. Depois de limpar gaiolas, alimentar, dar banho, coisas assim.

— Que tal eu passar lá depois do treino e ajudar com essas coisas?

— Não precisa. Vou ficar bem. Não posso fazer corpo mole.

— Você precisa de repouso. Dar tempo para o tornozelo se recuperar.

— Ah, sério. Então me diga, sr. *Quarterback*, quantas vezes você jogou machucado? Quantas vezes já esteve naquele campo quando queria estar em casa repousando na cama? Ou no sofá com uma cerveja gelada cuidando dos seus machucados?

— É diferente. É o meu trabalho. Recebo muito dinheiro para estar em campo.

— Então, esse é o meu trabalho, Landon. Posso não ganhar milhões, mas é o meu trabalho. Amo o que faço e amo aqueles animais que dependem de mim.

— Desculpe — peço, ouvindo a mágoa em sua voz. — Não quis te ofender. — Ela se vira para ir embora. — Emma. — Estendo a mão e seguro suavemente seu cotovelo. Ela para e se vira para olhar para mim. — Desculpe.

Ela acena com a cabeça.

— Preciso terminar de me arrumar — ela fala, se soltando, e eu a deixo.

— Você pode comer antes? — indago. Ela para, mas não se vira. — Por favor? — Seus ombros se abaixam, e sei que tenho sua atenção. Quem diria que duas simples palavras poderiam fazê-la concordar assim tão fácil? — Não é nada de mais — acrescento, seguindo-a até a cozinha. — Apenas bagels e café. Não sei como você gosta do seu, então pedi que colocassem creme e açúcar na sacola.

— Obrigada. — Sua resposta é educada e formal. Quero a Emma provocadora de volta.

— Então, como você gosta? — pergunto quando ela não dá a informação.

— Preto, dois sachês de açúcar.

Concordo com a cabeça.

— Bom saber. — Entrego a ela um bagel e desembrulho o meu. Comemos em silêncio, e não é tão desconfortável quanto pensei. Acho que gosto de estar perto dela. Amasso a embalagem, jogo na sacola e termino o café.

Ela dá outra mordida no bagel, embrulha a metade restante.

— O que você está fazendo?

— Não quero fazer você se atrasar para o treino. Além disso, já comi uma torrada quando tomei Advil hoje.

— Bom, leve com você. Pode comer mais tarde.

— Tudo bem.

De repente, ela se levanta e manca pelo corredor para terminar de se arrumar. Luto contra a vontade de segui-la. Em vez disso, eu a chamo.

— Emma?

— Sim?

— Precisa de ajuda?

— Não, estou bem.

Droga, é decepção o que sinto por ela não precisar da minha ajuda? Dou um jeito no lixo e, embora outro copo de café fosse bom para compensar minha falta de sono, dispenso e pego uma garrafa de água na geladeira.

— Estou pronta — ela declara.

Ela está com maquiagem agora, cobrindo as sardas, e odeio que não dê mais para vê-las.

— Por que você as cobriu? — pergunto, apontando para seu rosto.

— Do que você está falando? — Ela finge não entender, mas, pela posição de seus ombros, sei que entendeu.

Fico à sua frente. Minha mão se ergue, como se tivesse vontade própria, e meu polegar roça levemente sua bochecha.

— Suas sardas, por que você as cobriu?

— Prefiro não parecer como quando tinha dezesseis anos. — Seus olhos verdes me encaram.

— Você devia ser linda aos dezesseis anos porque agora... com as sardas aparecendo... é a mulher mais bonita que eu já vi. — Não tive a intenção de colocar isso para fora, mas quero cair morto se ela pensar que é menos do que estonteante.

Um rubor se espalha por suas bochechas. Consigo ver mesmo sob a maquiagem.

— A gente deveria ir. — Ela recua, e a conexão e o momento são perdidos.

— Certo. Onde estão suas bolsas? Vou levá-las para o carro.

— Eu posso pegar.

— Tenho certeza de que pode, mas vou pegar de uma maneira ou de outra.

Ela suspira.

— No sofá.

Estendo o cotovelo para ela e, após alguns segundos de hesitação, ela enlaça o braço no meu. Paramos no sofá, pego suas bolsas e, em seguida, a guio para fora. Espero, enquanto ela tranca a porta, e então a ajudo a se sentar no banco do passageiro do SUV.

Uma vez na rua, o silêncio começa a me afetar. É hora de quebrar o gelo.

— Então, você pensou em mim ontem à noite? — Olho de relance e a pego revirando os olhos. Perfeito. Quero uma reação dela.

— Como sabe? Você me ouviu te chamar? — Ela ofega e coloca a mão no peito, como se estivesse ofendida ou envergonhada.

O problema é que, ela pode até estar me provocando, mas imaginá-la se masturbando enquanto pensa em mim torna as coisas muito apertadas aqui embaixo. Meu pau se contorce, e tenho que me mexer no assento. Isso a faz rir.

— Você está bem aí, número 18?

— Atrevida.

Sua risada enche o carro, mas não fico com raiva.

— Qual a duração do treino hoje? — ela pergunta.

— Cinco horas. Três em campo e duas assistindo a fitas, revisando jogadas, times especiais, esse tipo de coisa.

— Você sempre gostou de futebol?

— Sim. Desde pequeno, eu me sentava no colo do meu pai e a gente assistia por horas. Meus pais contam que era o único momento em que eu ficava quieto. — Olho para ela, que tem um sorriso suave aparecendo nos lábios. — Enfim, o distrito escolar em que a gente morava não oferecia futebol, aí quando abriram as inscrições para o jardim de infância, meus pais me inscreveram na cidade vizinha. Comecei a jogar futebol americano pra valer aos cinco anos e nunca mais parei.

— É incrível pensar que seu amor pelo jogo começou tão cedo. E olhe só para você agora.

— Meus pais são os melhores. Devo meu sucesso a eles. Todas as noites que me levaram para os treinos, cinco vezes por semana, e mais os jogos nos fins de semana. Até que fiz dezesseis anos e tirei carteira de motorista. Eles sempre me proporcionaram o melhor equipamento, inclusive comprando um novo capacete a cada ano para ter certeza de que era seguro.

— Eles parecem mesmo ótimos.

— E são. — Concordo com a cabeça. — E você? Por que o abrigo de animais?

— Adoro animais. — Posso sentir a verdade em suas palavras. — Vim para Hermosa Beach para estudar veterinária, mas não gostei. Não sei se foi o curso em si ou a ideia de estudar por muitos anos, aí mudei o curso para técnico veterinário. Terminei dois anos depois. Me candidatei ao abrigo e fui contratada na hora. Aubrey tinha acabado de assumir e nos demos bem. Somos melhores amigas desde então.

— Faz diferença quando você pode fazer o que ama. Fica parecendo menos com trabalho.

— Isso mesmo. Nunca fiquei angustiada por ter que ir trabalhar nesse tempo que estou lá.

— Eu ganho a vida praticando esporte. — Dou risada. — Não há nada melhor que isso.

— Não sei, você viu os filhotes, né? — ela pergunta.

— Com certeza, você venceu. Passo o dia com homens fedorentos e suados, enquanto você está com cachorrinhos e cavalos fofos que gostam de comer.

— Hum, colocando dessa forma, tirando o fedor, acho que você pode estar levando a melhor.

— Ei! — Estendo a mão e dou um tapa em sua coxa. — Já reivindiquei meus direitos, aqueles outros Neandertais têm que encontrar a própria Emma para eles — digo, parando no estacionamento do abrigo. Um pequeno sorriso surge em seus lábios, mas ela é rápida em escondê-lo.

— Obrigada pela carona e pela ajuda ontem à noite. — Ela pega suas bolsas do chão entre seus pés e abre a porta.

— Vou acompanhá-la.

— Não. Não precisa fazer isso. Bom treino. — Ela sai do carro e fecha a porta com o quadril.

Eu me apresso para sair do carro também; como está mancando, ela não vai muito longe. Corro na sua frente e abro a porta. Ela balança a cabeça, mas não comenta e entra. Eu a sigo.

— Bom dia, flor do dia. Como foi ontem à noite? Ou... e hoje de manhã — Aubrey diz, aparecendo de repente. — Ah, oi, Landon. — Seu sorriso é radiante. — Parece que já recebi minha resposta.

— Aubrey — eu a cumprimento. — É bom te ver de novo. — Volto minha atenção para Emma. — Você pegou tudo?

Ela levanta a lancheira e a bolsa.

— Obrigada pela carona — ela diz.

Por que tenho o desejo repentino de puxá-la para um abraço e pressionar os lábios nos seus? Em vez disso, me inclino para perto e sussurro, mas ainda mantenho a voz alta o suficiente para que Aubrey possa ouvir o que estou dizendo:

— Obrigado pelo segundo encontro.

— O q-quê? — ela gagueja. — Não. Nada de encontros.

— Qual é, sardentinha. Jantamos e vimos não só um, mas dois filmes ontem à noite antes de eu te levar para a cama, e hoje tomamos café da manhã juntos. Esse foi o nosso segundo encontro.

— Você não me levou para a cama — ela rebate com os dentes cerrados.

— Não? Não te ajudei a ir para o quarto e me certifiquei de que você estava acomodada antes de ir para casa? — pergunto com um sorriso.

— Vá embora. — Ela me empurra. — Você vai se atrasar para o treino.

Olho para Aubrey.

— Estarei aqui depois do treino para fazer o que for necessário hoje. Ela precisa ficar quieta com esse tornozelo, mantê-lo elevado e colocar gelo.

— Sim, senhor. — Aubrey bate continência, dando uma piscadela.

Fico feliz em saber que ela é da "equipe do Landon".

— Estarei aqui depois do treino. Vá com calma hoje.

Com um passo, fico perto dela de novo, invadindo seu espaço. Por alguma razão, este instante parece monumental com Aubrey nos observando. Porra, mesmo se ela não estivesse ali, seria monumental. É a Emma. Existe algo nela. Eu me inclino e meus lábios encostam em sua testa.

— Tenha um bom dia. — As palavras são sussurradas suavemente só para ela. Isso não faz parte do show. Este sou eu não querendo deixá-la ali.

Que porra há de errado comigo?

Pela sua expressão, ela está se perguntando a mesma coisa. Pisco, dou meia-volta e saio. Se eu ficar mais tempo, vou chegar atrasado no treino, e o treinador Neil vai me fazer correr *sprints* e aplicar uma multa pesada, e isso não é algo que pretendo enfrentar hoje.

— Você está com tudo hoje — Case diz, se juntando a mim para tomar um gole de água.

Sorrio e tomo outro gole de Gatorade.

— Você está colocando a bola na minha mão e bloqueando a linha D.

— É mais do que isso. Você transou ou algo assim? Droga, Barker. Você foi no Harvey's sem mim? — Ele lança um olhar que me diz que, se fosse isso, ele ficaria puto.

— Não.

O resto da equipe se junta a nós e começamos a falar sobre os treinos e o primeiro jogo da pré-temporada em algumas semanas.

— Ei, cara, como está a Luna? — pergunto a Trent Caudill. Ele é o nosso *right tackle* titular, um homem do tamanho de um monstro, com 2 metros de altura e 162 quilos.

— Ela está ótima. A gravidez fica bem nela — ele fala da esposa.

— Quando o ladrãozinho de migalhas vem? — Jack Fields, nosso *left tackle* titular, indaga. Ele tem quase o mesmo tamanho do Trent, 1,98 m e 135 quilos.

Ambos são máquinas de bloquear, e sei que, quando estão no campo comigo, estou protegido. Dizer que eles são bons no que fazem é um eufemismo.

— Na semana de Ação de Graças. Espero que estejamos em casa quando for a hora. Ou que a gente tenha folga na semana seguinte. Se ela pudesse esperar alguns dias, seria o ideal.

— Senhores, essa pequena reunião acabou? Temos algumas fitas para assistir. — O treinador Neil passa por nós, e vejo seu sorriso.

Ele gosta de nos irritar, não importa se estamos em campo ou não. Sem precisar ouvir duas vezes, vamos ao vestiário para um banho rápido, para que possamos entrar na sala de mídia e ver as gravações.

Com o celular no colo, me sento no fundo e preciso de um esforço hercúleo para ficar acordado. Queria enviar uma mensagem para Emma para saber como está seu tornozelo, mas vou vê-la em breve. Não sei se ela acreditou em mim quando disse a ela e a Aubrey que voltaria hoje, mas falei sério. De alguma forma, ela se tornou mais do que apenas uma caça, é alguém que quero conhecer. Mesmo que não aceite meu convite para um encontro de verdade, Emma é legal, e meu instinto me diz que conhecê-la, que tê-la em minha vida, só traria coisas boas.

Duas horas depois, estamos todos piscando para que nossos olhos se adaptem às luzes que alguém acabou de acender.

— Dispensados. — O treinador ri, obviamente se divertindo consigo mesmo.

Ouvimos essa frase com frequência e é sempre seguida de uma risada. Ele é durão em campo e no jogo e, por causa disso, é um treinador bom pra caramba. Também é um cara muito tranquilo, exceto quando está tirando nosso sangue em campo, ou apontando um erro observado na gravação de um jogo.

— Harvey's? — Kaden sugere.

— Não posso.

— O que está acontecendo com você? — Case me lança um olhar curioso.

— Já tenho planos. — Estou sendo vago e todos nós sabemos disso.

— Que tipo de planos?

— Só planos.

— Aham. — Thomas ri. — Ele está transando.

Eles vão continuar batendo nessa tecla.

— Vou para o abrigo de animais.

Prefiro contar a verdade e aceitar as provocações a fazer com que tenham uma ideia errada sobre Emma quando descobrirem que fui para lá. Nunca me importei muito com a opinião deles sobre as mulheres que tive no passado. Até porque, fora um encontro ou ir a algum evento, não tive nenhuma. Não desde o ensino médio.

— Vai arrumar um cachorro? — Case pergunta.

— Não. A Emma caiu e machucou o tornozelo, então vou ajudar.

— Emma é a garota gostosa que estava com a esposa do treinador Bateman? — Thomas pergunta.

— Ela mesma.

— Legal. — Jack estende o punho para mim.

— Cretino de sorte — Kaden resmunga. — Por que você sempre fica com toda a boceta de qualidade que aparece, *quarterback*?

Ignoro o fato de que ele acabou de se referir a Emma como boceta e sigo em frente. É como falamos, todos nós já fizemos isso, mas, de repente, parece errado quando estamos falando sobre *ela*.

— Ela machucou o tornozelo, e os voluntários são aleatórios, pelo que ela disse, então estou só ajudando. Alimentar alguns cães e tudo o mais que precisa ser feito. Nada de mais.

— Talvez a gente devesse ir com você — Jack oferece. — Sabe, oferecer nossa força. — Ele flexiona os braços para mostrar os músculos.

— Não precisa, mas obrigado.

— Ah, entendi — Kaden anuncia. — Você está com medo de que ela te largue e vá para o verdadeiro garanhão dos Trojan. — Ele estufa o peito, e rimos de sua exibição.

— Não é nada de mais. Estou apenas sendo legal. Só isso.

— Tá bom. — Trent sorri. — Se é assim que você quer. Rapazes, estou indo para casa, para minha esposa. Vejo suas caras feias na segunda.

Nos despedimos e cada um segue seu caminho, pelo menos Trent e eu. Não fico por ali para ver se os caras vão se encontrar no Harvey's agora ou mais tarde. Há um local onde preciso estar. Afinal, nunca quebro uma promessa.

CAPÍTULO 7

Emma

É sábado à tarde, e estive à toa em casa o dia todo. Meu tornozelo ainda dói, e imagino que, com dois dias de descanso, devo estar nova em folha para trabalhar na próxima semana. Aubrey está de plantão no abrigo neste fim de semana, então não preciso me preocupar em acompanhar para ter certeza de que os voluntários apareceram. Já conversamos sobre contratar outra pessoa em meio-período, alguém para os fins de semana. Porém, é difícil encontrar alguém disposto a trabalhar nesses dois dias. O horário pode ser flexível, contanto que os animais recebam comida e água, as gaiolas sejam limpas e os cães possam passear. Eles poderiam fazer isso em algumas horas cada dia. É algo que eu deveria trazer à tona novamente e ver o que ela diz.

Minha casa está limpa, a roupa, lavada, dobrada e guardada, e tenho uma caçarola de frango na panela elétrica. É muita comida só para mim, então será minha refeição no fim de semana, vou levar o resto para o trabalho e mandar um pouco para Aubrey e Chance na segunda-feira. Quando cozinho, acabo fazendo isso. Eles parecem não se importar, e odeio a ideia de desperdiçar comida.

Estou explorando a Netflix, tentando encontrar uma nova série para ver quando meu celular apita com uma mensagem.

Número 18: Como está indo seu dia?
Eu: Só à toa em casa. E o seu?

Hesito antes de clicar em enviar. Responder abre uma categoria totalmente nova de mensagens. Eu quero isso? Tenho que admitir que Landon me surpreendeu. Ele voltou ao abrigo ontem e, num piscar de olhos, já tinha feito tudo da minha lista de tarefas. Claro, o fato de Aubrey ter sido como uma mãe coruja não me deixando sair da cadeira também contribuiu. Não preciso dizer que, com a ajuda dele, coloquei em dia todo o trabalho que parecia nunca ter tempo suficiente para terminar.

Por isso estou entediada. Costumo trazer trabalho para casa no fim de semana. Não me importo e sei que Aubrey aprecia isso, pois faz o mesmo. Tento assumir esse papel, porque ela tem marido e filho pequeno. Eu sou apenas eu. Minha mãe está em casa na Geórgia, e minha vida amorosa é inexistente no momento.

Número 18: Mesma coisa. Que tal um jantar?
Eu: Já está na panela elétrica.

Fico feliz que esta seja a verdade e que eu não tenha que mentir ou apenas rejeitá-lo descaradamente de novo. Achei que ele já teria desistido.

Número 18: Perfeito. A que horas devo estar aí?
Eu: ...
Número 18: Qual é, Emma. Um homem tem que comer.

Sua mensagem é seguida por uma foto do que presumo ser o interior da sua geladeira. Está vazia, exceto por uma caixa de ovos, um galão de leite, algumas garrafas de água, latas de White Claw e garrafas de Gatorade.

Eu: Estou achando que você precisa ir ao mercado.
Número 18: Você vai comigo?
Eu: Não.
Número 18: Não achei que fosse. Passo aí em uma hora. Preciso levar alguma coisa?
Eu: Você não foi convidado.

Digito as palavras, mas admito que ele não é a pior companhia que já tive. Estava ansiosa por um fim de semana só para relaxar, mas é meio solitário ficar aqui o tempo todo, sozinha.

Número 18: Providencio a sobremesa.
Eu: Landon!
Número 18: Tenho que ir. Até logo.

Nem me preocupo em enviar outra mensagem. Sei que ele não vai responder. Também sei que estará na minha porta em uma hora, talvez até menos, se nossas interações anteriores e sua tendência de chegar mais cedo forem seu *modus operandi* usual.

Olho para a legging que estou usando. Ela tem filhotes de golden retriever usando gorros de Natal. Claro, é verão na Califórnia, mas minha mãe comprou para mim dois Natais atrás, e essa calça é super macia e confortável, me faz lembrar de casa. Minha blusa é uma regata preta simples que mostra as alças do sutiã esportivo. Meu cabelo está em um emaranhado de cachos no alto da cabeça, estou descalça e sem maquiagem. Começo a pirar, mas concluo que é uma coisa boa. Ele vai ver como sou quando estou em casa, com roupa confortável, e correr para bem, bem longe. Me recuso a ser outra coisa além de mim mesma, até para o *quarterback* sexy.

Como era de se esperar, quarenta e cinco minutos depois, alguém bate na porta. Me levanto do meu ninho no sofá, digo ninho por causa de todos os cobertores e almofadas — levo ficar à toa muito a sério. Abrindo a porta, aprecio a visão diante de mim. Landon está usando bermuda de basquete, camiseta justa e chinelos. Em sua mão, ele tem uma caixa de uma padaria do bairro e um buquê de flores.

— Vai me convidar para entrar, Emma? — Sua voz rouca está cheia de diversão.

— Já disse que você não foi convidado. — Tento soar severa, mas é difícil quando o homem traz sobremesa e flores. Ah, e não vamos esquecer que ele é um colírio para os olhos.

— Para, vai. — Ele sorri e aquelas malditas covinhas piscam para mim.

É claro que eu ia deixá-lo entrar. Só precisava fazê-lo pensar que ele estava sendo inconveniente. Recuo e abro um amplo espaço para ele entrar na casa antes de eu fechar a porta.

— Esse cheiro é do jantar? — ele pergunta, indo até a cozinha para deixar a caixa da padaria. Se vira para mim. — Você tem um vaso?

— Sim e tenho. — Pego um vaso da parte de baixo da pia da cozinha e adiciono um pouco de água. Ponho no balcão, e Landon desembrulha as flores com cuidado e as coloca no vaso. Eu o observo enquanto ele as arruma até ficar satisfeito, com as mãos grandes e aqueles braços fortes. As flores são lindas e meu coração pula no peito quando penso no que significa um homem dar flores para uma mulher. Claro, pode ser um gesto gentil e amigável, mas na maioria dos casos não é isso. Eles querem mais... romanticamente falando. Ele está tornando cada vez mais difícil lembrar que ele está nessa só pela caça. Ou não?

— Pronto. Onde você quer colocar?

— Pode ser na mesa. — Aponto para a mesa de centro e corro para tirar a tigela de maçãs e laranjas que está ocupando o espaço, colocando-a na bancada perto do fogão.

— Então, o que tem para o jantar? — ele pergunta.

— Caçarola de frango.

— O cheiro está delicioso.

— Obrigada. Ainda vai demorar uma hora ou mais para ficar pronto. — Olho para o relógio e vejo que passou um pouco das 16h.

— Perfeito, agora vamos descansar esse tornozelo. — Ele coloca a mão nas minhas costas e nos guia de volta para a sala.

O calor de sua mão atravessa minha blusa e aquece minha pele. Isso me faz pensar como seriam suas mãos calejadas vagando pelo meu corpo. *Não, não vá por aí, Emma.* Me sento e ajeito meu ninho, indo para baixo da coberta e segurando as almofadas no peito.

— Por que tudo isso? — Ele aponta para o meu colo.

Dou de ombros.

— É mais uma coisa de conforto. Gosto de me aconchegar e, bem, quando você é solteira e mora sozinha, isso não é possível, então essa é a segunda melhor coisa.

— Nunca fui muito de me aconchegar.

— Você já experimentou?

— Na verdade, não.

— Então não pode dizer que não gosta sem experimentar.

Ele concorda com a cabeça e pega as almofadas nos meus braços.

— Ei, o que você está fazendo? Pegue outras para você. — Aponto para a namoradeira que tem mais duas almofadas como a minha.

— Você falou que não posso dizer que não gosto sem experimentar — ele me lembra.

— Tudo bem — admito e entrego as almofadas para ele. Espero que as segure no peito, como eu fiz, mas, em vez disso, ele as joga no chão e, em seguida, puxa o cobertor de mim. Não brigo com ele, deixando-o puxá-lo do meu colo. Meus olhos vão para o cobertor na parte de trás da namoradeira e me levanto para pegá-lo. Na verdade, acho que vou remontar meu ninho ali; ele pode ficar com o sofá. Ele é muito mais alto do que eu.

Com cuidado, começo a pisar nas almofadas que ele jogou no chão. Isso é tudo o que preciso para machucar meu tornozelo, ou pior, machucar o outro. Mas, antes que eu tenha chance, suas mãos estão nos meus quadris, e ele me puxa para seu colo.

— Ahh! — grito, sem esperar essa reviravolta. — O que diabos você está fazendo? — pergunto, tentando me sentar para poder ficar de pé.

— Estou experimentando.

— Experimentando o quê?

— Me aconchegar.

— Não comigo. Com os cobertores e as almofadas.

— Você disse que eles eram os segundos melhores. Preciso experimentar a coisa real para saber se gosto, não é?

— Não comigo. — Tento ficar de pé de novo, mas ele me segura com força.

— Só com você — é sua resposta sussurrada. Seus lábios perto da minha orelha causam arrepios na minha pele. — Só me deixa experimentar. — Seu polegar desliza sob minha blusa e ele começa a delinear a pele logo acima da minha legging.

Abro a boca para dizer não, mas, em vez disso, ela se fecha sozinha, e estou assentindo. Já se passou muito tempo desde que me aconcheguei com um homem, ou tive as mãos de um homem em mim. As dele são grandes e quentes e, se a ponta do polegar servir de indicação, surpreendentemente macias para um homem que passa horas por dia no campo de futebol.

— Como vamos fazer isso, Emma?

— A-a gente, hã, deveria deitar. — Não posso acreditar que o estou encorajando, mas a ideia de me aconchegar com ele é tentadora demais. Ele bate no meu quadril e, desta vez, me permite ficar de pé. Eu poderia dar uma corrida louca para a namoradeira ou chutá-lo para fora, mas não faço nenhum dos dois. Em vez disso, fico de pé e o observo arrumar as almofadas. Ele pega a manta e a joga no encosto do sofá para, em seguida, pegar o controle remoto. Depois de ter o que acha que vamos precisar, ele se estica no sofá, deitado de lado, e dá um tapinha no pequeno espaço à sua frente.

Eu hesito. Vou fazer mesmo isso? Quero dizer, claro, só vamos nos aconchegar, mas e se ele achar que isso significa que estou disposta a transar com ele? Bem, quero dizer, estou disposta, mas não vou. Sentimentos e tal, sabe?

— Venha aqui, sardentinha. — Sua voz é suave, quase calmante, quando seus olhos capturam os meus. Respirando fundo, eu me deito na frente dele, meu corpo rígido, tentando não derreter com seu calor. Eu deveria mesmo aumentar o termostato. Está tão quente lá fora, então gosto de manter fresco aqui dentro.

Landon puxa o cobertor do encosto do sofá e o coloca sobre mim. Então, para minha surpresa, ele envolve os braços ao meu redor e me puxa para perto.

— Tudo bem? — ele pergunta, e seu hálito quente passa pela minha orelha.

— S-sim.

— O que vamos assistir? — ele indaga, ligando a TV. Ele não parece nem um pouco perturbado por estarmos deitados juntos de maneira tão íntima no sofá.

— Qualquer coisa.

Eu deveria ter pensado melhor antes de concordar com isso. De certa forma, é mais íntimo do que transar. A conexão dos nossos corpos, o calor que compartilhamos. É incrível, e não posso deixar de me perguntar como seria se houvesse um "nós". Se eu fosse mais do que apenas a caça. Se essa coisa entre nós fosse mais do que apenas o fato de eu ter dado um fora nele. Isso seria uma coisa nossa? Relaxar e se aconchegar no sofá?

Ele passa pelos canais e para em um que está passando o filme *Doce lar*, sobre uma mulher do Alabama. Amo esse filme. Afinal, sou do Sul.

— Pode ser esse?

— Pode. Mas você pode assistir a qualquer coisa. — Satisfeito com minha resposta, ele põe o controle remoto no chão, colocando a mão atrás da cabeça.

Meu corpo está rígido enquanto luto contra a vontade de relaxar em seu abraço. Estamos deitados de lado e sua mão está pousada na minha barriga, me segurando junto a ele.

— Relaxe, sardentinha.

É como se meu corpo precisasse de suas palavras como permissão para fazer exatamente isso. Sinto meus ombros relaxarem, e meu corpo afunda ainda mais no sofá.

Ele murmura algo que soa como "essa é a minha garota" e sinto seus lábios pressionarem minha nuca. Isso já é demais. É errado estar aqui com ele assim, quando não somos nada um para o outro. Nada mais do que conhecidos, mas aqui estou eu, deixando-o entrar na minha casa. De novo. Cedendo às suas exigências. Deixando-o me abraçar. Tudo bem, talvez não fosse uma exigência, mesmo assim, eu não deveria estar fazendo isso. Só que não consigo me afastar.

Deixando os pensamentos de lado, volto a atenção para o filme. Me permito ser levada pela história de amor. Já vi esse filme pelo menos cem vezes, mas nunca perde a graça. Consigo até repetir as falas de cor como se desempenhasse o papel.

— Para que eu possa beijar você sempre que quiser — sussurro com Reese Witherspoon quando ela está diante do protagonista na chuva torrencial.

O polegar de Landon traça pequenos círculos sobre minha barriga, e eu aguento até os créditos subirem. Precisando de distância, eu me sento, saindo de seu abraço, e me levanto.

— O jantar deve estar pronto.

Seus olhos são azuis, brilhantes e cheios de algo que não consigo nomear quando ele olha para mim.

— Emma — ele diz baixinho, estendendo a mão para mim.

Eu me afasto dele.

— Vou fazer uma salada. Você come salada, né? Meus olhos viajam para o pacote de oito gominhos claramente delineados sob sua camiseta justa.

— Sim, eu como salada. — Ele solta a mão e levanta seu corpo longo do sofá.

Dou meia-volta e vou até a cozinha. Não tenho que me virar para ver se ele está atrás de mim. Posso senti-lo. Pego o saco de salada, um tomate, queijo e os molhos *ranch* e *French* da geladeira.

— Só tenho *French* ou *ranch*. — Seguro as garrafas para mostrar a ele.

— Como qualquer um dos dois.

— Que bom. Tomate e queijo? — pergunto.

— Sim. — Ele fica atrás de mim, olhando por cima do meu ombro, enquanto começo a preparar a salada. — O que posso fazer para te ajudar?

— Hã... tem um saco de croutons no armário. — Aponto para o armário perto da geladeira. Com rapidez, desvio o olhar para a salada à minha frente para não ficar babando em cima dele. Afinal, estou segurando uma faca. Preciso ficar alerta ou posso perder um dedo.

— Pratos? — ele indaga, tirando a tampa da panela elétrica e se curvando para inspecionar o conteúdo, ou talvez cheirá-lo, não tenho certeza.

— Aí em cima. Tem uma colher na gaveta na sua frente. — Posso ouvi-lo mexendo na gaveta e, com uma rápida olhada, vejo que ele está nos servindo um pouco da caçarola de frango.

— Isso está com um cheiro fantástico. O que tem aqui?

— Apenas peito de frango, creme de sopa de frango, leite, sal, pimenta e uma mistura pronta.

— Bem fácil.

— Você cozinha? — pergunto a ele.

— Sei me virar, mas não cozinho com frequência. Cozinhar para uma pessoa não é muito divertido. Sempre faço o café da manhã. Praticar exercícios com o estômago vazio não é divertido. Pego muito comida em restaurantes ou no Harvey's. E você? A julgar pela aparência, você também se vira bem na cozinha.

— Sei cozinhar. Só não faço isso com frequência. Como você disse, cozinhar para uma pessoa não é tão divertido. Eu tinha planejado comer isso durante todo o fim de semana e depois levar as sobras para o trabalho, para Aubrey, Chance e CJ na segunda-feira.

— Tenho certeza de que eles gostam disso.

— Sim. Acontece quase toda vez que cozinho. Odeio a ideia de comida indo para o lixo.

— Pois é, eu também. Comer fora é mais fácil.

— Como muita comida congelada. Sei que não é lá a opção mais saudável, mas resolve.

— Parece que a gente deveria fazer mais refeições juntos.

Ignorando deliberadamente suas palavras, me viro para encará-lo, dizendo:

— Aqui está. — Entrego uma tigela de salada a ele. Pegando minha tigela e os dois molhos, coloco tudo sobre a mesa. Landon já está com os pratos e os garfos, então não há mais nada a fazer a não ser as bebidas. — O que você quer beber? Tenho água, limonada. Acho que tenho uma garrafa de vinho... — Minha voz vai sumindo enquanto tento me lembrar se, de fato, ainda tenho uma garrafa de vinho.

— Pode ser água. Eu pego. Sente aí. — Ele aponta para o assento na mesa ao lado do dele, onde coloca meu prato. Seria rude ir para a extremidade oposta da mesa para ficar um pouco mais longe dele. Ele é tão... grande, mandão e faz minha casinha parecer ainda menor.

— Então seus pais moram na Geórgia? — ele pergunta, dando uma garfada em sua salada ao se sentar.

— Sim. Na maior parte do tempo. Eles viajam muito.

— Bom para eles.

— E você? Sua família mora perto?

— Mora, sim, na verdade, cerca de uma hora daqui. Ainda não consigo vê-los tanto quanto gostaria. Eles vão a todos os meus jogos em casa e aí a gente costuma jantar depois. Às vezes, minha mãe cozinha na minha casa. Ela ainda acha que precisa cuidar de mim.

— Posso imaginar que é um sentimento, ou necessidade, que nunca acaba depois que você tem filhos.

— É o que ela diz. — Ele come um pouco da caçarola, sua tigela de salada já vazia. — Uau, isso é bom demais.

— Duvidou de mim, foi? — digo, fingindo estar chocada.

— Nunca. — Ele dá outra garfada. — Você quer ter filhos?

Por sorte, estou entre garfadas ou poderia ter me engasgado.

— Sim. E você?

Ele concorda com a cabeça.

— Sim, um dia. Pelo menos dois, talvez mais. Foi solitário crescer como filho único.

— Né? — concordo. — Sempre tive permissão para receber amigos, mas não é a mesma coisa. E não só isso, nunca serei tia, pelo menos não de sangue.

Bem, posso ser tia se meu futuro marido tiver um irmão com filhos. CJ é a coisa mais próxima de um sobrinho para mim.

— Sabe, nunca pensei nisso de verdade.

Encolho os ombros.

— Até cheguei a implorar por um irmão para minha mãe quando era pequena. Só quando fiquei mais velha entendi que ela precisava de um homem para tornar isso possível. Meu pai nunca soube de mim. Acho que ele estava só de passagem. Eles passaram uma semana mágica juntos e aí ele se foi. Ela não sabia como entrar em contato com ele e, quando enfim o encontrou, ele já estava casado. Mamãe percebeu que era mais fácil deixar pra lá. Eu tinha oito anos na época.

— Isso deve ter sido difícil. Crescer sem pai.

— Minha mãe é incrível e, tirando as danças de pai e filha, eu realmente não percebi tanto. Éramos eu e a mamãe contra o mundo.

— Meus pais disseram que não queriam mais de um. Que não podiam imaginar amar outra pessoa como me amam. — Ele sorri e pisca.

Agradeço por ele ter percebido que a conversa estava ficando complicada, e gostei de sua tentativa de amenizá-la. Não falo muito sobre meu pai. Estou até surpresa por ter feito isso agora. Algo em Landon faz com que eu me abra.

— Essa é mesmo a história verdadeira? — provoco. — Eles contariam essa versão?

— Tudo bem, talvez tenham dito que eu era mais do que podiam aguentar. — Ele ri, e o som enche a cozinha e faz minha casa não parecer tão... solitária.

Landon se serve de outra porção, enquanto termino a primeira. Ele limpa o prato e se levanta, levando os dois pratos para a pia. Num piscar de olhos, a cozinha está limpa, e Landon me puxa pela mão de volta para a sala. Desta vez, ele se senta no sofá, apoia as costas no braço e abre as pernas, dando tapinhas no espaço vazio entre elas para que eu me sente.

— Acho que não experimentei o suficiente para saber se gosto mesmo desse negócio de se aconchegar. — Ele sorri, e eu reviro os olhos. — Vamos lá, sardentinha, faça isso por mim.

Com gentileza, ele puxa minha mão, e eu me jogo no sofá. Rolando para o lado, descanso a cabeça em seu peito. Ele puxa a coberta sobre mim e começa a navegar pelos canais. Ele para em algum filme de ficção científica. Ouço o som do controle remoto sendo colocado na mesa, e então sinto sua mão nas minhas costas.

Ficamos em silêncio por um tempo. Ele começa a passar a mão nas minhas costas, e meu corpo relaxa ainda mais junto ao dele. Eu deveria resistir, mas não consigo. Por hoje, vou deixá-lo vencer. Somos apenas dois amigos passando um tempo juntos e assistindo a um filme. Nunca será mais do que isso, não entre nós.

— Nada mal para o encontro número três — ele sussurra, se abaixando para que eu possa ouvi-lo melhor.

Olho para ele, e seus olhos azuis estão serenos quando encontram os meus.

— Isso não foi um encontro.

— Ah, Emma, foi um encontro. Eu te trouxe flores, jantamos e agora estou te abraçando. É um encontro bom pra caramba, modéstia à parte.

— Landon… — começo, mas ele coloca o dedo indicador nos meus lábios para me impedir.

— Apenas finja comigo. Vamos fingir que esse é o nosso normal, só por hoje.

É uma ideia ruim. Uma ideia ruim pra caramba, e eu sei disso, mas concordo com um gesto de cabeça mesmo assim. É como se eu não conseguisse controlar minhas reações quando estou perto dele. Ele passa o polegar na minha bochecha e, por um breve momento, acho que vai se aproximar ainda mais e me beijar. Mas não. Ele sorri carinhosamente, deixa cair a mão e volta a atenção para a TV. O tempo todo, continua acariciando minhas costas.

Estou encrencada.

Estou encrencada mesmo.

CAPÍTULO 8
Landon

Percebo o minuto exato em que ela adormece. Seu corpo relaxa totalmente no meu e sua respiração se equilibra. Solto o ar aos poucos enquanto tento decifrar o que está acontecendo. Não entra na minha cabeça o que diabos estou fazendo. Só me surpreendo com essa garota. Não estou agindo como eu mesmo, mas, ao mesmo tempo, parece... certo.

Quanto mais fico perto dela, mais quero estar. É a caça? Não, com certeza não. Claro, quero que ela concorde em sair comigo sem eu ter que enganá-la, mas o engraçado é que a questão não é mais essa. Ouvir sua risada, receber um daqueles lindos sorrisos. É ver seus olhos verdes brilharem quando ela finge estar irritada, ou como confia em mim para abraçá-la aqui em seu sofá enquanto dorme tranquila.

Minha vida é fácil. O futebol americano foi algo que aprendi muito jovem e a partir daí minhas habilidades só melhoraram. Nunca tive que batalhar ou desejar de verdade alguma coisa. Mesmo na minha carreira de jogador profissional, os olheiros vinham me ver jogar quando eu era só um calouro. Sim, trabalhei muito, me esforço bastante, mas não parece trabalho quando é algo que você ama.

Até com as mulheres. Eu era o novo *quarterback* sexy do campus, e as garotas corriam atrás de mim. Mesma coisa no ensino médio. Nunca precisei encontrar uma mulher, nunca tive que ir à caça. E acontece que gosto disso. Gosto muito. Na verdade, adoro que ela parece não se importar com o fato de eu ser um atleta profissional. Caramba, ela nem é fã do meu time. Não consigo esconder o sorriso quando penso nela usando a camiseta do Mavericks no treino. Ela é dona de si mesma, confiante, e gosto muito disso. Mais do que jamais imaginei ou pensei que gostaria.

Meu celular vibra na mesa, e eu me contraio, torcendo para que não acorde Emma. Alcançando-o atrás de mim, com cuidado para não a mover, o pego e a vibração na madeira silencia. Olho para a tela e vejo o nome de Case. Deixo a ligação ir para o correio de voz e envio uma mensagem.

Eu: E aí?
Case: Harvey's?
Eu: Não posso.
Case: Cara, o que há com você?
Eu: Estou num encontro.
Case: Com quem?
Case: Espera. Você não costuma ter encontros.

Agora tenho.

Eu: Agora tenho.

Vejo os pontinhos saltando, indicando que ele está respondendo. Tenho certeza de que o deixei em choque. *Sei* que o deixei em choque. Não tenho encontros porque é difícil separar o real do falso: quem te quer pela sua fama e fortuna e quem quer você por você. Posso dizer com cem por cento de certeza que a mulher nos meus braços não se importa com minha carreira ou conta bancária. De jeito nenhum isso é falso — a maneira como ela me olha ou fica vermelha quando a chamo de sardentinha. A forma como ela continua a me rejeitar, mesmo quando posso ver em seus olhos que dizer não é a última coisa que ela quer.

Case: Prove.

Hesito antes de tirar uma foto dela nos meus braços. Meu sorriso é largo e genuíno ao abraçá-la enquanto ela dorme. Tenho que admitir que se este for meu novo normal parece muito bom. Eu poderia embarcar nessa de ficar com ela assim. Voltando à realidade, envio a foto para Case.

Case: Não brinca.
Case: Você está deixando a garota entediada ou o quê?
Eu: Vá se foder. Diga a Harv que mandei um oi.
Case: Ok. Câmbio, desligo.

Adoro como ele me deixa em paz com facilidade porque sabe que estou com uma mulher, mas se eu estivesse sentado em casa desfrutando de sossego e tranquilidade, ele já estaria batendo na minha porta e me arrastando para o bar. Ele está me dando paz por enquanto, mas tenho certeza de que, da próxima vez que conversarmos, ele vai me encher o saco. Vai querer saber o que está acontecendo. Quais são minhas intenções. Ele não a conhece, só a encontrou uma vez e, ainda assim, vai perguntar.

Colocando o celular de volta na mesa, tento me concentrar no filme. Perdi mais da metade, e ele é incapaz de chamar minha atenção, ao contrário da bela mulher dormindo em meus braços. Ela se mexe e agora está deitada em cima de mim. Coloco a outra perna no sofá e os braços em volta dela. Fecho os olhos e me concentro em memorizar a sensação.

Costumava pensar que caras como Trent eram loucos por ter mulher e filho mesmo viajando o tempo todo... por ficar longe deles enquanto estamos na estrada. Não é sobre a tentação. Dá para evitá-la com bastante facilidade. Os caras que cedem à tentação se colocam no caminho dela. Não consigo deixar de me perguntar como seria se Emma fosse minha. Como seria voltar para casa depois de uma viagem e encontrá-la quente e aninhada na minha cama? Essa imagem faz meu pau ganhar vida e isso não pode acontecer. Não com seu corpo junto ao meu. Não quero assustá-la. Não. Na verdade, quero mantê-la comigo o máximo possível.

Puta merda. Quero que ela seja minha.

Deixo esse pensamento criar raízes. Tento decifrar o que isso significaria para mim e para ela e, então, minha mente é levada pela ideia de estar assim com ela o tempo todo. Chega de encontros aleatórios. Em vez disso, algo significativo e real.

Estou pronto para isso?

Estou pronto para ela?

Esses são meus últimos pensamentos antes de adormecer.

Sentindo como se estivesse sendo observado, abro os olhos. Emma ainda está em cima de mim, mas agora está de barriga para baixo, o queixo apoiado em uma das mãos no meu peito. Seus olhos verdes me encaram com atenção e um leve rubor cobre suas bochechas.

Pega em flagrante.

— A gente acabou dormindo — ela diz antes que eu tenha a chance de repreendê-la por estar me vigiando.

— Pois é.

— Não tenho certeza de como me sinto.

Outra coisa que a diferencia das outras é que ela é aberta e honesta. Claro, às vezes, sinto que tenho que arrancar isso dela, mas estamos apenas começando a nos conhecer. Só posso imaginar que, com o tempo, nunca terei que adivinhar ou arrancar as coisas dela. Ela vai me dizer, como fez agora.

— Então me conte no que está pensando.

— Você primeiro.

— Estou pensando que a gente deveria fazer disso uma tradição: cochilos nas tardes de sábado.

— Logo a temporada começa e você não terá as tardes de sábado disponíveis para cochilos.

— Mas tem a intertemporada. — Ela fecha os olhos, e eu odeio a perda de conexão. — Emma. — Afasto alguns fios soltos de cabelo do seu rosto enquanto a espero decidir se está pronta para voltar a me olhar. Quando finalmente abre os olhos, eles estão intensos ao se fixarem nos meus.

— Isso não é um jogo, Landon. Eu não consigo fazer... — ela sinaliza com a cabeça em minha direção — ... esse tipo de coisa sem me envolver. Eu me conheço e sei que não consigo. Não vou fingir que te conheço porque não é verdade. Acho que você é um cara legal? Sim. Acho que isso é o que você quer de verdade? Não. Te incomoda o fato de eu ter dito não, aí você está fazendo de tudo para que eu diga sim. O que acontece quando eu disser? E aí, o que acontece?

Não tenho resposta para ela, pelo menos não uma que ela queira ouvir. Em vez disso, respondo, sincero:

— Não tenho certeza do que é isso tudo. Não tenho certeza do que significa estar completamente feliz em ter você nos braços numa noite de sábado quando eu poderia estar... em qualquer outro lugar. — Um sinal de dor surge em seus olhos, e me apresso para explicar: — Não foi o que eu quis dizer. Só quero dizer que é aqui que escolhi estar. Aqui, com você. Por que a gente precisa dar um nome a isso?

— Porque eu quero o conto de fadas.

Concordo com a cabeça. Não sei o que responder. Ela merece o conto de fadas, mas não tenho certeza se sou eu quem pode dar isso a ela. Estamos em um impasse. Quero passar mais tempo com ela, quero mais momentos como este, mas não sei se posso dar o que ela quer ou o que merece.

Acho que apenas o tempo dirá.

— Você está pronta para assistir a outro filme? — pergunto. Todo o seu comportamento parece murchar, como se ela tivesse esperança de que eu fosse seu príncipe encantado que a deixaria completamente apaixonada. Gostaria de poder ser esse cara. No momento, não sei se sou. Estou sentindo tantas coisas. Empolgação porque essa linda mulher considera me deixar fazer parte de sua vida. Medo de que ela queira mais. Preocupação de que esses sentimentos que me invadem sejam apenas por causa da caça, por ela ter me rejeitado. Foi assim que começou. Não sei o que tudo isso significa. Preciso de algum tempo para descobrir.

O que sei é que nunca vou me arrepender do tempo que passei com ela.

— Claro — ela diz e, com cuidado, sai de cima de mim.

Sinto falta de seu calor na mesma hora.

— Quer comer mais um pouco? — pergunto.

— Não, obrigada. Fique à vontade. — Ela desaparece no corredor, suponho que para ir ao banheiro.

Me levanto do sofá, me espreguiço e arrumo meu pau. Sou um homem que acabou de ter o corpo de uma linda mulher sobre o seu; não posso ser responsabilizado por minhas ações. Sei que ela também sentiu, mas não disse nada.

Vou para a cozinha e abro os armários até encontrar uma tigela, onde coloco outra grande porção da caçarola de frango. Essa comida está boa pra caramba e vou ter que perguntar de novo como ela fez. Pego duas garrafas de água e volto para a sala. Emma está ali, enrolada no canto do sofá, com o cobertor jogado sobre as pernas.

É decepção o que sinto?

— Peguei água para você. — Entrego a ela uma das garrafas e me sento na extremidade oposta. Odeio pra caralho a distância que a almofada coloca entre nós, mas é o que ela quer. Até eu saber o que quero, o que significa toda essa merda passando pela minha cabeça, estou em falta com ela.

— Que bom que você gostou. — Ela aponta com a cabeça para a tigela cheia nas minhas mãos.

— Está muito bom. Você pode me enviar a receita? É algo que eu poderia fazer e comer por alguns dias.

— Claro. Te mando por mensagem. — Ela pega o celular, seus dedos deslizam pela tela, e então meu aparelho vibra na mesa. — Enviada.

— Obrigado. — Jogo o controle remoto para ela. — Sua vez de escolher.

Ela pega o controle de onde caiu no sofá e começa a passar pelos canais.

— Por mim, a gente pode assistir a qualquer coisa. — Ela para no canal Hallmark, e eu nem consigo ficar irritado. Em geral, eu até ficaria, mas... duas comédias românticas em uma noite e nenhuma chance de transar não é nada. Não dou a mínima, porque estou com Emma. Isso deve significar alguma coisa, não é?

Duas horas depois, sinto que preciso bater no peito e peidar, ou algo assim, só para provar minha masculinidade. Nunca vou admitir em voz alta, mas o filme era bom. Bobinho, mas não há nada de errado com isso. Olho para Emma e a pego bocejando. Vendo a hora, percebo que já passa da meia-noite e, embora odeie isso, é hora de ir.

— Obrigado pelo jantar. — Me levanto e pego o celular. Já lavei meu prato durante o comercial.

— De nada. Foi bom ter companhia. — Ela sorri para mim.

Quero beijá-la.

Não posso beijá-la.

— Encontro número três registrado — digo, querendo tirar da minha mente seus lábios carnudos e beijáveis, e porque sei que isso vai fazer com que ela discuta comigo. Amo esse lado dela. O lado que não deixa passar as merdas que falo.

Ela revira aqueles grandes olhos verdes, mas um sorriso aparece em seus lábios.

— Você é impossível, número 18. — Ela se levanta e caminha comigo até a porta. — Dirija com cuidado.

Incapaz de me conter, eu a abraço e a seguro um pouco mais do que deveria, admito. Me afastando, dou um beijo rápido em sua testa.

— Sempre. — Com isso, forço meus pés a me levarem para fora e para meu SUV. Assim que ligo o carro, a luz da varanda se apaga e, de repente, volto a ser um estranho. Apenas um homem que anseia ser capaz de compartilhar um pequeno pedaço de seu mundo com ela. Não sei exatamente o que tudo isso significa, mas sei que uma coisa é certa:

Estou encrencado.

Estou encrencado mesmo.

CAPÍTULO 9

Emma

Ontem passei o dia todo fazendo compras. Meu tornozelo está sensível, mas muito melhor. Não conseguia ficar sentada em casa nem mais um minuto. Não quando ela está saturada de Landon. Ainda posso sentir seu cheiro. Isso é normal? Acho que não. Tentei eliminar o cheiro do sofá com um produto, mas não funcionou. Talvez não esteja no tecido, talvez seja eu. Me lembro do cheiro dele. Me lembro dele. Dele todo. Era óbvio que ele estava excitado, e eu entendo — ele é homem e tinha uma mulher deitada sobre ele. Não o culpo. Bem, de certa forma, sim. Ele não era o único excitado. No entanto, nenhum de nós reagiu àquela atração que pulsava entre nós.

Eu acabei com isso.

Tinha que ser assim. É melhor não cruzarmos essa ponte. Caramba, não quero chegar nem perto dessa ponte. Afinal, tenho medo de altura.

— Bom dia — Aubrey me cumprimenta, animada. — Como foi o seu final de semana?

— Ótimo. Nada fora do normal.

— Ah, sério? Que tal tentarmos de novo, srta-rápida-demais-para-se-esquivar? Como foi o seu final de semana?

Expiro alto.

— Landon foi jantar lá em casa.

— Landon, hein? — Ela sorri. — O que levou o cretino de sorte a fazer uma visita?

— Ele me convidou para jantar, eu disse que já tinha feito o jantar, aí ele disse que estaria na minha casa em uma hora. Ele veio. A gente jantou.

— Aham. O que mais vocês fizeram?

— Nada. Vimos alguns filmes e depois ele foi para casa.

— Emma — ela diz com seu tom de advertência.

— Aubs — disparo de volta.

— Desembuche.

— Está bem. A gente pode ter se aconchegado no sofá e dormido um pouco. Não aconteceu nada. Eu disse para ele que quero mais. Não estou procurando nada que não seja um relacionamento. Não sou assim. Ele não confirmou nem negou que não está disposto. Vimos outro filme, cada um numa ponta do sofá, e então ele foi para casa.

— Beijo de boa-noite?

— Um abraço e um beijo na testa contam?

Ela acena vigorosamente com a cabeça.

— Com certeza contam.

É, concordo com ela. Ambos contam, mas não sei como me sinto. Já estou sentindo falta dele e isso é ruim, terrivelmente ruim. Landon Barker é um destruidor de corações e preciso me lembrar disso. Ele nunca foi sério com ninguém. Por que mudaria comigo?

— Mas chega de falar sobre mim. O que temos na agenda hoje? — pergunto, voltando ao modo trabalho. Preciso tirar da cabeça o fim de semana não planejado com o *quarterback* sexy.

— Temos um time completo de voluntários hoje, então estou pensando em uma limpeza pesada nas gaiolas e canis.

— Boa ideia. Vou sair e começar a trabalhar no estábulo do Buckwheat.

— Vou mandar ajuda quando eles chegarem. — Ela acena quando abro a porta e saio para o sol quente da Califórnia.

Estou soltando Buckwheat no redondel para que eu possa limpar o estábulo quando meu celular vibra no bolso. Pegando-o, vejo *Número 18* e nem leio a mensagem antes de deslizar a tela. Esse é o nível de ansiedade que estou para saber dele. Eu me recuso a pensar sobre o que isso significa.

Número 18: Bom dia, sardentinha. Precisa da minha ajuda hoje?
Eu: Não. Temos um time completo de voluntários.
Número 18: Talvez eu devesse passar aí só por segurança.
Eu: Não confia em mim?
Número 18: O quê? Não posso passar para te ver?
Eu: Você não precisa me ver.

Número 18: O treino vai começar. Mando uma mensagem mais tarde, isso se eu não passar por aí.

Sua mensagem é seguida por um emoji piscando. É bem a cara dele. Coloco o celular de volta no bolso e começo a trabalhar no estábulo de Buckwheat. Em vez de parar de pensar nele, suas mensagens o trazem à tona e só consigo pensar no sábado e no que tudo isso significa. Será que ele quer tanto que eu ceda que está até disposto a ser legal e ficar na minha casa em um sábado à noite? Ele é a porra do *quarterback* titular dos Hermosa Beach Trojans. Ele poderia ter escolhido mulheres e ter tido um final feliz garantido para sua noite. Qual é o jogo dele?

— Emma — Aubrey me chama. Paro e me viro para olhá-la. Há um homem com ela, um homem muito bonito. — Este é o Tony. É o nosso voluntário hoje. Vou colocá-lo com você.

— Oi. — Estendo a mão para ele. — Sou a Emma.

— Tony. — Ele acena em direção a Aubrey. — Mas você já sabe disso. — Ele ri e bate a palma das mãos. Mãos *muito* grandes.

Levo um minuto para analisá-lo. Ele é alto. Se eu tivesse que adivinhar, cerca de 1,80 m, portanto, mais baixo do que Landon. Ele tem cabelos loiros e seus olhos são castanho-escuros. É o completo oposto de Landon, mas mesmo assim é sexy com seu jeito de surfista. Basta! Preciso parar de compará-lo a Landon. Talvez Tony seja a distração perfeita de que preciso hoje.

— O que quer que eu faça? — Ele sorri e passa os dedos pelos cachos loiros.

— Pegue um forcado. Você pode me ajudar com o estábulo. — Aponto para a parede onde mais dois forcados estão pendurados.

— Que tal eu pegar esse? — Ele puxa o forcado da minha mão. — Você pode começar a próxima atividade.

— Tudo bem, estarei lá fora se precisar de mim. Quando terminar, a gente precisa pulverizar e aí ele pode voltar.

— Ele? — Tony ergue as sobrancelhas.

— Ah! — Dou risada. — Buckwheat, o cavalo. — Aponto por cima do ombro para o redondel.

— Saquei. Eu te procuro quando tiver terminado.

— Obrigada, Tony.

— Disponha. — Ele pisca.

Saio e me ocupo escovando Buckwheat. Não é bem uma necessidade, mas é um luxo que ele não ganha com frequência, pois, em geral, temos poucos funcionários. Vou reservar algum tempo hoje para mimá-lo, assim como sua dona anterior teria feito se ela ainda pudesse cuidar dele.

Cerca de quinze minutos depois, Tony aparece ao meu lado. Sua camisa está para fora, enfiada no bolso de trás, e seu peito brilha de suor. Faço uma nota mental para agradecer a Aubrey por me presentear com o cara gostoso do dia.

— E agora, chefa? — ele pergunta.

Não consigo esconder meu divertimento.

— Bem, podemos deixar esse cara aqui fora mais um pouco aproveitando o sol. Vamos ver no que os outros estão trabalhando.

— Tudo bem — ele diz, caminhando ao meu lado. — Você trabalha aqui há muito tempo?

— Um pouco mais de dois anos.

— Legal.

— Se você não se importa que eu pergunte: o que te traz como voluntário hoje?

— Você quer a resposta honesta ou a que pratiquei? — Ele sorri.

— A honesta. Sempre a honesta.

Ele encolhe os ombros.

— Eu esperava encontrar Chance Bateman. Sou um grande fã de futebol americano.

— Você sabe que o Chance é treinador dos Trojans agora, não é?

— Sei, mas também sei que a esposa dele dirige esse lugar. Então eu esperava topar com ele.

— Hum. Bem, ele está no treino hoje. Às vezes, passa aqui depois. Acho que você vai ter que ficar por aqui para descobrir.

— Agora que estou aqui, posso ter outro motivo.

— Ah, é? E qual seria? — pergunto, sem me preocupar em me virar para olhar para ele.

— Um encontro.

Paro e me viro para encará-lo.

— Um encontro?

Ele concorda com a cabeça.

— Eu não esperava que a minha chefa, mentora, conselheira ou como quer que eu devesse te chamar, fosse tão atraente. Talvez eu consiga um encontro *e* um autógrafo.

Gargalho.

— Vamos lá, Casanova, vamos ver o que temos que fazer agora.

Não me preocupo em responder. Ele não é meu tipo e espero que desista. Tudo o que preciso para me deixar louca é adicionar outro homem na minha vida. Como pode minha vida amorosa ter sido nula e vazia nos últimos meses e agora, de repente, me torno a garota popular?

Digo a Tony para esperar por mim no saguão enquanto vou em busca de Aubrey. Eu a encontro no escritório.

— Ei, terminamos o celeiro. Para onde a gente deve ir agora? Gatos ou cachorros?

— Cachorros. As duas adolescentes estão com os gatos. Sem falar que os cachorros dão mais trabalho. Você pode aproveitar os músculos dele.

— Ele me disse que se ofereceu como voluntário na esperança de encontrar Chance. — Deixo de fora a parte sobre o encontro. Não há necessidade de plantar essa semente na cabeça dele.

— Ah, vou mandar uma mensagem para ele e pedir que passe aqui depois do treino. — Seus dedos já estão deslizando pela tela. — Eles têm um treino curto hoje, então deve acabar na hora do almoço.

— Ótimo. A gente vai lá começar.

Meu estômago dá uma cambalhota, sabendo que eu poderia ver Landon em breve, mas então lembro que disse a ele que não precisava de ajuda. O maldito homem me deixou toda confusa com minhas próprias emoções.

— Certo, parece que você e eu vamos cuidar do espaço dos cachorros, como chamamos — digo a Tony. — Temos que limpar os canis, então vamos começar levando os cães para o canil lá de fora para que possamos limpar tudo aqui.

— Sou seu homem. — Ele pisca.

Ele me lembra um pouco de Landon, mas com certeza não é ele. Ele é baixo demais, cabelo claro demais, e os olhos não são do azul-oceano ao qual me acostumei. Mas tenho que admitir: ele é seguro de si.

Dois a dois, mudamos os cães para o canil exterior. Não apresso o processo porque brincamos com eles, oferecendo petiscos. Esse é outro luxo que nem sempre temos. Uma hora depois, estamos no espaço dos cachorros, e Tony está jogando água com a mangueira, enquanto começo a limpar com um escovão e um balde de água com sabão.

— Deixe que eu faço — ele diz, tentando me entregar a mangueira.

— Pode deixar. Eu sempre faço isso.

— Exatamente por isso você deveria me deixar fazer. — Ele tenta pegar a vassoura, e eu me movo depressa para fora de seu alcance, mas perco o equilíbrio. Ele estende a mão para me pegar e nós dois acabamos no chão. Ele cai em cima de mim, mas é rápido para se levantar, apoiando o peso nos braços e olhando para mim, enquanto a água com sabão molha minhas roupas.

— Opa! — Ele sorri, e não consigo deixar de sorrir de volta para ele.

— O que está acontecendo aqui? — uma voz grave e estrondosa questiona.

Conheço essa voz.

Pego impulso para me levantar e Tony vai aos poucos movendo seu corpo de onde estava suspenso, em cima de mim. Começo a ficar de pé, mas volto a escorregar no chão molhado. Tony está ali para me pegar desta vez, e seus braços fortes me levantam e garantem que estou firme antes que me soltem.

— Emma? — Landon pergunta.

— Ei, a gente estava só limpando e os baldes derramaram e... bem... você pode ver o resultado. — Dou uma risada nervosa. Por que estou nervosa? Ah, sim, porque Landon está me avaliando com seus olhos azuis, e sei que a situação não parece boa. Mesmo que eu não tenha feito nada de errado e ele não tenha direito de reivindicar nada, ainda me sinto um pouco culpada.

Os olhos de Landon vão para a mão de Tony, que ainda está segurando meu braço.

— Você pode soltá-la — ele diz.

— Puta merda. Você é... você é Landon Barker — Tony fala, sua mão ainda segurando meu braço.

Landon concorda.

— Sou. — Sua voz não é amigável como estou acostumada.

— Cara, esperava conhecer Chance, nunca sonhei que conheceria um Trojan, muito menos Landon Barker. Você pode me dar seu autógrafo? — ele pergunta, parecendo o garotinho animado que acho que vive dentro de todos os homens.

— Claro, assim que você tirar a mão da minha garota. — Os olhos de Landon estão focados em Tony.

— Landon... — eu começo, mas ele me ignora.

— Merda — Tony balbucia. — Não sabia que ela era sua. — Ele vira seus olhos acusadores para mim. — Quando mencionei um encontro, você não me disse que estava com a porra do Landon Barker. — Ele deixa cair a mão como se tivesse se queimado.

— Não estou com ele.

Landon acena com a cabeça agora que Tony não está mais me tocando.

— Vamos encontrar algo em que eu possa escrever. — Ele vira as costas e desaparece.

Ele está puto, mas agora eu também estou. Como ele ousa entrar aqui dizendo aos voluntários que sou a garota dele. Não sou a garota dele. Não sou nada dele. Na melhor das hipóteses, somos conhecidos. Tudo bem, talvez um pouco mais do que isso, mas não sou dele. Sou minha, e ele não tem o direito de entrar aqui exigindo coisas de ninguém. Estou furiosa. Quero ir lá fora e dizer a ele para ir embora, mas não vou. Em vez disso, direciono minha raiva para limpar a bagunça que Tony e eu fizemos, com a roupa molhada mesmo. Estou em uma missão e não levo muito tempo para limpar as gaiolas e deixar o espaço brilhando. Guardo o material de limpeza e vou para o escritório pegar uma muda de roupa. Aubrey e eu temos roupas sobrando aqui porque coisas assim acontecem quando você trabalha em um abrigo de animais. Não é a primeira vez. Mas em geral acontece com um animal indisciplinado, e não com dois homens adultos agindo como crianças.

Fechando a porta do escritório, tiro a roupa molhada. Coloco meu short limpo e seco e estou me preparando para vestir a camisa limpa quando a porta se abre. Olho para cima, esperando ver Aubrey, mas não é ela. É Landon.

— Merda. — Corro para segurar a camisa no peito.

Seus olhos estão aquecidos enquanto percorrem meu corpo.

— Emma.

— Vire-se, Landon! — grito. Ele faz o que peço e visto a camisa o mais rápido que posso.

CAPÍTULO 10

Landon

Estou de costas para ela e de frente para a porta, e meu coração parece prestes a sair do peito. Emma e toda a pele perfeita. Meu pau lateja na bermuda, e eu respiro fundo. Ela é linda pra caralho. Isso eu já sabia, mas agora... como vou tirar essa imagem da cabeça?

— Pode se virar.

Devagar, me viro para encará-la.

— Emma — sussurro e estendo a mão para ela.

— Não. — Ela é categórica.

Deixo a mão cair.

— Você está bem? Seu tornozelo? — pergunto.

— Estou bem, Landon.

De repente, estou em um novo território. Nunca me importei o suficiente para intervir ou ficar... com ciúmes. Não é uma emoção que estou acostumado a sentir, mas sou um homem inteligente. Sei que foi isso: quando vi o cara em cima dela, o jeito que eles estavam rindo, e a forma como ela estava olhando para ele. Detestei cada segundo da conexão deles. Tive que me esforçar para não o arrancar de lá. Para sua sorte, ele parecia mais interessado em mim do que nela. Até ele mencionar o encontro.

Ela não pode namorar aquele cara.

— Não sou sua garota, Landon. Quase não somos o que eu chamaria de amigos, somos mais como dois estranhos que compartilharam algumas refeições. Você não pode simplesmente sair por aí falando esse tipo de merda. — Ela está fervendo, e seus olhos verdes estão acesos como fogo. Meu pau não entende que ela está com raiva de nós e implora por sua atenção.

Troco o apoio dos pés para aliviar o que ela está fazendo comigo.

— Desculpe. — É uma palavra que não digo com frequência, mas sei admitir quando estou errado. — Vi vocês dois e só... Desculpe. — Essa palavra é mais fácil de dizer do que a verdade: que estou me apaixonando por ela. Não sei o que fazer com isso.

— Tudo bem.

Só?

— Você não pode fazer isso. Não sou da sua conta, e o que você está fazendo aqui? Eu disse que a gente tinha muita ajuda hoje.

— O treino foi mais curto do que o normal. Trouxe o almoço para você. — Aponto para a sacola na sua mesa que tenho certeza de que ela não viu, na pressa de trocar de roupa. Talvez não tenha visto devido à raiva de mim. De qualquer maneira, está ali na frente dela. — Sanduíche de peru com batatas fritas — revelo. — Não é muito, mas... — Encolho os ombros. Nem sei o que dizer.

— Obrigada. — Ela olha para a mesa onde está a sacola com nosso almoço. — É muito gentil da sua parte. — Ela faz uma pausa, se vira e olha para mim. — Você está com fome?

— Sim, eu... hã... trouxe para você, para mim, Aubrey e Chance. Não tinha certeza se ele estaria aqui. — Encolho os ombros.

— Sente-se. Vou falar para Aubrey e pegar um pouco de água para nós.

Ela passa por mim, e estendo o braço para impedi-la. Meu braço bate em sua cintura e eu a puxo para mim, envolvendo-a em um abraço.

— Desculpe, Emma.

— Eu sei. Tudo bem. — Ela se solta do meu abraço e desvia de mim para buscar Aubrey e nossas bebidas.

Não pode ser assim tão fácil. Ela não vai mesmo se importar com isso? Não vai me fazer rastejar?

— Aqui está. — Ela me entrega uma garrafa de água alguns momentos depois. — Aubrey disse que Chance está a caminho. Ele foi buscar CJ na creche. A gente pode comer sem eles.

Pego dois sanduíches e dois sacos de batatas fritas da sacola da delicatessen e entrego um de cada a ela.

— Obrigada. Você pode pegar a cadeira da Aubrey ou se sentar na mesa dela — ela oferece, se sentando em sua cadeira.

Não querendo perder a oportunidade de estar perto dela, pego a cadeira e a empurro para seu lado da mesa. Comemos o almoço, deixando o silêncio nos envolver. Esse silêncio não é confortável. Está cheio de tudo o que não é dito entre nós. Preciso dizer a ela que estou sentindo coisas, coisas que nunca senti.

— Agradeço por se preocupar comigo. Você estava sendo um bom amigo. Gosto disso. Apenas... pare com essa coisa de "minha garota" — ela diz, me dando um sorriso gentil.

Zona de amizade.

— Claro — respondo, engolindo o almoço, que agora parece papelão na garganta. Acho que se não posso me comprometer com o que estou sentindo, ser seu amigo é a segunda melhor coisa. Posso ficar perto dela, porque um dia sem testemunhar seu sorriso ou sem ouvir sua risada é um dia cheio de tristeza. Ela é magnética.

— O que posso fazer? — pergunto, enquanto jogamos fora as embalagens vazias.

— Nada. Hoje temos uma equipe boa aqui. Mas obrigada.

Assinto.

— Jantar hoje à noite? — Sei muito bem que ela vai recusar.

— Landon... — Ela balança a cabeça com um sorriso.

— Ei. — Jogo as mãos para cima em falsa rendição. — Só estou convidando uma amiga para jantar, compartilhar uma refeição, falar merda.

— Aham. — Agora ela está toda sorrisos, e amo cada segundo disso.

— Acho que já vou — digo, mas não faço nenhum movimento para me levantar.

— Obrigada pelo almoço. Eu me ofereceria para retribuir, mas sou mais esperta que isso. — Ela aponta para o meu rosto. — Esse olhar me diz que estou certa.

— De nada, Emma. — Me forço a ficar de pé e me surpreendo quando ela também o faz.

— Eu te acompanho.

— Alguma nova adoção? — indago ao caminharmos em direção à porta da frente.

— Não esta semana. Elas vêm em ondas. Na verdade, estamos prontas para outra feira de adoção. Aubrey e eu precisamos resolver isso — ela comenta, distraída.

Chegamos à porta, e eu me viro para encará-la.

— Nos vemos em breve?

— Sim, nos vemos em breve — ela concorda e acena.

Quero abraçá-la, ou beijá-la, ou implorar para que ela me deixe ficar, mas não faço nada. Em vez disso, deixo meus pés pesados me levarem para o SUV.

— Aonde você está indo? — Chance pergunta, saindo de seu SUV quando chego ao meu.

— Para casa.

— Pensei que você tivesse trazido o almoço — ele comenta, abrindo a porta de trás e tirando o filho da cadeira. — Pode dizer "oi" para o Landon? — ele pergunta ao filho.

O menino acena, descansando a cabeça no ombro do pai.

— Pois é, trouxe. Eu e a Emma acabamos de comer.

— E você já está indo embora? — Ele ergue uma sobrancelha.

— Ela disse que não precisa de ajuda.

— E você acreditou nela?

— Fiz uma cena, fiquei todo irritado quando entrei sem ser convidado em uma situação com um voluntário que não era o que parecia. Tenho certeza de que sua esposa vai te contar a história.

— Qual é a sua versão?

— Mamãe! — CJ grita, estendendo os braços.

— Oi, garotinho. — Aubrey nos cumprimenta. — Abusado. — Ela sorri, ficando na ponta dos pés para pressionar seus lábios nos de Chance.

— Princesa — ele sussurra, e até eu posso ouvir o amor em sua voz.

— Vejo você lá dentro — ela diz a ele, então se vira e olha para mim. — Você deixou nossa garota nervosa.

— Pois é. — Passo as mãos no cabelo, sem saber o quanto Emma contou a ela.

— Que bom. Ela precisa de alguém para abrir os olhos dela. Você é um cretino de sorte por ter a atenção dela. — Ela sorri como se tivesse acabado de ganhar na loteria, e eu não tenho ideia do que se trata.

Ela não me dá a chance de comentar e vai em direção ao edifício, seu filho lhe contando tudo sobre a creche pela manhã.

— E então? — Chance indaga assim que a esposa e o filho finalmente desaparecem de vista.

— Acho que eles escorregaram em um pouco de água derramada. Ele estava deitado em cima dela e eu entrei assim que aconteceu. Ele a ajudou a se levantar, estava com suas malditas mãos sobre ela. Ele me reconheceu e pediu um autógrafo.

— Isso não parece tão ruim.

Eu me encolho.

— Talvez eu tenha dito para ele tirar as mãos da minha garota que então eu o atenderia.

— Ai! Conheço a Emma e tenho certeza de que isso não foi nada bom.

— Ela estava zangada, mas eu me desculpei, e agora ela parece bem.

— E?

— Isso é normal? Ela só aceitou o pedido de desculpas sem nem pensar duas vezes. Eu esperava ter que rastejar ou algo assim.

Ele ri.

— Talvez de uma mulher que quer ser o centro das suas atenções. Não de uma mulher como Emma. Ela é uma das boas. Ela não é irracional. Você pediu desculpas sinceras e ela aceitou. Segue em frente.

— Ela me colocou na zona da amizade.

Ele concorda com a cabeça.

— Estou supondo que essa não foi sua intenção.

— Caralho, não faço ideia.

— É melhor você descobrir. — Ele aponta para onde Emma está com Tony, o cara que estava em cima dela no chão. Sua cabeça está inclinada para trás enquanto uma risada flui de seus lábios carnudos e bonitos. Meus punhos se fecham ao meu lado.

Quero ir até eles, envolvê-la nos meus braços e mostrar a ele que ela está fora do jogo, mas ela não está. Me forço a entrar no SUV com um aceno para Chance e vou embora. Ele está com um sorriso divertido enquanto me olha, e eu o ignoro.

O que essa mulher está fazendo comigo?

É um pouco depois das 19h e já corri oito quilômetros na esteira e pedi comida. Era meio que noite de comida chinesa. Agora estou andando pela sala.

Olho as chaves na mesa e fico tentado a dirigir até a casa dela para vê-la. Isso é inoportuno até para mim e, além disso, o que vou dizer? "Não posso te dar o que você quer, o que você merece, mas também não quero que ninguém dê?"

O celular toca, e tento pegá-lo da almofada no sofá, esperando que seja ela, mas eu já deveria saber. De certa forma, é a segunda melhor coisa.

— Oi, mãe — respondo.

— Landon, como você está? Faz muito tempo que não conversamos.

— Verdade. — A culpa toma conta de mim. — Desculpe, estive ocupado pegando o ritmo das coisas nesta temporada.

— Como está a equipe? — papai pergunta. Eles me colocaram no viva-voz, e eu sorrio. Esses dois são o epítome dos dois pombinhos.

— Ótima. Os novatos estão se dando bem com os veteranos, e vejo coisas boas no nosso futuro para esta temporada.

— Que tal você me dar seu discurso não preparado pelos assessores? — Papai ri.

— Desta vez é a verdade. Os treinos estão sendo ótimos, e acho que a gente vai chegar ao Super Bowl este ano.

— Qual é o problema? — mamãe pergunta.

— Nada.

— Landon, não me faça ir aí — ela avisa com sua voz de mãe. Nunca consegui esconder nada dela.

— Conheci uma pessoa. Pelo menos acho que sim.

— O que você quer dizer com "acha que sim"? — papai indaga.

— Ela é diferente de qualquer pessoa que já conheci. É uma daquelas mulheres que merecem tudo.

— Ah, então ela não é uma maria-chuteira? — mamãe conclui.

— Não. — Eu rio. — Ela não é uma maria-chuteira.

— Ótimo. Onde você a conheceu?

— Através do novo treinador de chutes. Ela é a melhor amiga da esposa dele. — Continuo contando sobre ela ter usado uma camisa dos Mavericks no treino.

— Já gostei dela. Quando vamos conhecê-la?

— Vá com calma, mãe coruja — provoco. — Não sei se isso vai acontecer.

— Por que não? — ela pergunta.

— Ela me colocou na zona de amizade.

— Claro que colocou — mamãe concorda, como se fosse a coisa mais sensata que já ouviu na vida.

— O que você quer dizer com isso?

— Olha, Landon, você é meu filho e eu te amo mais do que tudo, mas já te vi em ação. Tudo vem fácil para você, até as mulheres. Mas imagino que não seja o caso dela, e você não sabe como lidar com isso. Você se mantém fechado. Entendo como deve ser difícil, com a sua carreira, saber se alguém está sendo genuíno, mas, querido, como você vai saber se ao menos não tentar?

— Eu tentei. Ela continua me rejeitando.

— Filho — papai entra na conversa —, acho que o que sua mãe está tentando dizer é que você precisa conhecê-la. Apesar de todo o medo que você tem de que ela te passe a perna, ou de que a motivação dela seja sua conta bancária, pense sob a perspectiva dela. Pelo que você nos contou, ela nunca esteve no centro das atenções. Ter a sua atenção deve ser surreal para ela.

— Exatamente. Tenha calma, cultive o relacionamento. Ela pode querer ser só sua amiga agora, mas posso apostar que é a maneira dela de se proteger.

— Ela não precisa se proteger de mim — eu zombo.

— Sabemos disso — mamãe consola. — Mas e ela, sabe? Pense nisso, Landon. Você é um atleta profissional. Vive aparecendo nos tabloides com uma mulher diferente a cada evento e você está focando sua atenção nela. Só posso imaginar que ela pense que isso é um jogo para você.

— O quê?

— Landon, você gosta dessa garota?

— Mais do que deveria — resmungo, e os dois riem. Traidores.

— Então cultive o relacionamento. Seja amigo dela. Mostre que você não é o cara que pula de cama em cama. Pelo menos é melhor que você não seja.

— Querida, ele já é um homem adulto — papai repreende a mamãe.

— E eu ainda posso colocá-lo no meu colo. Mesmo que ele tenha mais de 1,90 m — ela rebate.

— Enfim — papai continua —, sua mãe está certa. Você tem que mostrar para ela que não é aquele cara. Tem que mostrar que o coração dela está seguro com o seu.

— E se não for isso que eu quero?

— Isso é algo que você só vai descobrir à medida que a conhecer. Ou você não conseguirá parar de pensar nela ou ela vai acabar se tornando uma grande amiga. De qualquer forma, parece que ela é uma boa pessoa e você sai ganhando.

— Não consigo parar de pensar nela — admito, e mamãe solta um gritinho agudo.

Solto um gemido, sabendo que mexi em um formigueiro. Mamãe já tem me perguntado quando vou sossegar há anos, e agora que percebeu que posso estar considerando essa possibilidade, ela não vai mais me deixar em paz.

— Tire um tempo para descobrir, mas, filho, não adianta falar. Você tem que mostrar para ela — papai aconselha.

— Valeu. Preciso ir. A gente se fala depois.

— Estaremos lá para a abertura da temporada — papai me garante.

— Amo vocês.

— Também te amamos — eles dizem em coro e a linha fica muda.

Cultivar.

Mostrar a ela.

Digito uma mensagem depressa.

Eu: Como foi o seu dia?

Emma: Bom. Obrigada de novo pelo almoço.

Eu: De nada.

Encaro o celular, sem saber o que dizer. Isso não costuma acontecer. Não sou de ficar sem palavras, mas com Emma, acho que não sou tão sortudo, afinal. Ela me salva quando envia outra mensagem. É uma foto. Abro e vejo uma foto da manta de seu sofá cobrindo suas pernas.

Emma: Apenas relaxando.

Eu: Eu também. Tenho um longo dia de treino amanhã.

Emma: Como está indo a temporada?

Fico surpreso com a pergunta. Nunca outra mulher, além da minha mãe ou talvez a mãe ou esposa de um dos caras, fez essa pergunta.

Eu: Estou otimista este ano. A equipe está bem.

Emma: Olhei para a programação. Você joga com os Mavericks na primeira semana em casa.

Eu: Você vai ao jogo?

Emma: Sempre.

Eu: Espere aí. Você já me viu jogar?

Ela está demorando muito para responder, então clico em "ligar" em seu nome e toca duas vezes antes de ela atender. Sua risada ecoa na linha.

— Landon — ela fala, rindo.

— Emma — digo, tentando falar sério, mas falhando. — Você já me viu jogar?

— Claro que já. Nunca perco um jogo dos Mavs.

— Mavericks do caralho — resmungo, fazendo-a rir ainda mais. — Ainda vou te converter numa fã dos Trojans.

— Mavs fanática, querido — ela fala, satisfeita.

— O que você jantou? — pergunto, mudando de assunto. Só de pensar nela torcendo por AJ Holland me deixa puto.

— Ah, nada muito emocionante. Comi o resto da caçarola de frango. E você?

— Pedi comida chinesa.

— Amo comida chinesa — ela diz, bocejando. — Desculpe. Estou muito cansada.

— Eu corri oito quilômetros quando cheguei em casa. Estou morto também.

— Nossa, não admira que você esteja em tão boa forma.

Meu peito incha um pouco com seu elogio.

— A abertura da temporada é daqui a algumas semanas. Você vai estar lá?

— Não, mas tenho ingressos para quando você jogar contra os Mavs.

— Por minha conta. Você pode ficar com a Aubrey. Tenho certeza de que ela adoraria se você estivesse lá. — Prendo a respiração, esperando que ela concorde. Não importa se eu conseguir ingressos para ela, de qualquer forma.

— Vou falar com a Aubs. Não quero me intrometer.

— Imagine. Você será minha convidada.

— Vou falar com ela e te aviso — ela diz, ignorando meu comentário.

— Tudo bem — concordo quando a ouço bocejar novamente. — Vou deixar você ir. Boa noite, sardentinha.

Ela ri.

— Boa noite, número 18.

Finalmente, sou capaz de relaxar e a exaustão bate. Depois de trancar a casa, coloco o celular para carregar ao lado da cama e vou para debaixo das cobertas.

CAPÍTULO 11

Emma

Estou atrasada. Não esse tipo de atraso; acordei atrasada. Meu alarme não tocou, e agora estou correndo para me arrumar. Para piorar, acabaram as cápsulas de café. Preciso de cafeína. Pego a bolsa, já calçando os tênis de ginástica, me certifico de que estou com o celular e corro para fora. Volto apenas para ter certeza de que tranquei a porta.

Já mencionei que odeio me atrasar?

Me ajeito atrás do volante do meu Jeep Wrangler, coloco o celular no porta-copos, a bolsa no banco do passageiro e saio da garagem. Tenho sorte que meu trabalho não exija que eu vá muito arrumada. Por exemplo, estou usando legging, camiseta com o logotipo do abrigo e tênis. Amarrei meus cachos escuros no alto da cabeça e não me preocupei com maquiagem. De qualquer forma, quase não vejo ninguém durante o dia, na maior parte do tempo só minha chefe, seu marido e o filho deles. Não tenho ninguém para impressionar.

Verificando o relógio no painel, calculo que tenho tempo suficiente para parar no Seaside Café e, como já estarei lá, talvez eu pegue um de seus famosos muffins de café com canela. Eles são vida! Se não engordassem tanto meus quadris, eu passaria lá todas as manhãs. Infelizmente, eles engordam, então cerca de uma vez por mês eu me permito, como um mimo. Este mês estou esbanjando — serão duas vezes.

É que hoje é dia de Seaside Café.

Será que Aubrey quer alguma coisa? Clico no ícone de telefone no volante. "Ligue para Aubrey", ordeno e, obedientemente, meu amado Jeep disca para mim. Do jeito que meu dia começou, não posso me dar ao luxo de tirar os olhos da estrada.

— Bom dia, flor do dia. — Sua voz alegre invade o carro.

— Oi, acordei tarde.

Ela ri.

— Lá se vai o seu humor hoje.

— Ha-ha, e pensar que liguei para ver se você queria alguma coisa do Seaside Café. Estou sem café em casa, então devo chegar uns minutinhos atrasada.

— Com certeza passe lá. A gente já sabe como você fica sem cafeína — ela brinca.

— Pegou pesado — digo, mal contendo a risada.

— Muffin de banana e nozes, por favor, e já tomei duas xícaras.

— Certeza?

— Sim. Vou quicar pelas paredes. Além disso, estou tentando cortar a cafeína, sabe, caso a gente decida ter outro filho. Mas a abstinência é uma merda.

— O quê? Vocês estão tentando?

— Não, mas já conversamos sobre isso. Queremos mais, aí é só uma questão de tempo. Estamos acomodados na nova casa, então, sim... Quero começar a tentar.

— Fico tão animada por você. Tudo bem, estou quase lá. A gente conversa mais quando eu chegar.

— Não tenha pressa — ela diz antes de se despedir.

Aperto o botão no volante para encerrar a ligação ao virar a esquina.

O lugar está lotado, como de costume para esta hora do dia, e tenho que estacionar no final do quarteirão e caminhar. Estou com pressa, mas já estou até salivando pelo café e muffin. Preciso de café.

Ao abrir a porta, o cheiro de bolo assado e café gostoso me envolve. São tantos aromas diferentes que não consigo nomear nenhum. A única maneira que posso descrever é: delicioso. Entro na fila e meu estômago ronca. Todas as mesinhas estão ocupadas, exceto uma no canto dos fundos da cafeteria. Se eu fosse ficar para comer, essa é a mesa que eu escolheria. Não sou antissocial, mas gosto de observar as pessoas, voar sob o radar, por assim dizer. Uma mesinha no canto para devorar as delícias de canela me serviria muito bem.

Falando em observar as pessoas, não posso deixar de notar o homem na minha frente. Meus olhos o percorrem, apreciando. Claro, é apenas a parte de trás, mas, mesmo assim, impressionante. Ele está usando uma daquelas camisetas de compressão azul-royal que se adapta perfeitamente aos seus músculos. Um short preto de basquete e só posso imaginar que ele é um daqueles com o V – sabe, quando o short ou, puta merda, até mesmo a calça de moletom cai bem. O pensamento me faz lamber os lábios, e não é só por causa do muffin.

A fila anda e eu também. Meus pés se movem por conta própria enquanto olho para sua bunda. Como é que dizem? Bumbum na nuca? Pois é, esse cara se encaixa muito bem. Dou mais um passo à frente, só que desta vez a fila não está andando.

— Afff. — Minhas mãos voam, e eu me apoio em suas costas para evitar cair. — Merda. — Imediatamente tiro as mãos das costas musculosas, mas ainda sinto o calor de seu corpo nelas. Ele se vira para me olhar por cima do ombro, e eu suspiro.

Landon.

Ao se virar, um sorriso vai surgindo em seu rosto. Seus olhos começam na bagunça louca de cabelo no alto da minha cabeça antes de percorrerem meu corpo. O calor corre através de mim, vergonha e, bom... um pouco de excitação, para ser honesta. Landon é sexy como o pecado e ter sua atenção, bem, também sou humana. O que torna tudo pior é que sei o que é ter seus braços em volta de mim.

Perigo. Perigo. Perigo. Fico repetindo as palavras na cabeça. Landon Barker é perigoso. Não de uma forma ilegal, mas de uma forma ele-pode-partir-seu-coração.

De repente, lembro que não apenas meu cabelo está bagunçado, mas também estou sem maquiagem e de camiseta e legging. Dia de sorte. Literalmente encontro o homem mais sexy do mundo e estou toda desarrumada. Sem mencionar que o dito homem sexy está... me examinando? É isso que ele está fazendo?

Maldito despertador!

— Você está bem, sardentinha? — pergunta com sua voz grave e masculina.

— D-desculpe — gaguejo com uma voz esganiçada. Por que, de repente, fico nervosa perto dele? Este é o Landon, e eu não estou tentando impressioná-lo. Não mesmo, mas, ainda assim, gostaria de estar apresentável.

— Acontece o tempo todo. — Ele sorri.

Com certeza. Seus olhos por si só são suficientes para ter calcinhas caindo por todos os lugares, adicione os cabelos grossos e escuros e o corpo, e é óbvio que ele não está sendo um idiota convencido; ele está falando a verdade.

— Eu deveria ter prestado atenção — digo quando percebo que ele ainda está me olhando.

— Está tudo bem — ele afirma. Seus olhos estão dando outro passeio preguiçoso pelo meu corpo, me fazendo sentir constrangida.

— Acordei atrasada. Está sendo uma manhã daquelas. — Dou uma risada sem graça. Você sabe do que estou falando, aquelas risadas que deixam todos em volta desconfortáveis. Pois é, essa sou eu. *Me mate agora.*

— Aham — ele diz, um sorriso aparecendo em seus lindos lábios carnudos. — Alguma coisa está mantendo você acordada à noite, Emma?

Por que, de repente, sua voz soa como sexo?

— Então, hã, você vem sempre aqui? — Assim que as palavras saem da minha boca, quero forçá-las de volta para dentro. Landon conseguiu me transformar em uma idiota desajeitada, sem graça e que conversa fiado.

— Não, primeira vez, na verdade. — Ele não me dá mais informações.

Eu o observo da cabeça aos pés. Por que estou agindo assim hoje? Acho que são os olhos. Ou talvez os músculos ou aquela barba. Hum, adoro um pouco de barba. De qualquer maneira, preciso sair dessa. Este é Landon. O jogador, não apenas no campo, se minha pesquisa na internet estiver certa. Somos amigos, nada mais.

— Oi. — Ele balança a mão na frente do meu rosto para chamar minha atenção. Não que seja possível, mas, se fosse, meu rosto ficaria ainda mais vermelho de vergonha. — Você está bem? — Ele ergue as sobrancelhas como se não tivesse certeza. É preocupação que vejo em seu rosto?

Ótimo, oficialmente me expus como a garota maluca, confusa, que olha-para-o-nada e ri-na-hora-errada. A cereja do bolo neste dia maravilhoso.

— Sim, desculpe, estou pensando no que vou pedir. — Que mentira.

— Também não decidi. — Ele esfrega a mão no queixo, por cima da barba.

— Muffin de café com canela — deixo escapar meu favorito. — Não tem erro. — Estou mexendo a cabeça para cima e para baixo como uma louca.

Coloco toda a culpa no maldito despertador. Acordar tarde sempre me deixa desorientada. Odeio isso. Faço uma nota mental para o futuro: sem mais dias como hoje; acho que não sobreviveria a eles. E o dia apenas começou.

— Próximo — a barista chama.

De repente, Landon se vira para fazer o pedido e fico mais uma vez diante de suas costas fortes e musculosas e daquela bunda. Percebendo que estou parada ali, olhando para a dita bunda, desvio o olhar para qualquer outro lugar. Me fixo em um pôster anunciando uma feira de artesanato no centro de convenções local. Talvez eu veja se Aubrey quer ir. Ele se vira para mim.

— O que você quer, Emma?

— Nada, tenho uma lista, pode ir em frente. — Aceno para ele.

— Emma.

— Landon — falo com o mesmo tom. — Sério, não precisa. Deixa para a próxima.

— Vou cobrar — ele diz, e se vira para pagar o pedido.

Fecho os olhos e respiro fundo. Preciso colocar a cabeça no lugar. Não sou uma adolescente que não consegue falar com garotos, e este é Landon. Ele não é um estranho. Claro, não somos melhores amigos, mas passamos um tempo juntos, então o jeito que estou agindo é ridículo.

— Senhora. — Ouço a barista irritada chamar. Abro os olhos, viro a cabeça para frente e vejo que é minha vez. Estou segurando a fila, e Landon já se foi.

— Desculpe. Está sendo uma manhã daquelas — falo com outra risada estranha.

— Qual é o seu pedido? — ela pergunta, dando um sorriso contido que me diz que não está se divertindo, mas seu trabalho depende da sua simpatia.

— Um café preto grande com dois cubos de açúcar, um muffin de banana e nozes e um de café com canela.

— Desculpe, o cara antes de você pegou o último de café com canela. Pode ser outra coisa?

Meus ombros caem. Claro que ele pegou. Cretino de sorte.

— Dois de banana e nozes — falo, derrotada.

Hoje não é o meu dia. Pego o cartão de débito na bolsa e o entrego, tentando dar a ela um sorriso gentil. Não é culpa sua. Porra, a culpa é minha.

Não deveria ter sugerido meu favorito. Se eu não estivesse toda atrapalhada, como uma idiota, talvez não tivesse.

— Obrigada — digo, pegando o cartão de volta e o colocando na carteira. Ela me entrega o café e um saquinho com dois muffins e, embora o de banana e nozes seja delicioso, não estou tão animada quanto estava quando cheguei. — Tenha um bom dia — desejo, educada, me virando em direção à porta. Percebo que todos parecem estar olhando para o canto, e é quando o vejo.

Landon. O cretino de sorte pegou meu muffin. Dou um passo em direção à porta e paro. Todos estão olhando para ele. Não é à toa que ele pensa ser um presente de Deus para as mulheres. Claro, é um colírio para os olhos, mas o cretino pegou meu muffin. Dou mais um passo, mantendo os olhos nele e na sacola com seu delicioso muffin que está na mesa, intocado. Ele está bebendo o que suponho ser café e mexendo no celular. Nem está comendo o muffin. Qual é, quando você tem um muffin de café com canela do Seaside Café ao seu alcance, não o troca por redes sociais. Antes que eu saiba o que está acontecendo, estou indo até ele.

Óbvio que essa minha pequena aventura não foi planejada. Daí a razão de eu estar ao lado de sua mesa, segurando meu café e minha pequena sacola, olhando para a sua, sabendo o que tem dentro.

— O que foi, Emma? — Ele sorri, colocando o celular na mesa, enquanto me encara. Droga, esses olhos.

— Então, hum, você comprou o último muffin de canela, e eu meio que queria muito ele. Pensei que talvez a gente pudesse trocar ou dividir, e eu poderia te dar um dos meus de banana e nozes. — As palavras saem da minha boca.

Ele me olha fixamente. Aqueles olhos azul-celeste parecem estar penetrando minha alma. Fico me mexendo, impaciente. Preciso ir trabalhar, mas, caramba, eu queria mesmo aquele muffin.

Um sorriso se espalha aos poucos por seu rosto, enquanto ele ergue as mãos e faz um gesto para que eu me sente. Landon empurra a sacola contendo toda a delícia que é o muffin de café e canela.

— Aqui. — Empurro minha sacola para ele. — Um desses é para Aubrey.

Ele empurra de volta para mim.

— Já tomei café da manhã. Só parei para tomar um café no caminho para o treino.

— Então por que comprou o muffin?

— Quer saber a verdade?

— Sempre.

— Não planejava comprá-lo. Você disse que era o seu favorito. Eu ia levá-lo para você hoje depois do treino. Não sabia que tinha comprado o último. — Ele indica a sacola com a cabeça. — Pode comer, Emma.

Sem precisar ouvir duas vezes, abro a sacola e pego o muffin, dando uma mordida enorme. Até agora, essa é a melhor parte deste dia terrível.

— Por que você está sorrindo? — pergunto a ele depois de engolir.

— Encontro número quatro. — Ele sorri.

— O quê? — indago, prestes a dar outra grande mordida.

— Esta é a nossa quarta refeição juntos.

— Você não está comendo. Não conta. — Me sinto arrogante. Dando outra grande mordida, fecho os olhos para saborear o muffin. Quando volto a abri-los, os olhos de Landon estão me observando, atentos. Ele pega minha sacola, tira um muffin e dá uma mordida.

Ele continua me olhando enquanto mastiga e engole. Suas covinhas aparecem.

— Encontro número quatro, Emma.

— Você não vai se atrasar para o treino? — mudo de assunto.

— Você não vai se atrasar para o trabalho? — ele rebate.

— Sim, mas Aubrey já sabe e, além disso, ela ganha um muffin.

— Justo. — Ele coloca o último pedaço de seu muffin na boca e olha a hora no celular. — Tenho que ir. — Ele se levanta e junta o lixo, assim como eu. Posso terminar o muffin no caminho. Vou em direção à porta e sinto sua mão nas minhas costas. Passando os braços à minha volta, ele abre a porta e saímos do café.

— Bom treino, número 18. — Já estou me sentindo mais normal.

— Tenha um bom dia, Emma. Te ligo mais tarde?

Eu me pego assentindo. Ele sorri e se vira, correndo para seu SUV. Como posso estar nesta cidade desde a faculdade e nunca o ter encontrado, e, agora, aqui estamos, imersos na vida um do outro, se cruzando a todo instante? Viro o jipe em direção ao abrigo e penso no que contar a Aubrey. Já posso ouvi-la me dizendo que é o destino.

É o destino?
Eu acredito em destino?
Só o tempo dirá.

CAPÍTULO 12

Landon

Já se passaram três semanas desde que Emma e eu tivemos nosso primeiro encontro. Bem, tecnicamente, não foi um encontro. Ainda estou trabalhando nisso. No entanto, gosto de provocá-la. Cada vez que compartilhamos uma refeição, assinalo como mais um encontro. Isso costumava irritá-la, e agora ela está me pedindo um placar, se certificando de que ainda estou registrando.

Estamos no encontro número quinze; extraoficialmente, claro. Cada um é melhor que o anterior. A maioria acontece quando vou ao abrigo após o treino, mas alguns fins de semana também foram incluídos nessa conta. Nada como a noite em que ficamos aconchegados e, para ser honesto, estou decepcionado. Eu tinha certeza de que perderia o interesse por ela, pela maneira como me faz sentir — sem fôlego, como se eu tivesse três metros de altura e sentimental pra caralho. Sem sorte. No mínimo, esses sentimentos se intensificaram além do que eu poderia ter imaginado.

Eu a quero. Porra, eu já sabia e deveria ter admitido, mas o que meus pais disseram foi válido. Eu preciso mostrar, e não apenas contar a ela o tipo de homem que sou. Ela precisa ver com os próprios olhos, e tudo o que fiz nas últimas semanas foi tentar mostrar que estou me apaixonando. Rápido e muito, se o tempo que passo pensando nela for uma indicação.

Examino as arquibancadas e não a vejo. Esta noite é nosso primeiro jogo da pré-temporada, e Emma e Aubrey virão. Elas recusaram o camarote e optaram por ficar nas arquibancadas. CJ vai ficar com a babá, então, de certa forma, é a noite das garotas. Olho para o relógio, faltam vinte minutos para a hora do jogo; nenhum sinal delas. Corro pela lateral, onde Chance está com Thomas.

— Ei, você sabe delas? — pergunto a ele, sem dar a mínima para o fato de que ele e Thomas estão no meio de uma conversa.

Chance olha para mim e seus olhos se agitam com sua risada.

— Elas estão a caminho.

— O quê? — Thomas pergunta. — É a infame Emma sobre quem você não para de falar?

Sim, talvez eu fale um pouquinho sobre ela. Está bem, muito.

— Ela está vindo para o jogo.

— Você já se decidiu? — ele pergunta.

— Ainda não.

— O que você está esperando?

Mostrar para ela?

— Estou dando tempo para ela processar. É uma grande mudança passar de garota de cidade pequena para namorada de um atleta profissional.

— Namorada? — Chance pergunta, surpreso. — Ela sabe disso?

— Não, e vocês dois vão manter a boca fechada. No devido tempo — digo, examinando a multidão novamente e é quando a vejo.

Aceno, chamando sua atenção, e um lindo sorriso surge em seu rosto quando ela acena de volta. Está usando a camisa dos Trojans que deixei na sua casa na noite anterior. Pelo menos acho que é a que dei. Ela se vira para cumprimentar um fã atrás dela e é quando vejo. Meu nome sobre seus ombros. Ela está usando meu nome e número, e isso, de alguma maneira, mexe comigo. Eu sei a grande fã dos Mavericks que ela é, e, até ontem à noite, ela agia como se eu tivesse lhe dado uma garrafa de veneno de presente. Esperava que ela estivesse fingindo por causa do sorriso brincando em seus lábios. Agora, ali está ela, vestindo-a com alegria. Porra, não quero outra coisa além de arrancar a camisa dela.

— Ele é um caso perdido, rapazes — Thomas se gaba. Nem me preocupo em contradizê-lo. Ele não está errado e é hora de fazer algo a respeito. Preciso nos tirar da zona de amizade.

— Cretino de sorte — Kaden resmunga. — Você está sempre com a melhor boce… — Levanto a mão, lançando a ele um olhar de advertência para fechar a boca. Ele sorri, mas não termina o que ia dizer.

— Com ela não — determino, e minha voz é severa. Tivemos essa conversa e não quero voltar a tê-la. Se ela fosse minha, ele não estaria falando dela como uma maria-chuteira. Preciso fazer alguma coisa a esse respeito.

Manter a cabeça no jogo sabendo que ela está ali é mais difícil do que eu esperava. Olho para ela com frequência e, toda vez que o faço, nossos olhares se encontram. Ela está ali por mim. Não é para o jogo ou para torcer por algum dos times. Por mim. Tudo que quero é beijá-la toda, para mostrar minha gratidão, é claro. Voltando à realidade, coloco a cabeça de volta no jogo. Primeiro jogo da temporada com minha garota e meus pais nas arquibancadas. Eu dou conta.

O relógio chega a zero e é hora do intervalo. Estamos com quatorze pontos de vantagem e a equipe está com tudo. Olho para as arquibancadas e flagro seu olhar antes de eu ir ao vestiário.

— Oi, Barker, você está com tudo. — Kaden me dá um tapa nas costas. — Toda vez você coloca bem aqui. — Ele abre a mão e aponta para a palma.

Encolho os ombros.

— Estamos todos mandando muito bem.

— É, mas tem algo mais acontecendo. Você está focado. — Jack entra na conversa.

— Exceto quando está olhando para as arquibancadas — Case provoca. — Você está tentando ficar de olho na sua garota, prestando atenção se os olhos dela não estão indo para um homem de verdade? — ele brinca, imitando um movimento esquisito que o faz parecer que está tentando foder o ar.

— Nunca mais faça isso. — Eu rio.

— O que, você acha que ela não iria querer isso? Tenho 134 quilos de aço e sex appeal, baby. — Ele passa as mãos pela lateral do corpo, tentando exaltar seu Vanna White interior.

— Vá se foder. — Empurro seu ombro, brincando.

— Tudo bem, ouçam. — O técnico Neil começa seu discurso do intervalo no vestiário.

Nem tudo são flores só porque estamos na frente. Podemos estar com tudo, mas ele quer que continuemos assim para trazermos a vitória para casa. Eu também quero. Com Emma assistindo, quero ganhar essa. Ah, e meus pais, mas eles já me viram jogar mil vezes. Emma também me viu, mas desta vez é diferente. Desta vez, ela está aqui para me ver. É diferente.

Retornando ao campo, olho instantaneamente para ela. Esperando encontrá-la olhando para mim, fico surpreso ao ver o irmão de Case, Corey, conversando com ela e Aubrey. Ele está sentado na frente delas e prendendo sua atenção. Tento não ficar incomodado, mas é difícil. O apito soa e entramos em campo para o segundo tempo. A defesa entra primeiro, o que significa que fico na lateral, assistindo, mas também de olho em Emma, que ainda está falando com Corey. Quero jogar a bola nele e nocauteá-lo. Eu poderia fazer isso, mas em rede nacional tenho certeza de que não irritaria só o treinador, mas também os superiores. Sem mencionar que pegaria mal para mim e para o time.

Talvez eles entendessem se eu contasse que um homem, um cara que conheço e com quem já bebi cerveja várias vezes, está dando em cima da minha garota. E isso me atinge como uma tonelada de tijolos. Ela não é minha.

Ainda não, mas será.

Parece que estamos na quarta descida para o gol e perdemos por dois pontos. É hora de fazer o que faço melhor e conseguir uma vitória. Não no campo, mas com ela. Chega de esperar, chega de ficar só observando da lateral.

A segunda metade do jogo é quase igual à primeira. Quando o relógio chega a zero no final do quarto tempo, vencemos por três *touchdowns*. A segunda metade da partida é um borrão para mim. Fiquei olhando para a arquibancada, para ver Emma ainda conversando com Corey, como se ela estivesse ali por ele. Com ele. Por sorte, o futebol é instintivo para mim, como respirar, e fui capaz de manter o jogo em movimento.

O vestiário está um alvoroço com os caras alegres e rindo. É um grande impulso para o moral vencer o jogo da pré-temporada. Paro no meu armário e logo tiro a roupa, pego uma toalha e vou para o chuveiro. Os caras me puxam para a conversa de celebração, recontando uma jogada que não consigo lembrar. Dou uma enganada, como fiz na segunda metade do jogo. Não costumo ser assim e não posso continuar deixando isso acontecer. Da próxima vez, talvez eu não tenha tanta sorte.

Meu cabelo ainda está encharcado quando saio do vestiário com a bolsa no ombro.

— Por que a pressa? — Case pergunta, me alcançando.

— Sem pressa. Só animado para ver minha garota.

— Uau, isso é novidade.

— Pois é, muitas mudanças — digo quando vejo Emma, Aubrey e, com elas, o irmão dele, Corey. Meus pés me levam mais rápido, minhas passadas largas diminuindo o espaço entre nós.

— Eu te ligo — Corey fala para Emma. Meus olhos se concentram na mão dele em seu braço. Ele a solta quando nos vê. — Bom jogo, irmão. Ele dá um tapinha no ombro de Case.

— Oi, Emma. — Coloco o foco em Emma. Tenho que fazer isso, senão sou capaz de socar Corey, e ele é um cara legal. Ele é tranquilo, e já saímos muito juntos, mas tudo que posso ver é sua mão no braço dela, e ele dizendo que vai ligar. Minha atenção está bem mais focada nela.

— Bom jogo, número 18. — Ela sorri para mim.

— Está pronta? — Ofereço a ela meu braço.

— Pronta? Aonde vamos?

— Encontro de número dezesseis.

Ela gargalha.

— O que vou fazer com você, Barker?

— Ficar comigo? — Pisco, todo inocente. Ela não está acreditando, o que nos faz rir.

— Aonde vocês vão? — Aubrey pergunta.

Emma olha para mim para responder. Ela não está discordando e isso me dá esperança.

— Para onde você quiser, meu bem. — Seus olhos se arregalam com o apelido carinhoso, mas ela olha para Aubrey e responde:

— Harvey's. Os hambúrgueres são incríveis. Você tem que experimentar. — Ela olha de volta para mim. — Tenho falado sobre o hambúrguer que a gente comeu lá há semanas. Tudo bem para você?

— Sim. O Harvey's é uma boa ideia.

— Nos encontramos lá — Case diz, enquanto ele e Corey se afastam. Não antes de Corey acenar para Emma por cima do ombro.

Com Emma no meu braço, caminhamos para o meu SUV.

— Você veio de carro? — pergunto.

— Não, Aubrey me pegou. Ela vai me levar para casa.

— Eu te levo.

— Tenho certeza de que você está cansado. Não se incomode.

Abro a porta para ela e espero que se acomode antes de fechá-la e correr para o outro lado. Por instinto, coloco a mão em sua coxa assim que saímos do estacionamento.

— Nunca estou cansado demais para você, Emma. — Nunca me abri tanto com ela. Tenho sido mais discreto nas últimas semanas, apenas passando um tempo com ela. Mostrando que não estou com uma mulher diferente a cada noite. Só com ela. Chega de esconder as coisas. Estou fazendo minha jogada. Não me importo quanto tempo pode levar para convencê-la de que estou nisso por ela.

— Ah, número 18, você está tendo uma quedinha por mim depois da grande vitória? — ela provoca.

— Não. — Olho para ela. — Sempre tive uma quedinha por você. — Ela fica quieta, então outro olhar rápido me mostra que ela está olhando pela janela, e seu reflexo revela um sorriso em seus lábios beijáveis.

Parando na entrada dos fundos do Harvey's, estaciono ao lado de Case, e Chance para ao meu lado. Corro para abrir a porta de Emma, mas ela se antecipa.

— Eu ia abrir para você.

— Sei que está contando isso como o número dezesseis, mas não é um encontro, Landon.

Paro e estendo a mão, pegando seu braço, o que a faz parar também. Ela se vira para mim, e eu me aproximo. Seguro seu rosto, enquanto encaro seus grandes olhos verdes.

— Emma Deaton, você quer jantar comigo? — pergunto.

Ela engole em seco, e o verde em seus olhos fica ainda mais vibrante. Ela pisca e a conexão é perdida.

— Já estamos aqui, seu bobo. — Seu tom é provocador, mas posso ver. A insegurança. Não sei como mostrar que tudo o que vejo é ela. Acho que vou ter que me esforçar mais. — Vamos. — Ela tira o braço e começa a ir em direção à porta. Eu a sigo porque, bem, vou seguir Emma para qualquer lugar. Digito o código e mantenho a porta aberta para ela, Chance e Aubrey.

— O infame Harvey's — diz Chance, observando o local.

— Me lembre de te dar o código — falo para ele. — Harv é legal e essa área dos fundos é só para o time. Sem torcedores, sem marias-chuteiras.

Apenas um lugar para a gente relaxar e se sentir normal após um treino ou jogo, mesmo fora da temporada.

— Isso é incrível — Aubrey elogia.

— Nunca estive aqui, mas o que comemos algumas semanas atrás era muito bom — Emma declara.

— Harv está preparando algumas jarras de cerveja — Case comenta quando chegamos à mesa que ele pegou para nós nos fundos.

Case se senta em uma extremidade da mesa e Corey ao lado dele. Emma se senta ao lado de Corey, deixando a outra ponta para mim, Chance e Aubrey tomam os lugares em frente a Emma e Corey. Estou ao lado dela, mas ele também, além de estar mais perto. Odeio esse sentimento, esse que me diz que posso perdê-la. Passei tanto tempo tentando mostrar a ela quem sou que devo ter esperado demais e agora corro o risco de perdê-la para outro. O pensamento é como fogo correndo em minhas veias. Raiva de mim mesmo, e, embora errado, de Corey por dar em cima dela. Ele não vê que ela é minha? Com certeza Case deve ter dito a ele para recuar. Harvey deixa a cerveja, e sirvo um copo, esvaziando metade de uma vez.

— Tudo bem? — Emma se inclina em direção à minha ponta da mesa.

— Sim. — Abro um sorriso tranquilizador. — Quais são as minhas chances de te converter em uma fã dos Trojans? — provoco.

— Não sei. — Ela finge refletir sobre a questão. — Eu me sinto uma traidora. E se o AJ souber que estou usando uma camisa do Landon Barker?

— Foda-se o AJ — falo, porque isso a faz sorrir, não há absolutamente nenhum veneno em minha voz.

— Ele tem sido meu galã desde que foi convocado para os Mavs há quatro anos.

— Ah, aí está a diferença.

— Qual diferença? — ela pergunta, confusa.

— Ele é apenas o seu galã. Eu sou mais do que isso.

— Ah, sim, e o que exatamente significa esse "mais"? — Ela está brincando. Isso é o que fazemos, mas as coisas estão prestes a ficar reais.

Me inclino para perto dela. Seus olhos refletem humor. Tenho certeza de que ela está pronta para rir do que acha que vou dizer. Deixo as brincadeiras de lado e mando a real.

— Quero ser mais do que apenas o seu galã, Emma. Quero ser tudo para você. — Ela respira fundo, seus olhos fixos nos meus, então continuo: — Quero ser o seu galã, o seu *quarterback* favorito, o seu ombro para chorar, a primeira pessoa para quem você liga quando tem um dia bom ou ruim. Quero ser o seu amigo de aconchego. Quero ser o homem que vai te dar todos os prazeres da vida. — Seus olhos se aquecem, e meu pau se contrai. — E quero estar lá para toda a dor também. Tudo, Emma. Eu quero tudo.

— Vocês estão prontos para pedir? — Harvey pergunta ao meu lado.

— O que você vai comer, Emma? — Aubrey indaga de seu lugar do outro lado da mesa. Ela não faz ideia de que acabamos de ter um momento.

— Hã, Landon, o que você pediu da última vez está bom — ela diz, baixinho.

— Essa é a garota que você deixou esperando no carro? — Harvey brinca.

— Não queria que você roubasse minha garota, meu velho — provoco. — Harvey, esta é minha Emma. Emma, este é Harvey, o homem que fez este lugar para nós.

— Prazer em conhecê-lo. — Emma sorri para ele.

— Um cheeseburger deluxe e batatas fritas, e o mesmo para mim. E mais um hambúrguer — peço a ele. Ele balança a cabeça enquanto anota nosso pedido. — Ah, e duas águas. — Olho para Emma. — Sei que você gosta de água com as refeições. — É algo que aprendi. Não importa onde a gente esteja, ela sempre precisa de água quando está comendo.

— Aprendeu, é? — ela pergunta. A graça está de volta em sua voz, mas seu olhar me diz que ela ainda está se recuperando do meu discurso de minutos atrás.

Pisco para ela, e suas bochechas ficam com um leve tom de rosa. Estou subindo o nível do meu jogo, Emma Deaton. Espero que você esteja pronta.

CAPÍTULO 13

Emma

Não sei o que está acontecendo. Estou com um frio enorme na barriga e um desejo entre as pernas. Ambas as sensações causadas por um certo Landon Barker. Ele está sentado em sua cadeira, tomando cerveja, como se não tivesse acabado de virar meu mundo de cabeça para baixo. Ele não está nem um pouco abalado por sua confissão.

Cretino de sorte.

Ele não tem que ficar ali com nossos amigos e fingir que não está prestes a desmaiar por causa de um discurso que acabei de fazer, ou que ele quer arrancar as roupas do meu corpo. Ele tem sorte, sim, porque quero fazer exatamente isso. É errado. Somos amigos. Mas o jeito como ele me olha... Não consigo me controlar.

— Com licença — digo, me levantando. Nossa comida deve chegar logo, mas preciso de um minuto. Só algumas centenas de segundos para me controlar. Preciso reorganizar os pensamentos.

— Tudo bem? — ele pergunta, estendendo a mão para mim. Sua mão pousa no meu braço, e tenho que mudar minha posição e apertar as pernas para amenizar a sensação que ele está causando dentro de mim.

— Sim, só preciso ir ao banheiro.

— É no corredor perto do bar. É privado, só para esta parte do bar, então não se preocupe com as filas ou os fãs.

— Como se os fãs fossem se preocupar comigo — falo, provocando, tentando nos levar de volta à diversão e às brincadeiras de flerte, com as quais aprendi a lidar e que é o que espero de nós. Algo passa em seus olhos, mas ele não comenta.

— Vou com você. — Aubrey se levanta e, embora eu precisasse de um tempo sozinha, fico grata. Talvez ela possa lançar alguma luz sobre isso. Talvez eu esteja entendendo algo errado.

Não espero por ela e vou em direção ao corredor. Abrindo a porta do banheiro feminino, fico surpresa ao encontrá-lo limpo e brilhante, e suspiro de alívio quando me debruço na pia, tentando recuperar o fôlego.

Por que estou sem fôlego?

— Nossa — Aubrey diz, entrando no banheiro. — O que foi aquilo? — Ela se abana com as mãos, como se estivesse com calor.

— O quê? — Me faço de boba, mas até eu posso ouvir na minha voz que sei muito bem do que ela está falando.

— Você ouviu? Ele te chamou de "minha Emma"!

Concordo com a cabeça.

— Você ouviu, né?

— Aham.

Ela sorri.

— Vocês dois pareciam estranhamente confortáveis aos sussurros. O que foi aquilo?

— Aubs, eu... não sei — respondo com honestidade. Então, recapitulo o máximo que minha mente confusa consegue se lembrar do que ele me disse.

— Ele está apaixonado por você.

— O quê? Isso é um absurdo. A gente se conhece há um mês. Ele não está apaixonado por mim.

— Está ficando, então. E muito. Posso ver na maneira como ele te olha. Só para constar, é a mesma forma como ele sempre te olhou, apenas mais... intenso, se eu tivesse que classificar.

— O que é que eu vou fazer agora?

— Não sei qual é o problema aqui, Emma.

— Ele é um atleta famoso, e eu, bem, sou eu. Emma, que ajuda a administrar um abrigo para animais. Ele pode ter a mulher que quiser e já teve várias.

— Talvez sim, mas com quantas ele esteve desde você?

— Nenhuma.

— Uma — ela diz ao mesmo tempo.

Levanto a cabeça.

— Quem?

É ciúme o que sinto?

— Você.

Isso mesmo. Acho que foi no encontro oito, pegamos comida e levamos para a casa dele. Ele me convenceu de que precisava de ajuda para aprender a usar a air fryer. Acontece que ele nem tem uma. Enfim, corri para pegar a comida, para tentar manter os fãs afastados, e fui fotografada entrando em seu SUV. Eles não pegaram meu rosto e a mídia não sabe quem sou. Pelo menos não que a gente saiba.

— Tudo bem — digo ao sair das minhas lembranças para encontrá-la parada ali, olhando para mim com as mãos nos quadris.

— Você tem medo do quê? — Sua voz é mais suave desta vez.

— Ele vai partir meu coração.

— Em primeiro lugar, você nem sabe disso. Em segundo, quando isso... — ela balança as mãos freneticamente no ar — o que quer que isso seja tiver terminado, seu coração vai ficar partido mesmo assim.

Concordo com a cabeça.

— Mas se eu me permitir me apaixonar vai ser muito pior.

— Ah, Emma. — Ela se aproxima e me abraça. — Você já se apaixonou. Só não admite. Olhe para mim e meu cretino abusado. Ele é famoso, e eu sou apenas eu, administrando um abrigo para animais, e a gente faz dar certo. Ele me ama. Eu o amo. É simples assim. Não se trata de dinheiro, fama ou qualquer outra coisa: é o coração.

Desisto de qualquer pretensão de esconder e aceno.

— Eu sei.

— Viu, não foi tão difícil. Deixe acontecer. Se der certo, ótimo. Se não, você não terá os "e se". Confie em mim. Tive dois anos de "e se" e não é algo que você vai querer. Tive os "e se" e um coração partido. Preferiria ter tido só um dessas. Aproveite a chance. Vá lá e mostre àquele cretino como ele tem sorte de ter sua atenção e veja aonde isso te leva.

— É. Tipo, não sei se vou fazer isso hoje, ou aqui, para falar a verdade, mas sim. Vou fazer. Obrigada, Aubs. — Dou um abraço nela. — Ah, Landon disse que me daria uma carona para casa.

— Perfeito. Você não precisa fazer isso aqui. Faça no carro ou em casa. Convide-o para um drinque, sabe, convide-o para ficar. — Ela balança as sobrancelhas.

— Cedo demais. — Eu rio.

— É mesmo? — Ela agarra minha mão e me puxa em direção à porta. — Vamos, antes que pensem que fugimos. — Ela nos leva de volta para a mesa, soltando minha mão assim que ficamos à vista. Me sento e tento acompanhar a conversa entre os homens.

Nem um minuto depois, Harvey está servindo a comida, e eu me concentro nisso. Esses hambúrgueres são tão bons. Devoro o meu num piscar de olhos. Como e ouço as conversas ao redor. Entro na conversa quando acho pertinente, enquanto minha mente está repassando a noite. Eu o convido para entrar? Como digo a ele que estou pronta para um encontro de verdade? Um para o qual eu diga sim por nenhum outro motivo que não seja passar um tempo com ele.

A próxima hora passa como um borrão para mim. Na minha cabeça, estou decifrando cada olhar, cada toque, cada momento que compartilhamos. Interajo como posso, tentando agir como se minha cabeça não estivesse girando e meu coração não estivesse disparado. Para ser honesta, já no primeiro dia, eu o queria. Só não me permitiria expressar isso. Estava com tanto medo de ser apenas mais uma que não quis me aproximar, mas agora estou cansada. Não posso mais impedi-lo e nem quero. Aubrey está certa. Prefiro ter um coração partido a um "e se". Quem sabe, talvez um pouco da sorte dele passe para mim, assim não terei o coração partido. De qualquer forma, estou cansada de fingir.

— Emma — Corey chama minha atenção.

— Desculpe — respondo, constrangida.

— O que você acha? Está dentro?

— Ah, claro — digo, percebendo que a atenção de todos está em mim. Tenho certeza de que é algum plano para depois que sairmos dali. Corey sorri e acena com a cabeça, como se eu tivesse acabado de lhe dar um milhão de dólares.

— Tudo bem, então, a gente já vai, temos que pegar CJ. — Aubrey se levanta. — Emma, você precisa de carona para casa? — Ela olha de mim para Corey e depois para Landon.

— Não, obrigada. Landon disse que me daria carona. — Acabamos de conversar sobre isso, então não sei por que ela está perguntando.

— Posso te levar para casa — Corey fala ao meu lado.

— Ah, obrigada, mas Landon pode me levar. — Eu me viro para olhar para ele, e sua mandíbula está tensa. — A menos que você tenha outros planos, Landon.

— Não. Você vem comigo.

Bem, então tudo certo.

— Obrigada mesmo assim — digo a Corey. Ele parece decepcionado, mas não fala nada.

Corey e Case decidem ficar para mais uma rodada, então nos despedimos e partimos. Landon está quieto, dando um novo significado ao tipo forte e silencioso. Seu corpo está tenso enquanto ele caminha ao meu lado, com a mão nas minhas costas. Ele abre a porta do passageiro do SUV para mim e espera até que eu coloque o cinto de segurança para fechá-la. Eu o observo, enquanto ele corre pela frente do carro e se acomoda atrás do volante. Suas mãos agarram o volante, mas ele não faz nenhum movimento para ligar o carro.

— Landon?

Ele se vira para mim, seus olhos azul-celeste escurecidos por uma emoção que não consigo nomear.

— Não vá.

— Não vá para onde? — pergunto, confusa.

Seu maxilar se contrai.

— Não saia com Corey.

— Do que você está falando?

— Corey — ele diz com os dentes cerrados. — Você concordou em jantar com ele amanhã à noite. Você não vai.

Fervo de raiva.

— O caralho que não vou. — Não sei por que digo isso. Não tenho interesse nenhum em sair com Corey. Mas Deus me perdoe se ele acha que pode mandar em mim.

— Estou falando sério, Emma. Você não vai. Ligue para ele e diga não.

— Você está louco. Não pode me dizer o que fazer. — Estou cuspindo fogo agora, sem motivo, na verdade. Estou exagerando, assim como ele. Também sei que se eu simplesmente assumisse e dissesse que ele é quem eu quero, isso não estaria acontecendo. Pelo menos, acho que não.

— É porque eu sou louco! — ele grita e depois fica em silêncio. Está com a respiração pesada e, quando volta a falar, seu tom é mais suave, mas ainda firme. — Sou completamente louco por você, Emma. Você é minha. Minha garota, não dele, e não suporto a ideia de você sair com ele.

Estou sentada no banco do passageiro, meu coração disparado porque ele disse as palavras. Não apenas de brincadeira, mas com sinceridade, e sei que não há como resistir a ele. Porra, a essa altura, nem quero. Eu o quero.

— Tudo bem.

— Por favor, eu... — Ele para quando registra minha concordância. — Tudo bem?

— Sim. Não vou sair com ele. Para ser sincera, não sei nem com o que eu estava concordando. Estava nervosa demais, pensando em te convidar para entrar quando a gente chegasse na minha casa e dizer que estou pronta para aquele encontro. Um encontro de verdade.

— Emma. — Ele se inclina sobre o console e envolve meu rosto com suas mãos grandes. — Diga de novo.

— Landon Barker, você quer sair comigo? Um encontro de verdade?

Ele não responde, em vez disso, pressiona os lábios nos meus. Sua língua desliza pelo meu lábio inferior, e abro a boca para ele. Ele me beija sem hesitação, e, de repente, nossa discussão não existe mais. A única coisa entre nós agora é paixão e alguma frustração sexual reprimida, pelo menos da minha parte.

Minhas mãos agarram sua camisa e tento puxá-lo para mais perto. Dou um gemido quando seus lábios se separam dos meus, e ele encosta a testa na minha.

— Não podemos fazer isso aqui. Não vou arriscar que alguém veja você.

— O que acha que vamos fazer, Barker? — pergunto. Estou sem fôlego com o beijo e eufórica com a nova proposta, então o aspecto provocador da minha pergunta é inexistente. Não que qualquer um de nós se importe.

— Prefiro te mostrar.

Recostando-se no assento, ele coloca o cinto de segurança e sai do estacionamento. Assim que estamos na estrada, ele alcança minha mão e enlaça os dedos nos meus, colocando nossas mãos juntas em sua coxa enquanto dirige. Seu aperto é firme, mas reconfortante. Por fora, estou tranquila, calma e controlada, agora que recuperei o fôlego dos seus beijos. Por dentro, estou eufórica como se tivesse dezesseis anos. Estou feliz por ter deixado Aubrey colocar algum juízo em mim. Foi só um beijo, e já sei que qualquer momento que passar com ele, mesmo que termine com o coração partido, vai valer a pena.

CAPÍTULO 14

Landon

Eu deveria levá-la para casa, mas estou mudando a jogada de última hora. Eu a quero na minha casa, na minha cama. É tudo o que tenho imaginado e agora vai acontecer. Não pergunto se está tudo bem. É mais fácil pedir perdão do que permissão. Além disso, a maneira como ela retribuiu aquele beijo me disse tudo o que eu precisava saber. Ela está dentro.

Estamos dentro.

Finalmente.

Chegando em casa, aperto o botão da garagem, que abre devagar. Estaciono, desligo o motor e fecho a porta. Levo sua mão aos lábios e beijo seus dedos antes de me afastar e sair do carro. Corro para seu lado e, desta vez, ela espera por mim. Abro a porta e ofereço a mão para ela. Assim que a porta se fecha, estou em cima dela. Eu a empurro contra o carro e minha boca a deseja. As mãos de Emma encontram o caminho para minha nuca e seus dedos deslizam pelo meu cabelo. Ela é tão pequena, e preciso me aproximar mais. Me curvando, eu a levanto nos braços. Com as mãos na parte de trás de suas coxas, tomo sua boca mais uma vez.

— Landon. — Ela suspira, enquanto meus lábios percorrem seu pescoço.

Porra, eu quero devorá-la, cada centímetro delicioso. Em vez disso, me forço a desacelerar e me afastar. Seus olhos verdes estão vidrados quando ela me dá um meio-sorriso. Percebo que posso estar indo rápido demais e não quero isso. Quero que ela fique no comando, o que é um novo conceito para mim quando se trata do sexo oposto. Estou aprendendo que tudo com Emma é diferente.

— Sei que falei que ia te levar para casa, mas aí você disse que queria o encontro, e nos beijamos, e, bem, eu só queria você aqui. Na minha casa, no meu espaço. Não espero nada, só a sua companhia — divago. Parece que a parte da noite de pedir perdão chegou. Não fiz nada de errado, mas também não quero que ela tenha uma impressão errada. Se ela me pedir para levá-la para casa, eu levo. Na verdade... — Se você preferir que eu te leve para casa, a gente pode fazer isso. Eu só... precisava mesmo de você aqui, nos meus braços.

— Eu estava meio que esperando conseguir mais beijos. — Ela pisca, e não consigo impedir a risada gutural que escapa do meu peito.

— Feito. — E já que são beijos que ela quer, pressiono meus lábios nos dela pela terceira vez esta noite e provo seu gosto com calma. Quando termino, estamos ambos sem fôlego.

— É o suficiente, número 18. É o suficiente — ela diz, agora com a cabeça descansando no SUV.

— Ah, qual é. — Eu a seguro com mais força e a carrego para dentro. Uma vez na cozinha, eu a coloco na ilha. Minhas mãos descansam em cada lado dela, prendendo-a. — Está com sede?

— Não, obrigada.

Estou me esforçando muito para não a arrastar para o meu quarto e devorá-la. Em vez disso, fico ali, imóvel, encarando seus grandes olhos verdes.

— Que tal um filme?

— Filme? — Ela concorda com a cabeça. — Isso eu consigo.

Envolvendo os braços em torno dela, sussurro:

— Segure firme. — Eu a levanto nos braços e a carrego para a sala de estar.

— Meus pés estão bons. O tornozelo sarou semanas atrás — ela brinca.

Me sento no sofá com ela com as pernas abertas no meu colo.

— Gosto de você perto — admito.

— Perto quanto?

Suas palavras são apenas um sussurro quando ela se inclina e beija meu pescoço.

— Pode ser assim — digo, segurando seus quadris para mantê-la perto. Gosto dela bem aqui onde ela está.

— Sabe, nunca tentamos a coisa de se aconchegar aqui na sua casa. Talvez você não goste disso no seu território.

— Não te contei? Agora sou profissional na arte de se aconchegar.

— Sério? Abandonando a posição de *quarterback* titular por aconchego? Por essa eu não esperava. — Ela sorri para mim, e meus lábios doem para beijá-la. Então eu a beijo. Apenas um beijo rápido nos lábios.

— Não, mas tem essa garota, ela me enfeitiçou.

— Ah, coitadinho. — Ela faz beicinho, então eu o mordo, acalmando a dor com a língua.

— Ela tem o cabelo escuro, comprido e cacheado. Seus olhos... eles são de um verde que nunca vi antes. Ela é aberta, honesta e não tem medo de me dar bronca por causa das minhas merdas. Ela é praticamente a garota dos meus sonhos.

— Você contou para ela? — Seus olhos suavizam porque ambos sabemos a resposta.

— Contei. — Minhas mãos deslizam atrás do seu pescoço, trazendo-a para mais perto. — Contei, mas talvez eu devesse lembrá-la, sabe? Caso ela tenha esquecido, ou talvez tenha pensado que eu não estava falando sério? — Ergo as sobrancelhas, provocando-a a me desafiar.

— Ah, tenho certeza de que ela acreditou em você, mas talvez ela queira ouvir de novo, sabe, apenas para selar o acordo.

Concordo com a cabeça.

— Emma Deaton, você é tudo.

Ela morde o lábio inferior, roubando minha atenção.

— Estou preocupada com um coração partido, mas Aubrey me ajudou a clarear as ideias. Não quero imaginar o "e se".

— "E se" o quê?

— "E se" eu deixar isso passar? Eu me arrependeria para sempre?

— Eu não desisto tão fácil assim, Emma.

— Ainda bem.

Ainda com uma mão atrás de seu pescoço e a outra envolvendo sua cintura, eu a puxo para um abraço.

— Não sei o que tudo isso significa. As coisas que você me faz sentir. Nunca fui esse romântico bobo, inquieto e sem fôlego, mas quero saber mais. Quando se trata de você, percebo que quero tudo.

— Tudo?

— Você. Nós. O futuro. Carinhos no sofá, beijos, risadas, refeições, encontros, você indo aos meus jogos. Tudo o que disser, eu quero. Contanto que seja com você.

— Bem, acho que a gente deveria começar com aquele filme. — Ela desliza do meu colo, e eu deixo. Ela se inclina para pegar o controle remoto da mesa de centro, e nem escondo o fato de que estou olhando para sua bunda. Após a declaração da noite, tenho esse direito.

Ela se senta ao meu lado, e eu coloco o braço em volta dela, puxando-a para perto, enquanto ela começa a navegar pelos canais. Seu celular toca, e ela me entrega o controle remoto para tirá-lo do bolso de trás.

— Tenho certeza de que é Aubrey querendo saber se estou bem. — Ela olha para a tela e, apreensiva, para mim. — Número desconhecido. Sempre fico preocupada que seja sobre minha mãe ou algo assim, e é sempre um operador de telemarketing, mas, ainda assim, atendo. — Ela se recosta e desliza o dedo pela tela. — Alô. — Ela faz uma pausa e olha, nervosa, para mim por cima do ombro. — Oi, Corey.

Filho da puta.

Ela está aqui comigo, então não tenho o direito de ficar puto, mas, dane-se, ele não consegue ver que ela é toda minha? Ela saiu comigo. Me escolheu para levá-la para casa, bem, para minha casa, mas é a mesma coisa. Estamos juntos. Desisto de encontrar algo para assistir e escuto a conversa descaradamente.

— Ah, sobre isso. Olhe, eu estava um pouco distraída hoje de noite e não percebi com o que havia concordado. Já estou saindo com alguém. É novo, mas estou empolgada para ver aonde vai dar. — Ela faz uma pausa. — Landon. — Mais uma vez, ela está quieta, e eu quero bater no peito porque ela acabou de dizer a ele que é minha garota. Bem, quase isso, de qualquer maneira. — Obrigada, Corey. Claro, vejo você por aí. — Ela encerra a ligação e coloca o celular na mesa, antes de tomar seu lugar e se enrolar de volta no meu peito.

Eu a puxo ainda mais para perto, se é que isso é possível, e entrego a ela o controle remoto. Não me importo com o que vamos ver. Capaz de eu ficar apenas olhando-a. Ela passa pelos canais por vários minutos antes de bocejar.

— Não consigo encontrar nada — ela diz, jogando o controle remoto ao seu lado no sofá.

Não estou pronto para levá-la para casa. Acabamos de chegar. Acabei de tê-la para mim. Ela me olha e sei o que está por vir. Ela está pronta para ir embora.

— Podemos ir para a cama?

— Você vai ficar?

— A menos que você não queira. Posso pedir para Aubrey vir me buscar. — Ela se mexe para se sentar, mas eu a seguro com força, mantendo-a ao meu lado.

— Não. Eu quero você aqui.

— Ok. Estou exausta. Foi um longo dia.

— Foi mesmo — concordo. Os dias de jogo sempre exigem muito de mim. Me levanto do sofá, entrelaço nossos dedos e a levo comigo enquanto tranco a casa e apago as luzes. No quarto, entrego a ela uma boxer e uma camiseta para dormir. — O banheiro é ali. Leve o tempo que precisar. Vou tomar banho no quarto de hóspedes, no final do corredor.

— Ok. — Minha garota está consentindo com facilidade esta noite.

Ela entra no banheiro, e eu fico ali, de olhos fixos na porta. Fui sincero quando disse que só a queria aqui no meu espaço. Durante semanas, fiquei acordado na cama à noite, desejando que ela estivesse deitada ao meu lado. Estou deixando que ela nos leve para onde desejar, mas sou um homem. Um homem que só precisa ouvir a voz dela para que meu pau reaja. Vai ser uma longa noite, mas já sei que vai ser a melhor que já tive. Só porque é ela, Emma. Apenas sua presença já faz tudo ser muito bom.

Voltando à realidade, pego uma roupa e sigo para o corredor para tomar outro banho rápido. Sim, já tomei banho depois do jogo, mas preciso cuidar de uns assuntos para sobreviver à noite ao lado dela. Ajusto a água o mais quente possível, tiro a roupa e entro. A água massageia meus músculos tensos. Não tenho certeza se é por causa do jogo ou por saber que Emma vai ficar comigo hoje. De qualquer forma, a água quente faz maravilhas. Pego o frasco de sabonete líquido, esguicho um punhado na mão e passo em volta do meu pau já duro.

Não é difícil imaginá-la aqui comigo, sabendo que ela está logo no final do corredor. Fecho os olhos e lembro como é tê-la nos braços. Me lembro do primeiro gosto dela na minha língua enquanto nos beijávamos.

Minha mão bombeia mais rápido.

Sem parar, trabalho no meu pau. Minhas bolas endurecem e tenho que me apoiar com a mão livre na parede do chuveiro para não perder o equilíbrio. Meus olhos ainda estão fechados, e deixo minha mente vagar para como seria estar dentro dela. Como seria ouvir seus gemidos suaves de prazer. É tudo de que preciso. Minhas costas enrijecem quando gozo e falo seu nome. Eu deveria estar preocupado que ela pudesse me ouvir, mas não me importo. Quero que ela saiba o que faz comigo. Que o mero pensamento já me deixa de joelhos. Não faço joguinhos, não quando se trata de alguém tão importante como Emma. Nunca houve ninguém como ela. Não para mim.

Quando volto para o quarto, Emma está sentada na cama, vestindo uma camiseta dos Trojans que tem meu nome nas costas. Parecida com a que ela vestiu hoje, mas agora é diferente. Meu nome estava em suas costas mais cedo também, porém agora é a camisa encostando na sua pele e... isso é mais.

— Tudo pronto? — pergunto, indo para o lado oposto da cama. Por morar sozinho, não tenho preferência por nenhum lado. Fico com a cama toda para mim e, na maioria das noites, acabo no meio. Porém, esta noite será diferente. Emma terá seu lado. Gosto disso. Gosto muito disso.

— Sim. Obrigada. Não sabia se você preferia algum lado. — Ela acena em direção à cama.

— Não. É sempre só eu, então nunca tenho que escolher.

— Bem, de que lado você fica quando alguém vem dormir aqui? — ela indaga, como se as palavras tivessem um gosto amargo em sua boca.

— Ninguém fica aqui. Pelo menos não aqui neste quarto comigo.

— Qual é, Landon. Seja franco comigo. Não sou uma flor frágil. Posso aguentar.

— Não trago mulheres aqui, Emma. Só minha mãe. Este sou eu sendo franco com você. Olha, sei que já superamos isso, mas só porque fui fotografado em um evento com uma mulher não significa que dormi com ela. Mas também não me entenda mal, não sou um santo e nunca afirmei ser. Esta é a minha casa, Emma. Meu lugar para ser só eu. Não trago mulheres aleatórias para o meu santuário.

— Você me trouxe aqui.

Dou a volta na cama, e seus olhos me seguem. Paro na frente dela e, me abaixando, seguro seu rosto nas mãos.

— Você é diferente, Emma. Eu quero você aqui.

— Só eu, hein? — Um sorriso lento cruza seu rosto. — Então posso escolher o meu lado da cama?

Não posso evitar. Tenho que beijá-la. Me inclinando, dou um beijo estalado em seus lábios.

— Sim, linda. Você pode escolher o seu lado da cama.

Ela acena com a cabeça.

— Tudo bem. Venha. — Ela se levanta e me lança um olhar penetrante, indicando que fala sério.

Nunca, nos meus sonhos mais loucos, imaginei uma mulher linda mandando em mim, mas aqui estamos. Balançando a cabeça com sua palhaçada, volto para o outro lado da cama e vou para debaixo das cobertas.

— Você se acomodou? — ela indaga.

— Sim.

Eu a observo, enquanto ela apaga o abajur ao lado dela, bem, do lado em que ela está, e o quarto é banhado pela escuridão. Sinto a cama afundar e as cobertas se mexerem quando ela deita por baixo delas. Expiro, sabendo que ela acabou de reivindicar seu lado, quando a sinto se mover e, então, seu corpo está bem próximo ao meu.

— Mudou de ideia? — pergunto. Não consigo ver seu rosto, mas sei que ela está perto.

— Não. — Ela levanta meu braço e desliza para baixo, descansando a cabeça no meu peito. — Só quero estar onde você está. Podemos compartilhar um lado.

Não tenho certeza de como explicar, mas parece que meu coração está pulando no peito com suas palavras. Esta mulher linda, gentil, sexy e atenciosa consegue me transformar em um idiota romântico. Em nenhuma outra situação, com qualquer outra mulher, eu poderia me imaginar tendo esse tipo de reação a essas palavras. Na verdade, eu estaria correndo para as montanhas. Não com Emma.

— Gosto dessa ideia.

— Eu também.

Ficamos na escuridão total pelo que parecem horas quando, na realidade, são apenas minutos.

— Landon — ela sussurra.

— Hum? — pergunto, enquanto passo os dedos por seus cachos grossos.

— Quero muito te beijar.

— Você está pedindo permissão?

— Talvez? Não tenho certeza do que é isso ou como funciona.

— Isso somos nós em um relacionamento. Isso é o que você quiser que seja. Você não tem que pedir permissão para me beijar ou me tocar. É bem-vinda na minha casa e em qualquer lado desta cama que quiser. Isso não é apenas algo para passar o tempo, Emma. Quero ver aonde as coisas vão nos levar. Você é a primeira mulher por quem me senti assim. Não vou te deixar ir tão cedo.

Nem sei se algum dia, pensei comigo mesmo.

— Só a gente, não é? Tipo, somos exclusivos? Sei que parece loucura e até me sinto idiota por perguntar, mas quero que a gente esteja de acordo. Não farei isso se não tiver você por inteiro.

— Somos exclusivos e você já me tem por inteiro.

— Nesse caso... — Sinto seu peso ser retirado do meu peito, e suas mãos sobem pelo meu peito até o pescoço, até que seguram minha bochecha. — Me beije.

Não preciso ouvir duas vezes. Eu a viro, fazendo-a gritar. Mesmo na escuridão do quarto, meus lábios encontram os dela com facilidade. Eu a devoro. Exploro sua boca e seu gosto é tão novo, mas ainda assim familiar.

Rolando para o meu lado, continuo a beijá-la. Minhas mãos percorrem seu corpo, mas não vou além disso. É prazeroso ficar se agarrando como um adolescente com uma mulher que consome seus pensamentos, mesmo sendo adulto. É emocionante e inocente, e precisamos disso, desse tempo para apenas ficarmos juntos. Estou mostrando a ela que isso é mais, que *ela* é mais.

Não sei quanto tempo passa, minutos, horas talvez; não temos noção do tempo enquanto nos perdemos nos beijos. Nunca pensei que uma noite como esta seria tão... recompensadora. Emma está aqui, na minha cama, nos meus braços; seus beijos marcando a mim, e os meus, a ela. Esta é com certeza é uma noite para os livros de história, uma que nunca vou esquecer.

CAPÍTULO 15
Emma

Estou olhando para a parede há mais de uma hora. Meu corpo está na mesma posição enquanto reflito sobre onde estou e sobre ontem à noite. Landon foi um cavalheiro e, apesar de o meu corpo gritar para que ele me possuísse, foi perfeito. Não mudaria nada do tempo que passamos juntos. Daí o motivo pelo qual estou deitada o mais imóvel que posso: não quero sair desta cama ou do seu abraço. Seu corpo está alinhado com o meu, seus braços me envolvendo, e é um conforto que nunca conheci.

— Posso ouvir você pensando — sua voz grave e sexy diz atrás de mim. Não consigo segurar a risada. — Esse é um som com o qual um homem pode se acostumar a acordar.

Me viro para ficarmos cara a cara.

— Bom dia. Há quanto tempo você está acordado? — pergunto.

Ele se inclina para um beijo, mas viro a cabeça.

— O que foi?

— Hálito matinal.

— Foda-se o hálito matinal. Acordar com você nos braços merece ser comemorado com um beijo. — Ele volta a se inclinar e, desta vez, eu o deixo me beijar, mas mantenho a boca fechada. — Emma — ele rosna, me fazendo rir. Assim que minha boca está aberta, ele aproveita ao máximo e desliza a língua pelos meus lábios. De repente, eu também não dou a mínima para o hálito matinal.

— O que vamos fazer hoje? — ele indaga quando finalmente se afasta.

— Não sei o que você vai fazer, mas eu tenho que trabalhar. Falando nisso, eu deveria me levantar e começar a me mexer. Ainda preciso ir para casa e me trocar. Você pode me levar para casa?

— Não, não, não. Ligue dizendo que está doente. Fale para a Aubrey que seus lábios estão doloridos de tanto beijar. Fale que você está presa em uma cama quentinha o dia todo e que eu te proíbo de deixá-la.

— Adoraria, mas não posso. Aubrey depende de mim e os animais também. Além disso, você não tem treino hoje?

— Não. Depois de um jogo temos um dia de folga.

— Sério? Achava que vocês já voltavam para o treino.

— Nós não, alguns times, sim. O treinador diz que precisamos de um dia para descansar e deixar nossos corpos se recuperarem.

— Acho improvável que um dia seja o suficiente para isso. Vi os golpes que alguns dos caras levam e até você quando está sendo sacado. — Abro um sorriso.

— Sempre enchendo minha bola. — Ele balança a cabeça, mas um sorriso aparece em seus lábios.

— É um trabalho difícil, mas alguém tem que fazer isso. — Mordisco seus lábios e, em seguida, rolo para longe dele.

— Volte aqui — ele exige de brincadeira.

— Não posso. Agora, mexa-se, número 18. — Pego minhas roupas da cadeira no canto do quarto e vou para o banheiro. Eu me visto, escovo os dentes com o dedo indicador e um pouco de pasta de dente e encontro Landon sentado na beira da cama, com o cabelo despenteado e um sorriso sonolento e sexy.

— Pronto?

— Sim.

Ele se levanta, me oferece a mão e une nossos dedos. De mãos dadas, vamos para a garagem. Ele oferece parar para o café da manhã, mas estou em cima da hora, então recuso.

— Devo estar em casa por volta das cinco ou um pouco depois.

Ele se inclina sobre o console e me beija docemente.

— Tenha um bom dia, linda.

Sinto frio na barriga.

— Você também. — Aceno sem jeito e saio de seu SUV. Ele não se move até eu entrar em casa. Incapaz de resistir, espreito pela cortina e o vejo ir embora. Belisco minha perna e pulo de dor. Eu tinha que ter certeza de que não estava sonhando, que isso era real, que esta é mesmo a minha vida. Com um sorriso, corro para o chuveiro e me arrumo para o trabalho.

Meu estômago ronca quando solto os cães para que possam correr. Pego o celular no bolso e vejo que é um pouco depois das dez. Eu deveria pelo menos ter pegado uma barra de granola hoje de manhã. Bem, vou ter que aguentar até poder sair para o almoço. Saí correndo de casa pela manhã sem pegar nada. Ficar com fome vale a pena para não se atrasar. Costumo odiar ter que correr, isso desorganiza o meu dia todo, mas, de alguma forma, hoje não é o caso. Bem, a menos que você considere o rosnado zangado do meu estômago. Acho que acordar com Landon faz toda a diferença.

Voltando para dentro, encontro Aubrey no escritório.

— O que você está olhando tão concentrada? — pergunto, observando-a olhar para seu laptop.

— Só repassando os detalhes para a feira de adoção nesse fim de semana.

— O que eu posso fazer? Estamos prontas, né?

— Sim. Temos muitos voluntários, mas estou preocupada com a participação do público. Nossas feiras aqui no abrigo não vão tão bem quanto as que fazemos no shopping ou outros espaços comerciais. Estamos lotados, e espero que a gente consiga encontrar lares permanentes para alguns dos animais.

— Tudo bem. O que mais vamos fazer? Já temos anúncios nas redes sociais. Distribuímos mais de quinhentos folhetos. Temos pôsteres pendurados por toda a cidade. O que estamos deixando passar? — Antes que ela possa responder, a campainha soa, avisando que temos um visitante. Não há voluntários na programação, apenas na parte da tarde. Me levanto da mesa e vou para a porta, mas antes que eu possa alcançá-la, Landon está lá.

— Ei. — Ele se inclina para um beijo rápido. — Imaginei que você não tinha tido tempo de comer. Sei o quanto você odeia se atrasar, então parei no Seaside Café e comprei seu favorito. — Ele levanta a sacola do café como prova.

— Melhor namo... pessoa — tropeço em minhas palavras.

Ele se inclina para perto, colocando os lábios perto da minha orelha.

— Namorado, Emma. Você acertou de primeira. — Ele pressiona os lábios nos meus, e isso é tudo o que preciso para me perder nele.

— Isso é novidade. — Aubrey ri, nos tirando do nosso transe.

Landon sorri para mim, me entrega a sacola e volta sua atenção para Aubrey.

— Landon Barker, namorado de Emma Deaton. — Ele sorri, estendendo a mão para cumprimentar Aubrey.

— Ah, pare. — Puxo seu braço, trazendo-o de volta para seu lado. Ele aproveita a oportunidade para entrelaçar seus dedos nos meus.

— Parece que perdi muita coisa de ontem à noite no Harvey's até agora.

— É, acho que sim — confesso.

— O que quero saber é por que estou sabendo disso só agora. — Seu sorriso é largo e seus olhos lançam um olhar de cumplicidade para mim.

— Eu estava atrasada e vim direto para o trabalho. Ia te contar, mas você parecia um cachorro abandonado, e a gente começou a conversar sobre o evento de adoção do sábado e, bem, esse cara decidiu aparecer e começou a jogar títulos no ar. — Bato meu ombro no de Landon.

— Ei, eu ganhei esse título. Agora só quero jogá-lo para todos os lados.

Aubrey suspira.

— Desculpe, estou preocupada com o evento.

— Que evento? — Landon pergunta.

— Todo ano programamos vários eventos de adoção. Isso mantém o público informado e o lembra de que estamos aqui. Estamos lotados de animais, e a Aubrey está preocupada que a gente não vai ter uma boa participação. Costumamos fazer num shopping ou pet shop, algo assim, e transportamos alguns dos cachorros e gatos, mas como estamos com Buckwheat e também lotados, pensamos em fazer aqui. Não teremos o mesmo tráfego de pessoas que os centros comerciais.

— Quando é o evento? — ele indaga.

— Sábado.

Ele concorda com a cabeça.

— Que horas?

— Uma hora.

— Já esperava por isso. — Ficamos paradas e observamos, enquanto ele pega o celular no bolso de trás e seus dedos deslizam pela tela. — Pronto. — Ele parece orgulhoso de si mesmo e vira o aparelho para me mostrar a tela.

@LandonBarkerOfficial venha me ajudar a apoiar o abrigo de animais South Bay neste sábado às 13h. #AdoteUmBichinho #Trojans

— Tenho 24 milhões de seguidores. — Ele pisca. Leio o tuíte pela terceira vez, processando o que isso pode significar para o abrigo.

— Landon, isso é incrível. Espere, você não tem treino no sábado?

— Tenho, mas só pela manhã. Vamos revisar a gravação do jogo. Vou ficar livre ao meio-dia. Vou chamar Case e alguns dos caras para vir. Eles também podem tuitar para os seguidores deles.

— O cretino abusado também pode. Não sei por que não pensei nisso antes — Aubrey diz. — Obrigada, Landon.

— Em geral, peço que o assessor envie fotos e coisas para assinar, mas não vou fazer isso desta vez. Quero trazer o público aqui e posso assinar qualquer coisa que eles trouxerem, mas quero que este dia seja focado no abrigo.

— Obrigada. — Fico na ponta dos pés e o beijo.

— Se é isso que ganho por fazer algo de bom, preciso melhorar meu jogo. — Ele sorri, e eu não posso deixar de revirar os olhos de brincadeira.

— Vocês são tão fofos juntos. Adoro. — Aubrey gesticula para nós.

— É, adoro também — Landon diz com carinho, seus olhos fixos nos meus. — Você precisa de ajuda por aqui hoje? — Ele coloca uma mecha de cabelo solta atrás da minha orelha.

— Não, temos uma lista de voluntários para hoje à tarde. Obrigada pelo que você fez.

— Qualquer coisa por você. — Ele se inclina para outro beijo, e tenho que me forçar para não ir longe demais, sabendo que Aubrey está na sala com a gente. — Nos vemos hoje à noite? — ele pergunta quando finalmente nos separamos.

— Sim.

— Faça uma mala. Vou te buscar e voltamos para minha casa.

— Ok.

Um sorriso lento cruza seu rosto. Não sei se ele pensou que eu ia discutir ou o quê, mas não vou. Estou me expondo, meu coração também, e o que tiver que ser, será.

— Obrigada pelo café da manhã.

— De nada — ele diz, me dando outro beijo comportado. — Foi bom te ver, Aubrey. — Ele me solta e dá um passo para trás. — Até mais tarde, sardentinha.

— Caramba. — Aubrey finge se abanar com as mãos. — Isso foi sexy.

— Sim, ele é — concordo, fazendo-a rir.

— Então, vejo que você seguiu meu conselho.

— Sim, e conversamos ontem à noite. Estamos namorando. Fiquei na casa dele ontem.

— Quero todos os detalhes interessantes.

— Não tenho muito o que dizer, na verdade. A gente se beijou como adolescentes e depois fomos dormir.

— Hã.

— O quê? Hã? O que é?

— Parece que eu estava certa. Ele não é o playboy que você acha que é.

— Talvez. Ele diz que não dá para acreditar em tudo o que lê, e confio nele. Não me deu razão para não confiar. Vai me buscar na minha casa depois do trabalho e disse para fazer uma mala, então acho que vou dormir lá de novo. Não que eu me importe. Dormir na cama dele é como dormir em nuvens fofas. É insano!

— O homem nela também não é tão ruim, né? — Ela ergue as sobrancelhas.

— Nem um pouco. — Rio quando seu celular toca.

— Abusado — ela cumprimenta o marido.

Eu me distraio, não querendo ouvir a conversa. Pego a sacola da cafeteria para confirmar que ele comprou o muffin de café e canela para mim e o de banana com nozes para Aubrey.

— Ele é observador, tenho que admitir — murmuro para mim mesma.

— Era o Chance. Contei para ele sobre Landon, e ele vai escrever um tuíte também. Para nossa sorte, muita gente da região o segue.

— Isso é ótimo. Parece que esse evento vai bombar, afinal. — Assim que as palavras saem da minha boca, o telefone toca. Aubrey atende, e eu aproveito a chance para morder meu muffin.

— Era alguém que viu o tuíte do Landon e queria saber a que horas o evento começa. Puta merda, Emma. Talvez não estejamos prontas para esse tipo de exposição.

— Imagine — digo, fazendo um gesto despreocupado com a mão. — Essa é uma boa divulgação para o abrigo. Caramba, talvez a gente até consiga alguns novos voluntários por causa disso também.

— Não seria nada mal, hein? Pense em tudo que poderíamos enfim fazer. Essa lista cada vez maior de tarefas que poderíamos eliminar se tivéssemos mais ajuda.

O telefone toca de novo, e eu atendo desta vez. Mais do mesmo... a que horas o evento começa e a que horas Landon Barker estará aqui. Aubrey e eu engolimos pedaços de muffin entre as ligações. Quando os voluntários chegam, não conseguimos fazer nada além de atender o telefone. Talvez Aubrey esteja certa, talvez não estejamos prontas para uma multidão dessa magnitude.

— Sabe, talvez a gente devesse ter um segurança aqui. Tipo, para controlar a multidão e tal. Sei que sai do orçamento, mas do jeito que o telefone está tocando, acho que não devemos nos arriscar, e seria benéfico ter alguém aqui — pondero.

— Concordo. Vou ligar para a empresa agora e ver se eles têm alguém disposto a pegar um turno aqui.

Dou um rápido resumo aos voluntários do que precisa ser feito e atendo mais ligações, enquanto Aubrey providencia a segurança. Em questão de minutos, Landon transformou isso de "não sei como vai ser" para "vai ser maior do que a gente jamais poderia ter imaginado".

Me sinto exausta quando entro na garagem, dez minutos depois das cinco. Foi um longo dia atendendo ligações. Embora não seja o trabalho físico ao qual já estou acostumada, estou mentalmente esgotada. De uma forma positiva. Nunca poderia ter sonhado que um simples tuíte de Landon pudesse trazer esse tipo de publicidade para o abrigo.

Antes mesmo de estacionar, Landon está parando atrás de mim. Suas longas pernas o levam até a porta e ele a abre antes que eu tenha chance.

— Oi, sardentinha.

— Oi. — Sorrio. Ele oferece a mão e me ajuda a sair do carro. — Desculpe, ainda preciso fazer a mala, e um banho também seria ótimo.

— Você pode tomar banho na minha casa. Dia difícil?

— Mentalmente, sim. Seu tuíte criou um rebuliço. O telefone não parou de tocar o dia todo. Não sei como te agradecer.

— Sem problema. Case e alguns dos outros caras toparam também. Trent vai trazer a esposa, Luna.

— Sério? Você é incrível.

— Incrível o suficiente para um beijo? Já faz muito tempo. — Ele se inclina e dá um beijo suave no canto da minha boca. — Senti sua falta hoje.

— Passaram, tipo, seis horas desde a última vez que você me viu. — Estou fingindo indiferença, como se não tivesse sentido a falta dele também.

Ele balança a cabeça e sua expressão é séria.

— Isso é tempo demais, Emma.

— Se acostume, colega. O que acha que vai acontecer na próxima semana quando tiver um jogo fora de casa?

— Você sabe minha programação? — Ele sorri.

— E isso te assusta?

Ele ri.

— Nem um pouco. Vamos fazer sua mala e pegamos comida no caminho. Eu ia fazer o jantar, mas acho que é melhor gastar meu tempo abraçando você. — Ele passa um braço em volta dos meus ombros e me guia para dentro de casa.

Enquanto estou jogando itens em uma mala para uma noite, me pergunto se é muito cedo. Estou apressando as coisas? Mas parece certo, e é isso que importa. Só consigo pensar no que Aubrey estaria me dizendo agora. Ela e Chance se apaixonaram em uma semana. Não que eu ame Landon, mas gosto muito dele. Somos adultos e, enquanto estivermos de acordo com o que está acontecendo, não vou deixar meu medo atrapalhar.

— Está pronta? — Landon indaga quando entro na sala.

— Sim. Acho que tenho o que preciso.

— Sabe, nunca perguntei... Por que você não tem animais?

— O proprietário não permite. Não significa que eu não tenha trazido alguns para casa de vez em quando. — Dou de ombros. — Um dia vou comprar minha própria casa para ter um animal de estimação.

— Cão ou gato?

— Cães.

Ele concorda com a cabeça.

— Sim, o melhor amigo do homem. Eu tive um golden retriever quando criança. O nome dele era Ace. Quando eu não estava no treino de futebol, estava no quintal com ele. Ele morreu no meu último ano do ensino médio. Juro, ele era membro da família. Meus pais e eu ficamos muito tristes.

— Landon Barker, você não passa de um grande manteiga-derretida.

— Shh — ele me repreende. — Não deixe vazar. Vai arruinar minha credibilidade.

Jogo a cabeça para trás de tanto rir.

— Sinto te informar, número 18, mas você não tem qualquer credibilidade. Sua habilidade e seu número te dão respeito.

— Contanto que me dê o seu. — Ele se levanta do sofá e pega minha mala. — O que você está a fim de comer?

— Para ser sincera, um hambúrguer do Harvey's.

— Essa é minha garota — ele diz, me guiando para fora com a mão nas minhas costas. Ele para e verifica se a porta está trancada. — Estava pensando em deixar você no trabalho pela manhã no caminho para o campo e depois te buscar. Assim não precisamos dos dois carros.

— Você não precisa fazer isso.

— Estou sendo egoísta, na verdade. Isso me dá mais tempo com você.

— Bom, considerando isso… — Sorrio e ele me dá um sorriso largo. Ele então me leva para o lado do passageiro do seu SUV.

— Você quer que eu ligue e peça? — ele pergunta, pegando o celular.

— Não, podemos entrar e comer.

Ele alcança o console, entrelaça os dedos com os meus e estamos a caminho do jantar. Desse jeito. Ele entrou na minha vida com muita facilidade e percebo que não estava vivendo de verdade antes de Landon.

CAPÍTULO 16
Landon

— Oi, Harv. — Aceno para ele, que está atrás do balcão.

Com os dedos de Emma entrelaçados nos meus, eu a levo para uma mesa no canto de trás. É difícil dizer quando algum dos meus companheiros de equipe vai aparecer, e eu a quero só para mim. Eles ainda não a conheceram oficialmente como minha, e parte de mim quer gritar para que o mundo inteiro possa ouvir, e outra quer mantê-la para mim. Houve apenas um incidente em que a imprensa tirou uma foto nossa, mas não é possível ver seu rosto. Quero que o mundo saiba, mas, ao mesmo tempo, não quero essa invasão na nossa vida. Eles publicam muita merda e não tenho dúvidas de que haverá algo publicado que possa ameaçar o que temos. Não é um risco que quero correr.

Não com ela.

Então, por enquanto, vou mantê-la só para mim. Quer dizer, até este fim de semana. Meu tuíte está recebendo atenção nacional. Eles vão querer saber minha conexão com o abrigo, e eu vou dizer. Isso dá esta semana para nós, antes que o mundo pense que tem o direito de invadir nossa privacidade e interferir em nossa vida. Odeio isso, mas adoro futebol. É o preço que pago por ganhar a vida jogando o esporte que amo.

— Emma, que bom ver você de novo — Harvey a cumprimenta. — Esse cara está te tratando bem?

Ela sorri e faz um gesto afirmativo com a cabeça. O que ela não sabe é que ele me abriria ao meio se a resposta fosse não.

— Um perfeito cavalheiro — ela responde com um sorriso amável.

— Agora sei que você está brincando comigo. Esse cara? — Ele aponta para mim.

— Né? — ela concorda com ele. — Também fiquei surpresa.

Eu deveria repreendê-los, mas o sorriso no rosto dela faz qualquer zombaria valer a pena.

— Certo, aqui está o cardápio. O que posso trazer para vocês beberem?

— Cerveja-de-raiz[1] para mim, por favor — Emma diz.

— Só água para mim, Harv, obrigado.

— Quero experimentar algo diferente. Alguma sugestão? — Emma pergunta, examinando o cardápio.

— Tudo é bom. Nunca comi nada que viesse da cozinha do Harvey que não fosse bom.

— Sério? Então tá. — Ela volta a examinar o cardápio. — Acho que vou de tiras de frango e anéis de cebola.

— Excelente escolha — Harvey fala, colocando as bebidas e os canudos à nossa frente. — E você, Landon?

— A mesma coisa. Molho barbecue, por favor. — Entrego a ele o cardápio.

— Emma? Barbecue? — Harvey pergunta.

— Sim, por favor. — Ela abre o canudo e o coloca na bebida, dando um longo gole. — Como foi o seu dia?

É uma pergunta que espero dela; ela se preocupa mesmo em saber como foi meu dia, não com o dinheiro ou a fama, mas como fui afetado pelo que aconteceu durante o dia.

— Ótimo. Não fiz muita coisa. Fui para a academia e malhei, fiz uma pequena faxina.

— Faxina? Achei que você tivesse alguém que fizesse para você.

— Tenho, mas esse tipo de faxina sou eu quem faço. Só mexi em algumas das minhas roupas, mudei algumas coisas de lugar. — O que não conto é que esvaziei umas gavetas para ela, abri espaço no armário e no banheiro para suas coisas. Quero que se sinta confortável na minha casa e essa é apenas outra maneira de mostrar. Eu a quero. Eu a quero na minha casa, na minha cama, na minha vida e ao meu lado.

— Olhe para você sendo todo doméstico — ela brinca.

Apenas balanço a cabeça e sorrio.

— E você? Os telefones ficaram loucos?

— Começaram a tocar assim que seu tuíte foi publicado e foi desse jeito o dia todo. Acontece que o *quarterback* dos Trojans tem muitos fãs.

---

1 Bebida não alcoólica comum nos Estados Unidos, feita a partir de raiz de sassafrás. Tem coloração escura, é não cafeinada e gaseificada como refrigerante. (N. E.)

— Só tem um fã que me interessa.

— A lealdade do CJ está com o time do pai dele, não precisa se preocupar.

Alcançando o outro lado da mesa, pego sua mão na minha.

— Só você, Emma. Você é a única que importa.

— Barker! — Ouço gritos do outro lado do ambiente silencioso.

Me virando, vejo Trent e sua esposa, Luna, vindo em nossa direção.

— Trent, Luna, esta é minha namorada, Emma — apresento, assim que chegam à mesa. Trent ergue as sobrancelhas, surpreso, mas, por outro lado, mantém a calma. — Emma, este é Trent Caudill, nosso *right tackle*, e sua esposa, Luna.

— Prazer em te conhecer. — Luna oferece a mão a Emma, e elas se cumprimentam.

— E esse pequeno? — Emma aponta para a barriga de Luna.

— Bebê Caudill. Não vamos descobrir o sexo até o parto.

— Nossa, não sei se conseguiria fazer isso. — Emma sorri, gentil.

— Tem sido difícil, acredite. Quase cedi algumas vezes, mas este aqui — ela aponta por cima do ombro para Trent — me mantém na linha.

— É emocionante... descobrir no dia em que ele ou ela nascer. Existem muitas coisas na vida que são gratificação instantânea. Há valor na espera... e no suspense. — Trent a puxa para perto, e eu concordo com ele.

— Acho que nunca pensei muito nisso — Emma afirma. — Quando vai nascer?

— Cinco dias antes do Dia de Ação de Graças. É um momento ruim por ser no meio de temporada, mas não dá para fazer essas coisas acontecerem na hora perfeita. Tentamos por meses. O plano era o bebê nascer na intertemporada, mas a vida tinha outros planos.

— Querem se sentar com a gente? — Emma oferece.

— Claro — Luna concorda.

De improviso, as mulheres roubaram quaisquer planos que Trent ou eu tínhamos para a noite, mas, pelo jeito que ele está olhando para a esposa, não parece se importar. Também não me importo. Trent é um cara legal, e sua esposa é tudo para ele. Posso ficar tranquilo; ele não vai dar em cima da Emma ou contar a ela qualquer história constrangedora. Não sou de pular de cama em cama, mas também não sou santo.

Emma desliza sua bebida para o outro lado da mesa e se levanta para mudar de lugar. Fico de pé, deixando-a se sentar onde ela empurrou a bebida, e eu me sento ao lado dela. Luna se senta em frente a ela, e Trent, de mim.

— Então, há quanto tempo vocês dois estão juntos? — Luna pergunta, seus olhos brilhando em minha direção e então de volta para Emma.

— Já estamos conversando há um tempo, mas, oficialmente, comecei a chamá-la de minha nesse fim de semana. — Me inclino e beijo a testa de Emma.

— Ahhh — Luna fala cantarolando. — Vocês dois são tão fofos juntos.

— Bem-vindos. Como está minha futura mamãe favorita? — Harvey pergunta a Luna.

— Sobrevivendo.

— Aqui está sua água e seu copo de leite — ele diz, colocando-os na frente de Luna. — O que você quer, Trent?

— Só água, obrigado, Harv.

— Vocês dois sabem o que querem comer?

— Cheeseburger com fritas. Com as carnes bem temperadas — Trent pede.

— É pra já. — Harv sai e logo volta com um copo alto de água para Trent antes de desaparecer de novo.

As garotas começam a conversar, assim como Trent e eu. Passamos a hora seguinte conversando sobre tudo e qualquer coisa e cada segundo que passa, quero mais. Quero mais disso, de ser uma unidade, um casal com ela. Quero mais noites como esta com Emma ao meu lado.

— Eles foram muito legais — Emma diz no SUV no caminho para minha casa. — Luna tem aquele brilho da gravidez.

— Isso existe? — pergunto.

— Sim, você não percebeu?

— Não, mas sou homem. Não fui feito para notar esse tipo de coisa, a menos que seja minha mulher.

— Ah, entendo, então ainda há esperança para você. — Ouço o humor em sua voz.

Aperto o botão para abrir a garagem, estaciono e desligo o motor. Como se já tivesse estado aqui centenas de vezes, Emma se ergue para pegar a mala na parte de trás. Ela não espera por mim e se dirige para a porta que leva à despensa. Com calma, fecho a porta da garagem e pego minha mala na parte de trás também. Paro na lavanderia e a esvazio no cesto.

— Emma — grito quando não a vejo na cozinha.

— Aqui — ela responde. Sigo sua voz pelo corredor e chego no meu quarto. Sua mala está em cima da cama e ela está tirando suas coisas. — Já passou da hora daquele banho — ela explica, sem se preocupar em olhar para mim.

De certa forma, isso facilita para mim.

— Ei, então, limpei algumas gavetas, sabe, no caso de você querer deixar alguma coisa aqui.

Ela para de mexer nas roupas e se vira para mim.

— Sr. Doméstico. — Seu tom é provocador, e não sei o que eu esperava, mas não era isso.

— Talvez tenha algum espaço no armário também.

— Talvez? — Um sorriso aparece em seus lábios carnudos e beijáveis.

— Tem. Eu te disse que mudei algumas coisas de lugar.

— Para mim?

— Só para você. — Estendo a mão e a puxo, beijando-a suave e lentamente.

— Aguente aí, *quarterback*. Preciso de um banho. — Ela pega o que precisa e vai para o banheiro.

— Espere! — grito, pouco antes de ela desaparecer atrás da porta. Abro a gaveta da cômoda, pego a mesma camiseta com a qual ela dormiu da última vez e jogo para ela. Sua única resposta é sorrir e seguir para o banheiro, fechando a porta.

Estou tentado a guardar suas roupas, mas quero que ela faça isso. Quero que se sinta confortável aqui. Sei que estou nos levando adiante neste relacionamento, mas não consigo evitar. Quanto mais tempo passo com ela, mais quero passar. É como se ela fosse um vício. Um do qual não quero me livrar.

Ignorando o sentimento persistente de querer guardar suas coisas, tiro a camiseta, jogando-a no cesto. Apago a luz e ligo a TV, que emite apenas a quantidade de luz de que ela precisa para guardar suas coisas.

A porta do banheiro se abre e, mesmo com o brilho fraco da TV, posso ver que está linda na minha camiseta e com os cachos molhados amarrados no topo da cabeça. Não tiro os olhos dela, enquanto ela caminha para a cama e termina de desfazer a mala com suas roupas para amanhã.

— Onde posso colocar isso? — ela pergunta.

Percebendo que falei, mas não mostrei, saio da cama e a encontro na cômoda onde fica a TV.

— Este é o seu lado. As quatro gavetas. — Ela olha para mim com os cílios longos e molhados, e juro que meu maldito coração erra as batidas. — Você é linda.

— Obrigada, Landon. — Ela se vira rápido, coloca as roupas na gaveta de cima e joga a mala no chão ao lado da cômoda. Quando ela se vira, dou um passo à frente e envolvo meus braços em torno dela.

— Fico feliz que você esteja aqui, Emma.

Inclinando a cabeça para trás, ela olha para mim. Ficamos presos nesse olhar silencioso. Com ela tão perto meu desejo aumenta e meu pau fica duro. Ela está vestindo minha camiseta e, ao que parece, sem sutiã e, suponho, sem calcinha também. Ela está praticamente nua, e quero explorar seu corpo. Quero saborear cada centímetro dela, mas prometi que ela teria o poder quando se trata de nós e sexo. Gostaria de ter tomado um banho para ajudar a amaciar minha necessidade por ela – sem trocadilhos.

— Landon — ela sussurra, passando a língua pelos lábios carnudos.

Me aproximo e alinho meu corpo com o dela. Minha ereção roça sua barriga, e ela respira fundo. Não digo uma palavra, mantendo os olhos fixos nos dela. Espero que ela consiga ver. Que não vou machucá-la e que não se trata apenas de ganhar um encontro ou ganhá-la. É muito mais.

Ela é muito mais.

Meu peito sobe e desce acelerado, só por estar tão perto dela. Quando ela coloca as mãos pequenas e macias no meu peito, sinto como se não conseguisse respirar. Fico imóvel, deixando-a à vontade, enquanto suas mãos vagueiam pelo meu peito. Engulo em seco quando ela alcança o cós da cueca. A mesma cueca da qual meu pau duro como aço está pulando para fora. Seus olhos estão fixos nos meus, enquanto ela lentamente passa o dedo indicador pela ponta.

— Emma — advirto.

Ela pisca os cílios para mim, seus profundos olhos verdes brilhando.

— O que é necessário, Landon?

— O q-quê? — gaguejo. Mal consigo manter o controle.

— Para romper essa calma que você tem. É como se nada te perturbasse. — Sua voz é suave, quase um sussurro.

— Pode acreditar, Emma, meu controle está por um fio.

— Ah, é? — ela pergunta, esperançosa. — Então, o que é preciso? — Ela passa o dedo indicador sobre a cabeça do meu pau novamente, me fazendo cerrar as mãos ao lado do corpo. — E se eu fizesse isso? — Por cima da cueca, ela me agarra com as mãos pequenas.

— Emma — eu rosno. É para ser um aviso, mas soa mais como um pedido sensual, o que é bastante exato a essa altura.

— E se eu fizesse isso? — Ela desliza as mãos sob o cós da cueca e eu perco o controle.

Com as mãos em seus quadris, agarro-a com firmeza e a levanto para que fiquemos olho no olho.

— Eu te quero, Emma. Qualquer idiota pode ver isso, mas preciso ouvir você dizer. Me diga que quer. Prometi que a gente iria no seu ritmo, e se você estiver me zoando agora — paro e engulo em seco —, vou precisar de um banho frio. Um bem longo.

— Seus olhos estão um azul tão profundo agora. — Suas mãos que estão em meus ombros vão para o meu rosto. — Eu também te quero.

Ela mal diz as palavras, e eu tomo seus lábios nos meus. Em apenas três passos, tiro meus lábios de sua boca e a jogo na cama.

— Tire a roupa. — Ela fica de joelhos com os olhos fixos nos meus e tira a camiseta. Fico de boca aberta quando olho para seu corpo nu. — Sem calcinha? — Minha voz sai fraca.

Ela dá de ombros.

— Uma barreira desnecessária. — Rastejando para a beira da cama, ela me alcança, mas eu recuo. Não posso deixar que ela me toque, não assim. Estou prestes a explodir.

— Gaveta superior. — Indico a mesa de cabeceira com a cabeça. Ela faz uma expressão de que entendeu e se move para pegar a proteção. Com as duas mãos, tiro a cueca, chutando-a para fora do caminho. Emma coloca uma tira de preservativos no travesseiro, rasgando um e o entregando para mim.

Balanço a cabeça.

— Muito cedo. Deite na cama.

Ela faz o que peço, e eu gostaria que seu cabelo estivesse solto. Imaginei seus cachos escuros espalhados no meu travesseiro centenas de vezes. Mas tudo bem. Ainda temos muito tempo. Meus olhos percorrem seu corpo, e não consigo decidir por onde começar.

— Landon. — Meu nome é um apelo sussurrado. — Preciso de você.

Algo acontece. Não sei o que é esse sentimento. Meu coração dispara, minhas mãos ficam suadas e meu estômago se agita com sua confissão. Nunca quis que ninguém precisasse de mim. Já até tive mulheres me dizendo essas mesmas três palavras no passado, mas nenhuma delas me fez sentir assim. Nenhuma delas me fez sentir... sem fôlego.

— Sou um cretino de sorte — murmuro antes de subir na cama e me acomodar entre suas coxas. Ela envolve suas pernas ao meu redor, me fazendo cair dentro dela. Estou preocupado em esmagá-la, mas sua risada me diz que não é o caso. — Eu deveria ir com calma com você — digo, apoiando as mãos na cama ao lado de sua cabeça.

— Estou pronta agora.

— Tem certeza? — Precisando ter certeza, equilibro meu peso em um braço e deslizo a outra mão entre nós. Dolorosamente sem pressa, meus dedos encontram o caminho para seu clitóris e guio um e depois dois para dentro dela.

— Eu te disse. — Ela respira. Seus olhos estão fechados e sua cabeça, inclinada para trás.

— Abra os olhos, Emma. — Espero até que ela esteja olhando para mim. — Isso é para mim? — pergunto, bombeando devagar os dedos para dentro e para fora dela.

— Você sabe que é — ela fala, atrevida.

— Você está tornando muito difícil para mim te venerar.

— Da próxima vez — ela afirma e fecha os joelhos ao meu redor, sem me deixar sair.

Meu pau roça sua boceta e um arrepio desce pela minha espinha.

— Camisinha. — Minha voz está grave. Ela pega uma da tira ao seu lado e me entrega. Me afasto, e ela se queixa quando a conexão entre nós é quebrada.
— Eu tinha planos — digo enquanto rasgo o pequeno pacote metálico e o deslizo no meu comprimento. — Queria ir com calma com você. Queria que nossa primeira vez juntos fosse mágica, uma noite da qual a gente sempre lembraria.

Seu olhar suaviza.

— Qualquer tempo com você é mágico, Landon. Estamos nessa, não é? Nós dois? Vamos ter tempo para ir devagar e explorar depois. Mas agora, eu preciso de você. Sinto que a gente já teve semanas de preliminares e então ontem à noite... Eu quero. Eu quero você — ela confirma.

Fico sobre ela e suas pernas estão mais uma vez presas nas minhas costas. Seus olhos estão fixos nos meus.

— Você é linda. — Ela é. Nunca vi mulher mais bonita. Seu rosto está sem maquiagem e suas sardas estão expostas, apenas um salpicado suave, mas eu as amo e pretendo rastreá-las com minha língua mais tarde. Ela é real. Está aqui pelos motivos certos. Posso sentir no fundo da minha alma. Quando foco em seus olhos, sei que estou me apaixonando por ela. Porra, talvez eu já a ame. Nunca houve ninguém como Emma Deaton na minha vida.

Guio meu pau em sua entrada, e ela arqueia as costas. Congelo, lhe dando tempo para se ajustar a mim, mas ela levanta os quadris, procurando mais.

Mais de mim.

Mais de nós.

— Landon... — Sua voz é meio súplica, meio gemido.

— Me fale do que você precisa, Emma. Você está no controle. — Ela não tem ideia de como essas palavras são verdadeiras. Eu faria qualquer coisa por ela.

— Você todo.

Com um aceno de cabeça, dou a ela minha aceitação. Dou a ela tudo de mim. Não apenas meu pau, mas meu coração. Nada jamais me fez sentir assim antes. Como se estar dentro dela fosse estar em casa. Como se nada mais neste mundo importasse. O futebol é o mais perto que cheguei de me sentir assim e não se compara a Emma.

— Isso é o melhor que você tem, número 18? — Ela sorri para mim.

É quando percebo que estou me segurando dentro dela, enquanto minha mente vagueia, pensando sobre o que ela significa para mim. Ela não tem ideia do que estou pensando, mas aprecio sua ansiedade e sua brincadeira. Isso também é algo novo. Talvez porque nunca conheci nenhuma das outras mulheres como conheço Emma. Talvez seja porque meu coração está envolvido, mas meu palpite é que é apenas ela, apenas Emma. Tudo o que sinto é porque ela é quem é.

E ela é toda minha.

CAPÍTULO 17

Emma

Ele pisca e impulsiona os quadris para a frente, provocando um gemido que vem do fundo do meu peito. Ele pareceu muito sério por um instante e, se não fosse pelo fato de estar enterrado em mim, eu poderia ter me perguntado se ele estava se arrependendo. Mas sei que não é o caso. Não agora que ele está se movimentando, tirando e empurrando de volta, me provocando.

— Agora não é hora para jogos, Barker. Vamos deixar isso no campo, ok? — Bato as mãos no seu peito duro, que está vibrando de tanto rir.

— Nunca soube que sexo podia ser divertido.

— Ah, pode ser, sim. Assim que a gente chegar ao que interessa. — Levanto meus quadris, procurando mais dele.

— Temos a noite toda.

Concordo com a cabeça.

— Sim, e temos uma caixa inteira de preservativos, então vamos seguir em frente?

— De repente, me sinto usado.

Ele tira quase todo para fora, e eu gemo quando ele empurra para dentro de novo. Há humor em sua voz, então não me preocupo em comentar.

— Isso, mais disso — insisto. Eu não estava brincando quando disse que parece que tivemos semanas de preliminares e então ontem à noite... ontem à noite foi algo fora de série. Sexy e reconfortante. Ele manteve sua palavra e não tentou nada além de beijos e mãos tateando. Parte de mim odeia admitir, mas eu o estava testando. Ele não pareceu chateado ou irritado, nem mesmo mencionou sexo. Ele estava perfeitamente satisfeito.

Ele inclina a cabeça e pressiona os lábios nos meus. É desajeitado e cheio de uma urgência que nunca senti antes. Seus movimentos aumentam de velocidade e tudo que posso fazer é aguentar. Deslizando as mãos sob seus braços, agarro suas costas. Minhas unhas cravam em sua pele, mas ele não parece se importar. Na verdade, parece estimulá-lo.

Meu corpo inteiro está em chamas. Tenho eletricidade correndo em minhas veias. Meu orgasmo começa a chegar, o anseio crescendo com cada impulso de seus quadris.

— Não pare — consigo forçar as palavras.

— Você queria rápido. É isso o que está recebendo. Estou perto pra caralho. Sua boceta está espremendo a porra do meu pau — ele ofega.

Não sei se devo responder, mas não consigo porque, quando ele gira os quadris e atinge aquele ponto, sabe, aquele que faz suas pernas tremerem e você se sentir como se estivesse em queda livre de um penhasco? Pois é, esse ponto. Ele o acerta, e tudo que posso fazer é morder o lábio e me segurar para a queda.

— Porra, Emma — ele range, enterrando em mim com força, e a queda que estava no horizonte chega. Minhas unhas cravam mais fundo, minhas costas arqueiam e minhas pernas seguram firme, enquanto meu orgasmo me percorre. De repente, tremores balançam meu corpo até que não há mais nada. Quero cair de volta no colchão e me deleitar, mas ele não acabou. Landon se solta, empurrando minhas pernas para a frente, segurando a parte de trás das minhas panturrilhas e martelando em mim. Algumas estocadas rápidas e ele está apertando a mandíbula e falando meu nome ao gozar dentro de mim.

Quando finalmente para e abaixa minhas pernas, ele se inclina para me beijar. Eu o sinto começar a se afastar, então coloco meus braços e pernas ao seu redor, segurando-o perto. Não estou pronta para perder essa conexão. Essa sensação de ser dele. É mais do que apenas intimidade, mais do que apenas sexo. É... tudo! Ele é *tudo*, e neste momento sei que eu estou profundamente envolvida. Não há chance de manter meu coração fora disso. Já investi demais. Estava só me enganando, pensando que mantê-lo a distância evitaria um coração partido.

Talvez a gente consiga viver felizes para sempre...

Não que eu acredite em contos de fadas. Cresci sem pai e com uma mãe que ainda amava um homem que ela conheceu por uma semana. Isso não é bem um conto de fadas. É real e, de certa forma, até fico feliz. Não cresci com expectativas irrealistas sobre amor e relacionamentos. A vida é difícil, os relacionamentos são igualmente difíceis e dão trabalho. Estou disposta a me esforçar.

— Tenho que cuidar disso. — Ele dá um beijo na minha testa e, devagar, desenlaça o corpo do meu.

Imediatamente sinto falta da conexão. Agarro o cobertor e o puxo sobre meu corpo nu para afastar o frio. É uma péssima substituição, mas vai ter que servir. Fecho os olhos e repasso o que acabamos de compartilhar, tentando catalogar cada movimento na memória.

— Ei. — A voz suave de Landon me faz abrir os olhos. — Vamos tomar banho. — Ele puxa as cobertas, se levanta e me ergue em seus braços.

— O que é isso de você ficar me carregando o tempo todo?

— Gosto de ter você nos meus braços, sardentinha.

Quando diz isso, não consigo ficar incomodada por ele estar me carregando como um homem das cavernas faria, e o apelido, bem, estou começando a gostar também. Quando entramos no banheiro, já está embaçado pela água quente. Landon entra, aproveitando ao máximo o espaço aberto comigo ainda em seus braços.

— Como você vai tomar banho me segurando?

Ele ri, um som profundo que vibra em seu peito.

— Você acha que consigo jogar futebol te segurando? — ele pergunta, beijando a ponta do meu nariz.

— Não. Acho que a equipe e o seu treinador iriam comentar.

— Mas tudo é melhor, a vida é melhor, quando você está nos meus braços.

Quem precisa de água quente? Me derreto com suas palavras.

— Meloso. — Eu o belisco, e ele perde o equilíbrio, finalmente cedendo e me colocando de pé.

— Não é justo. — Ele faz beicinho e, tenho que admitir, é adorável. Ele estende a mão para mim, mas recuo antes que ele possa fazer contato.

— Banho — eu o lembro. — Nunca vamos sair daqui se você não mantiver as mãos longe de mim.

— Seria tão ruim assim?

— Seria. — Eu rio, voltando a me esquivar de seus avanços. — Tenho que trabalhar amanhã e você tem treino.

— Vamos falar que estamos doentes.

— Você tem permissão para fazer isso? — pergunto, pegando o sabonete líquido.

— Claro que acontece, mas não com muita frequência. A maioria de nós joga mesmo assim.

— Não vamos ligar dizendo que estamos doentes. Vamos tomar banho e depois ir para a cama.

— Tão mandona — ele provoca. Eu me viro para me enxaguar, e ele dá um tapa na minha bunda.

— Ei. — Olho para ele por cima do ombro. Ele não parece nem um pouco arrependido. — É melhor você se cuidar, Barker — provoco.

— Pode vir, linda. — Ele ergue a sobrancelha, me desafiando.

Me virando para ficar de frente para a parede, termino de me enxaguar antes de sair do chuveiro. Consegui não molhar o cabelo. Não que isso importasse, pois ainda está quase todo molhado do banho anterior. Depois de me secar depressa, volto para o quarto e encontro sua camiseta no chão. Eu a coloco e vou para debaixo das cobertas. É difícil acreditar que esta noite foi nossa primeira vez. Ele parece tão familiar, como se fôssemos íntimos há anos.

— Tudo bem? — ele pergunta da porta do banheiro.

— Sim.

Ele apaga as luzes e, dando alguns passos largos, para ao lado do que agora é o seu lado da cama. Ele pressiona o botão e desliga o abajur, banhando o quarto de escuridão. As cobertas farfalham, a cama afunda, e eu sou puxada para seu abraço. Seus braços me envolvem, e deixo meu corpo relaxar no dele.

— Boa noite, linda — ele diz, carinhoso.

— Boa noite. — Assim que fecho os olhos, sinto o sono tomar conta. Nunca me senti tão feliz como estou agora em seus braços.

A semana foi mágica, emocionante e passou rápido demais. Meus dias têm sido preenchidos com telefonemas, o cuidado com os animais e garantindo que tenhamos tudo de que precisamos para o evento de adoção no sábado. Minhas noites têm sido com Landon. Ficamos na minha casa duas vezes e na dele o resto da semana. Nossas vidas são tão diferentes, mas, ainda assim, conseguimos entrelaçá-las. Pelo menos, por enquanto. Só faz uma semana.

— Você está pronta para amanhã? — ele pergunta.

Estamos na sua casa. Estou sentada na ilha, observando-o colocar o recheio na pizza caseira que ele acabou de preparar. Ele é lindo, gentil, amoroso, sexy, tem uma carreira boa e cozinha. Tirei a sorte grande no quesito namorado.

— Acho que sim. A gente espera que seja um grande sucesso.

— E se todos os animais forem adotados?

— Aí vamos ter espaço para mais. Todos os dias recebemos ligações que a gente acaba recusando pela falta de espaço.

— Não sei por que isso me surpreende. Acho que o que os olhos não veem, o coração não sente. Nunca pensei muito que vários animais precisam de um lar.

— Poucas pessoas pensam nisso. Mas, Landon, com um simples tuíte, você elevou a conscientização a um nível totalmente diferente. E então Chance e seus companheiros de equipe também tuitaram. Estou um pouco preocupada de não sermos capazes de lidar com a multidão.

— Imagine. Vai ser incrível, mas queria falar com você sobre uma coisa.

— Xiiii, isso não parece bom. Mal começamos essa coisa de namorados.

— Não. — Ele pega um pano de prato, limpa as mãos e depois as coloca nas minhas pernas. — Não, nada do tipo. Você está comigo agora. E isso se trata da gente. Olhe, tenho certeza de que a imprensa vai estar lá com toda essa publicidade. Eles têm ligado para o escritório central pedindo declarações a semana toda. Vão me perguntar por que esse interesse repentino e quero ser honesto com eles.

— Tudo bem. Isso não parece tão ruim.

— Eles vão saber quem você é, Emma. Você não vai mais ser a "suposta" nova garota que foi vista entrando no meu SUV. Eles vão saber onde você trabalha, seu nome e que é minha namorada. Com isso, vêm os tabloides, alguns são bons, a maioria, não. Eles gostam de espalhar merda, boatos, qualquer coisa para vender. Não quero te perder por causa disso.

— O quê? Que loucura. Você não vai me perder por causa de um tabloide idiota.

— Eles podem ser cruéis, Emma. Pode acreditar, eu vivo isso. Não quero que te afete, mas, ao mesmo tempo, quero gritar para a porra do mundo que você é minha garota. Preciso que faça algo por mim.

— Qualquer coisa.

— Fale comigo. Se ler ou ouvir algo, me pergunte antes. Sempre vou ser honesto com você e, noventa e nove por cento das vezes, você vai ter lido ou ouvido uma mentira. Só... me dê a chance de contar o que aconteceu de verdade. Eles gostam de transformar as situações mais inocentes e fazer com que pareçam escandalosas.

— Posso fazer isso.

— Falo sério, Emma. Queria mais tempo com você. — Ele passa os dedos pelos cabelos. — Queria mais tempo para te mostrar que sou um homem bom, com quem pode contar, que será fiel a você. Queria tempo para provar isso antes que eles invadissem nossas vidas, mas prefiro que ouçam de mim.

— Tudo bem, então vamos esperar.

— Viu, é isso mesmo. Não posso estar perto de você e não mostrar o quanto significa para mim. Não posso evitar você o dia todo. E nem vou. Me recuso. Então, é agora. Só que ainda estou confuso. Quero que todos saibam que estou fora do mercado. Que essa garota linda de olhos verdes me prendeu, mas quero te manter segura, protegida dos boatos... protegida dos abutres da mídia.

— Você nunca me deu um motivo para não confiar em você. Não acho que está pedindo muito. Se eu ouvir algo, vou falar com você. Na verdade, gosto que esteja sendo aberto e conversando sobre essas coisas. Quero que a gente seja mais do que apenas sexo. — Não que o sexo não seja fantástico. Esta foi uma semana muito, muito boa.

— Nós somos mais, Emma. Somos muito mais, linda. — Ele se inclina para um beijo.

— Agora — digo, nossas bocas ainda juntas —, me alimente.

Ele ri, beija minha testa e se afasta.

— Como desejar, minha senhora. — Ele adiciona a última camada de queijo na pizza e a coloca no forno. — O treino termina ao meio-dia, então estarei lá logo em seguida.

— Perfeito. O evento começa à uma, então você não vai perder muito. Tem certeza de que não se importa em ficar por lá? Você pode só marcar presença e ir embora. Não é isso que a maioria de vocês, celebridades, fazem?

— Talvez, mas não sou apenas uma celebridade. Antes de mais nada, sou seu namorado e um namorado solidário fica para ajudar.

— Sim, mas a maioria dos namorados não é o *quarterback* titular do Hermosa Beach Trojans.

— Né? Você tem sorte.

— Ah, você acha?

— Eu sei. — Ele chega mais perto e seus lábios ficam próximos aos meus, mas uma batida na porta impede a conexão.

— Esperando visita? — pergunto.

— Não. Já volto. — Ele sai do balcão e desaparece na sala para atender à porta.

Decidida a ser útil, pulo do balcão e começo a limpar, guardando os recheios que sobraram e lavando a louça da massa. Ouço vozes, mas não presto muita atenção, até Landon estar parado na porta da cozinha com um sorriso.

— Emma.

— Landon — falo, zombando.

— Há algumas pessoas que eu gostaria que você conhecesse. — Ele dá um passo à frente, depois outro, e meus olhos desviam dele para a porta. Landon se aproxima e desliza o braço em volta da minha cintura. — Emma Deaton, esses são meus pais, Carly e Bryan Barker. Mãe, pai, esta é minha namorada, Emma.

— É muito bom finalmente te conhecer. Landon nos contou muito sobre você. — Sua mãe, Carly, se aproxima e nos abraça com força.

— Deixe a garota respirar, querida — diz seu pai, Bryan. Quando sua mãe se afasta, ele também nos abraça, mas não tão apertado ou por tanto tempo quanto sua esposa. — Prazer em conhecê-la. — Ele recua e volta a atenção para o filho. Ele faz um aceno sutil com a cabeça. Se eu não estivesse vendo, poderia ter perdido.

— O que traz vocês dois para a cidade? — Landon pergunta. Ele está calmo e tranquilo, com o braço em volta da minha cintura, enquanto estou surtando. Meu cabelo está preso em um nó, ainda estou usando as roupas de trabalho e, provavelmente, cheirando a cachorro molhado. Hoje era dia do banho para preparar os animais para o evento de amanhã. Não é exatamente a melhor maneira de conhecer os pais.

— Não podemos simplesmente visitar nosso único filho? — sua mãe pergunta, sorrindo.

— Podem, mas quase não visitam — Landon rebate.

— Bem, você está em todas as notícias e redes sociais falando sobre esse evento de adoção no abrigo. Queríamos vir e apoiar a causa. Aí acabamos matando dois coelhos com uma cajadada só e também pegamos o seu jogo no domingo.

— É tão legal da parte de vocês, obrigada — eu falo e então percebo que talvez não devesse ter falado.

— Bem, nosso filho se impressionou muito com você, mas não ficamos sabendo que já era oficial. Parabéns — Carly diz, então ela se inclina e sussurra: — Ele deixou essa parte de fora. — Seu sussurro é mais uma voz baixa para que Landon possa ouvi-la.

— É recente e eu estive muito ocupado com o trabalho, passando um tempo com Emma e preparando o abrigo para amanhã.

— Eu te perdoo — ela brinca. — Então, o que vocês dois estão fazendo para o jantar?

— Pizza. Vocês são bem-vindos para ficar com a gente — Landon oferece.

— Ah, não. — Sua mãe faz um gesto, dispensando. — Reservamos um quarto e queremos dar um passeio na praia. A noite está perfeita para isso.

— Por que reservaram um quarto se eu tenho todo esse espaço? — Landon mostra a casa com a mão.

— Não queremos incomodar — seu pai fala.

— Vocês não incomodam. Quantas vezes já falamos sobre isso? — Landon pergunta, exasperado.

— Bem, agora que você se acomodou... — Seu pai pisca para mim, e Landon chia.

— Droga, pai, quantas vezes tenho que dizer para não acreditar em tudo que o senhor lê?

Seu pai joga a cabeça para trás e ri.

— Estou brincando, filho. Sabemos que essas revistas podres estão apenas tentando vender mais. Mas, falando sério, queremos deixar vocês à vontade.

Landon olha para mim e revira os olhos de brincadeira.

— Viu com o que tenho que lidar?

— Ah, pare. — Eu o cutuco com o cotovelo, e ele reage como se eu o machucasse de verdade. Seu corpo é feito de aço, duvido que ele tenha sentido qualquer coisa.

— Tenham uma boa noite, crianças. Nos vemos amanhã no abrigo. Emma — sua mãe se dirige a mim —, se precisar de mais voluntários, ficaremos felizes em ajudar.

— É muito gentil da sua parte. Obrigada. Espero que a gente tenha tudo sob controle, mas agora já nem sei. Landon criou mesmo um rebuliço na imprensa, e não sabemos bem o que esperar.

— Bem, conte com a gente. Vamos para o hotel trocar de roupa e depois daremos um passeio na praia. Amo vocês. — Ela se inclina para outro abraço e, com um aceno, eles se vão tão rápido quanto vieram.

— Não acredito que acabei de conhecer seus pais com essa aparência. Eu nem estou arrumada!

— O quê? Não se preocupe. Você é perfeita.

— Combinamos que seríamos honestos — eu o lembro.

— Bem, para ser honesto, você é linda. — Reviro os olhos de brincadeira. — Sua mãe nunca disse que se você fizer isso seus olhos vão ficar assim para sempre? — ele provoca.

— Ela disse, mas escolhi não acreditar. — Mostro a língua, fazendo-o rir. O alarme do forno toca, e ele tira a pizza e começa a fatiar. — O que você quer beber?

— Só água. Comprei um pouco daquela cerveja-de-raiz que você gosta. Está na prateleira de cima.

— Sabe, se ficar me mimando assim, talvez eu nunca volte para casa. Fazendo o jantar, levando almoço e café da manhã, me buscando no trabalho, confissões sussurradas sobre beleza e agora minha bebida favorita. Uma garota pode se acostumar com isso — digo, pegando alguns guardanapos e o seguindo para a sala de estar. Coloco as bebidas na mesa à nossa frente e pego o prato que Landon me oferece.

— Bom.

— Não sei. Não experimentei ainda.

— Não, quis dizer que é bom você se acostumar com isso. Se isso é o necessário para que você fique aqui o tempo todo, desafio aceito. Vou elevar o nível do jogo.

— Estava brincando.

— Eu não estou. Gosto de você aqui. Este lugar parece um lar quando você está aqui.

— Esta é a sua casa e só estou aqui direto há uma semana.

— Não importa. Tudo parece diferente e melhor quando estou com você.

— Você não precisa ser meloso para se dar bem, cretino de sorte. Você pode me ter a hora que quiser.

— Aubrey e seus apelidos. — Ele está sorrindo enquanto balança a cabeça.

— O quê? Combina. Chance era cretino abusado, você é cretino de sorte.

— Como vocês inventaram isso?

— Você conseguiu ficar comigo, né? — Tenho que morder meu lábio inferior para não rir.

— Quer saber, você está certa. Eu sou um cretino de sorte.

CAPÍTULO 18
Landon

Terminamos de ver a gravação mais cedo, então corro para o chuveiro e vou para o abrigo. Case e alguns dos caras vão parar para comer antes de se juntarem a nós. Eu me adiantei e pedi uma pizza para entregar no abrigo. Sei que vão servir pipoca e coisas assim, mas um homem tem que comer e ver sua mulher, então a entrega era a melhor opção. Qualquer coisa que me leve a Emma mais rápido é sempre a melhor opção.

São onze e pouco quando chego, e as redes de notícias já estão instaladas. Não vejo muitos visitantes, talvez alguns se juntando ali na frente. A maioria das pessoas que vejo está vestindo camisetas do abrigo de animais South Bay, então sei que são voluntários.

Como Emma me disse pela manhã, estaciono o SUV na parte de atrás, tranco e entro pela porta dos fundos. Pelo som de suas vozes, Emma e Aubrey estão no escritório.

— Então, como estão as coisas? — Aubrey pergunta.

— Estão bem.

— Estão bem? Tudo que recebo é estão bem? Qual é, quero a parte suja.

— Temos trabalho a fazer. Sem mencionar que há pessoas se juntando em todos os lugares. Essa é a última coisa que Landon e eu precisamos: nossa vida sexual estampada em todos os jornais.

— Ahhhh, então existe uma vida sexual. Conte-me mais — Aubrey brinca, e eu ouço as duas rindo.

— Sim, e é incrível, e ele... Não sei. Ele é tudo que eu nunca soube que queria. Estou apenas tentando seguir o fluxo e não me preocupar com os "e se".

— Afff, não há "e se". Estou te dizendo, aquele homem está apaixonado por você.

Ela não está errada. Eu deveria me sentir culpado por bisbilhotar, mas fico onde estou, do lado de fora da porta do escritório.

— Ele não está.

— Continue dizendo isso para você mesma — Aubrey replica. — Me diga uma coisa. Se ele dissesse que te ama, o que você diria?

— Falando sério? Não tenho certeza. Eu ficaria em choque. Mas se esse dia chegar, diria para ele que também o amo.

— Eu sabia! — Aubrey comemora, e se disse mais alguma coisa, não ouço.

Vou para o escritório, direto para Emma. Ela está de pé, com as mãos em uma caixa de folhetos, mas os deixa cair e se vira para mim. Seguro seu rosto entre as mãos e fixo seu olhar no meu. Seus olhos verdes estão cheios de preocupação quando deveriam estar cheios de amor.

— Vamos tentar — digo, mantendo a voz baixa. Não importa. Sei que Aubrey está atenta a cada palavra.

— Tentar o quê? — ela pergunta baixinho.

— Ah, Emma. — Sorrio para ela. — Estou apaixonado por você. — Seus olhos verdes se arregalam e ficam cheios de lágrimas. Ela abre a boca, depois fecha.

— Aí o choque — Aubrey diz, solícita como sempre.

— Eu te amo — declaro e, desta vez, uma lágrima solitária escorre por seu rosto.

— E-eu também te amo. Mas é cedo demais. Estamos loucos, né?

— Não — Aubrey e eu falamos ao mesmo tempo.

— Quando você sabe, você sabe — Aubrey acrescenta. — Confie em mim. O cretino abusado e eu nos apaixonamos em uma viagem com Pixy e éramos completos estranhos. Acontece quando você menos espera. Aceite. Aproveite. Viva. Nunca sabe quando essa chance pode ser tirada de você. No meu caso, Chance foi a minha chance, mas o peguei de volta e pode apostar que estou segurando firme.

— O que diz, Emma? Você quer segurar firme? — pergunto.

— Só se for você.

— Esta é a minha garota. — Me inclino e a beijo, passando a língua em seu lábio inferior, implorando para que ela abra para mim.

— Por mais que eu ame isso, temos trabalho a fazer. Vamos, pombinhos — Aubrey chama, saindo da sala. Ela está agindo como se tivéssemos que ir, mas sei que está nos dando privacidade, daí a razão pela qual ela fecha a porta.

— Isso aconteceu mesmo? — Emma pergunta.

— Sim, aconteceu.

— E-eu não esperava isso.

— Eu sei, mas ouvi vocês duas conversando e pareceu a hora certa. Pode não ter sido a declaração de amor mais romântica, mas, juro, é com todo o meu coração.

— Amo que foi espontâneo. É real. Não que quando é ensaiado ou planejado não seja real, mas aí não é a vida, não de verdade. Quase nunca as coisas saem como planejado, e com certeza é um momento que sempre vou lembrar.

— Uma história para os netos.

— Vamos, vocês dois. — Aubrey bate na porta.

— Preciso ir.

— Onde você precisa de mim?

— Tem três redes de notícias esperando por você para uma entrevista.

— Vem comigo?

— Landon, eu... — Levanto a mão para impedi-la.

— Você é a mulher que amo e, se vou dizer ao mundo que estamos juntos, quero você ao meu lado.

— Assim? — Ela olha para sua camisa polo de trabalho e short cáqui.

— Bem assim. Vamos. — Com um último beijo rápido em seus lábios, entrelaço nossos dedos e nos conduzo até a entrada principal do abrigo, onde os repórteres e as equipes de filmagem estão prontos e esperando.

— Landon, por que o interesse no abrigo de animais South Bay?

— Landon, alguma opinião sobre o jogo de amanhã?

— Landon, quem é a mulher?

Perguntas são disparadas. Puxo Emma para perto de mim, passando um braço em volta de seus ombros.

— Um de cada vez, por favor. — Levanto a mão livre e a multidão se acalma. — Em primeiro lugar, quero agradecer a todos por estarem aqui, por darem um pouco de publicidade ao abrigo de animais South Bay. Posso responder a duas perguntas de uma vez. Por que o South Bay e quem é esta linda mulher? Esta é Emma Deaton, o amor da minha vida. — Namorada faz parecer que estamos no colégio. É libertador agora que contei a ela. Posso gritar para o mundo. — Ela é assistente de Aubrey Bateman e, antes que vocês perguntem, sim, a esposa de Chance Bateman.

— O amor da minha vida — Chance repete quando ele e Aubrey se juntam a nós.

— E quanto ao jogo de amanhã? Treinador Bateman, alguma ideia?

— Sinto muito, mas essa é uma pergunta que não estou disposto a responder. A equipe está bem e isso é tudo que vou dizer. O dia de hoje é sobre o abrigo, sobre essas duas mulheres incríveis que colocam seus corações e almas neste lugar, e os animais que, com sorte, encontrarão novos lares.

Mais algumas rodadas de perguntas que Aubrey e Emma respondem e estamos livres. Os repórteres ficam por perto para filmar os animais e os visitantes chegando, mas nos deixam em paz.

— Ei, vocês dois. — Ouço atrás de nós. Eu me viro e vejo meus pais com sorrisos enormes.

— Emma, este lugar é incrível. Muita gente compareceu — mamãe elogia.

— Carly, Bryan, esta é Aubrey, minha melhor amiga e chefe, e este é o marido dela, Chance. Pessoal, esses são os pais de Landon. — Apertos de mão e "prazer em conhecê-los" são trocados.

— Pode nos colocar para trabalhar — papai fala. — Ficamos felizes em ajudar vocês!

— Isso é muito gentil. Acho que agora temos tudo sob controle, mas posso ter que procurá-los mais tarde — Aubrey responde.

— Bem, vamos dar uma volta. Avise se precisar da gente — mamãe diz, enganchando no braço do papai e caminhando em direção aos animais.

— Seus pais são ótimos — Emma fala, sorrindo para mim.

— Eles são — concordo. — De volta ao trabalho. Do que você precisa?

— Bem, aquela barraca ali — ela aponta para uma tenda branca com mesas embaixo — é para você e os seus companheiros de equipe.

— Ei, Barker! — Ouço gritos e não preciso olhar para saber que é Case.

— Falando nisso — digo com uma risada.

— Ah, é a adorável Emma. É um prazer te rever. — Case não dá a mínima para o fato de eu estar ao lado dela com o braço em volta dos seus ombros. Ele se enfia, levantando-a do chão e lhe dando um abraço.

— Solta a minha garota — ordeno. Minha voz é rude, mas ele sabe que estou brincando. *Mais ou menos.* Assim que ele a coloca de pé, Thomas, Kaden e Jack vêm e fazem a mesma coisa. Eles sabem que isso vai me irritar pra caralho e é por isso que mordo a língua. Só quando Case menciona Corey é que minha raiva aumenta de verdade.

— Meu irmão tem perguntado sobre você — ele diz a Emma.

— Não. Sem chance. — Puxo Emma para meu peito, de costas para mim, e apoio o queixo em sua cabeça. — Ela está comprometida.

Case sorri. Ele sabe que ela está comprometida. O filho da puta queria me irritar. Porém, a vingança é um prato que se come frio. Vou me lembrar disso.

— Agora que o festival de encheção de saco acabou, vou mostrar onde vocês vão ficar. — Aubrey aparece e assume o comando. Tenho certeza de que ela pensa que está atenuando a situação. Não é como se eu fosse começar uma briga com meus companheiros. Porém, se eles não estivessem brincando, eu não hesitaria. Não quando se trata de Emma. Sei que eles estão me provocando para tentar me tirar do sério. Deu certo.

Baixando a cabeça e colocando os lábios perto de sua orelha, sussurro: "Eu te amo". Complemento com um beijo em seu pescoço antes de soltá-la e seguir Aubrey, Chance e meus companheiros de equipe.

Já se passaram mais de três horas desde que falei com Emma. Eu a vi, examinei a multidão, procurando-a, mas sem conseguir algum tempo com ela. Ruim para mim, bom para o abrigo. A presença de público foi incrível e, pelos rostos sorridentes das crianças levando animais com elas até os carros, um grande sucesso.

— Então, Emma. — Case sorri quando finalmente há uma pausa na ação. Estamos dando autógrafos há três horas inteiras.

Faço um gesto com a cabeça.

— Emma.

— Eu falei que a gente deveria ter apostado — Jack resmunga.

— Do que você está falando?

— Olhe, *quarterback*, a gente já sabia que você estava frito no minuto em que colocou os olhos nela. Todo mundo podia ver isso. A gente sabia que era só uma questão de tempo até que ela te cansasse.

Gargalho.

— Você acha que ela me cansou? Quem dera tivesse sido fácil assim. Ela lutou comigo o tempo todo. Quanto a estar frito, admito. No começo, eu estava ignorando o fato de ela ter me dado um fora. Fui persistente e, quanto mais tempo passava com ela... — Meus olhos percorrem o local até encontrá-la. Ela está ajoelhada ao lado de uma menina que tem um gatinho nas mãos.

— Ele é um caso perdido — Kaden entra na conversa.

— Sou mesmo — concordo. Não faz sentido negar. Não há absolutamente nada de errado em estar apaixonado. Não tenho vergonha. Pelo contrário, quero exibi-la. *Ela é incrível.*

— Oi, pessoal — Chance diz, caminhando até a barraca. — Obrigado por estarem aqui hoje. Agradeço o apoio para Aubs e Emma.

— Isso significa que você vai pegar leve comigo no treino da semana que vem? — Thomas pergunta.

— Não. — Chance ri. — De verdade mesmo, sei que temos um jogo amanhã e tenho certeza de que este é o último lugar onde vocês queriam estar hoje, mas nós realmente agradecemos a vocês por terem vindo. Aubrey e Emma dão tudo por este lugar. É legal ver que mais pessoas estão conhecendo o trabalho delas.

— Como se o seu status não trouxesse nenhuma dessas pessoas — Jack diz a ele.

— Talvez, mas não é o meu nome nas costas de todas essas camisetas. — Ele acena em direção à multidão. — Sou novo no time e não jogo há muito tempo. A menos que sejam colecionadores dos meus pôsteres de bunda, é tudo por causa de vocês.

— O q-quê? — Case solta uma gargalhada.

— Ah, me deixe contar sobre os pôsteres de bunda — Aubrey pede, surgindo atrás de seu marido. Ele a abraça, enquanto ela nos conta tudo. Ela deixa todos nós rolando de rir quando termina. — Enfim. — Ela sorri, claramente orgulhosa de si mesma. — O movimento está diminuindo. Vocês estão liberados. Obrigada por virem.

— Que tal uma cerveja no Harvey's? — Case pergunta ao nosso grupo. Thomas, Kaden e Jack concordam na hora. — Landon?

— Podemos nos juntar a vocês. Vou ficar por aqui e ver se Emma precisa de alguma coisa.

Thomas começa a cantar *Another One Bites the Dust*, fazendo todos rirem.

— Daqui a pouco, ele já vai estar caminhando para o altar e tendo bebês como Trent — ele diz.

É uma brincadeira, mas o que ele não percebe é que a ideia... não é assustadora. Nem um pouco. Isso é... inesperado, mas tudo com Emma é novo e inesperado. Sou um cretino ganancioso porque quero mais.

Mais dela.

De qualquer jeito. Se isso significar um anel no dedo e sua barriga crescendo com meu filho, eu aceito. Na verdade, agora que o pensamento está na minha cabeça, posso ver claramente. Nosso futuro passa diante dos meus olhos. Se acontecer como minha mente criou, sou mesmo um cretino de sorte.

CAPÍTULO 19

Emma

A multidão está eletrizada quando entramos no estádio dos Trojans. É como se todo o lugar se iluminasse com a empolgação dos fãs.

— Nossa, fico feliz por ter deixado CJ com a tia Adele. Este lugar está uma loucura. — Aubrey engancha seu braço no meu e nos embrenhamos pela multidão. — Talvez devêssemos começar a aceitar a oferta deles de ficar no camarote — ela diz, assim que achamos nossos lugares.

— O quê? E perder toda a emoção? Afff. — Faço um gesto, dispensando a sugestão. — É aqui que ela mora. — Dou um sorriso fingido.

— Sim, *aqui* significando a loucura.

— Exatamente. É emocionante e eletrizante. Além disso, gosto de torcer e gritar e não acho que isso seria permitido no camarote. Mas eu nem sei dizer, já que nunca estive lá.

— A gente deveria tentar pelo menos uma vez — ela rebate.

— Tudo bem, podemos tentar uma vez. — Levanto meu dedo indicador para dar ênfase, fazendo-a rir.

— Com licença, você é Emma Deaton? — uma mulher ao meu lado pergunta.

— Hã... — Olho por cima do ombro para Aubrey, então volto para a mulher. — Sim, eu conheço você?

— Não, mas sou uma grande fã do Landon Barker. Você é a namorada dele, né?

Concordo com a cabeça. Não esperava por isso.

— Foi o que pensei. Ele pode conseguir alguém muito melhor do que você — ela me insulta, se vira e marcha escada acima. Viro para frente e tento entender o que acabou de acontecer.

— Ela disse o que eu acho que disse? — Aubrey pergunta.

— Disse. Os camarotes estão parecendo cada vez melhores — admito.

— Ah, porra nenhuma. — Aubrey se levanta, mas minha mão em seu braço a impede.

— Não. Ela tem direito a ter uma opinião. Sou diferente de qualquer mulher do passado dele.

— É, já que você tem um título que nenhuma das outras teve.

— Isso também. Vamos apenas assistir ao jogo.

Felizmente, o pontapé inicial está alguns minutos atrasado, e consigo empurrar a mulher para o fundo da minha mente. Na maior parte do tempo. Quero dizer, quem não seria afetado por um comentário como esse? A primeira metade do jogo voa e, antes que eu perceba, já é o intervalo.

— Quer alguma coisa? — Aubrey oferece.

— Não, obrigada.

— Quer vir comigo?

Eu poderia ir ao banheiro, mas não quero cruzar com nenhum outro suposto fã descontente, então opto por ficar.

— Estou bem. Obrigada.

Ela sai, e pego o celular no bolso para não parecer a garota sentada sozinha. Estou navegando nas redes sociais quando sinto um toque no ombro. Me virando, vejo um cara que tem mais ou menos a minha idade, vinte e poucos anos. Ele tem a barba por fazer, mostarda na camisa, provavelmente do cachorro-quente meio comido em sua mão, e uma cerveja na outra. Seus olhos estão vidrados, e é óbvio que ele está muito bêbado.

— Sim? — pergunto, mantendo um tom de voz educado, tentando não deixar transparecer a irritação anterior, ou a antipatia que já tenho por esse cara.

— Eu comeria você. — Ele sorri, dando outra mordida desajeitada no cachorro-quente com mostarda pingando. Seus amigos ovacionam e riem.

Não sei o que fazer. O que posso responder numa situação dessas? Acabo não dizendo nada. Me viro para o campo e encontro os olhos de Landon em mim. Sorrio, não querendo que ele veja que estou irritada, e levanto a mão, acenando para ele. Nossos assentos são na arquibancada inferior, na linha das cinquenta jardas, então ele está perto o suficiente para ver que algo está errado. Seu olhar azul é penetrante quando ele me olha. Assim, sem aviso, ele cospe o protetor bucal, arranca o capacete, corre até o muro de concreto e se lança para cima dele. *Como ele saltou tão alto?* Meu namorado tem habilidades.

A multidão vai à loucura e seu treinador está fazendo cara feia atrás dele.

— O que você está fazendo? — sussurro quando ele está sobre o muro.

— Qual é o problema?

— Nada. Você vai ficar encrencado — digo, olhando para seu treinador.

— O que aconteceu?

— Você é mesmo a namorada dele? — o cara bêbado atrás de mim pergunta.

— Ela é minha. — A voz de Landon é firme e alta. Na verdade, tão alta que todos em nossa seção ouvem. Porra, talvez todo o estádio tenha escutado.

— Barker! — seu treinador grita.

— Esse cara está te incomodando?

— Não, mas aquela vadia de antes ainda deve estar — Aubrey conta, de pé no final do corredor.

— Explique. — Seus olhos azuis penetram nos meus.

— Nada. Estou bem e você está exagerando. Você vai ser multado ou pior, suspenso. Agora vá. — Empurro seu peito, mas ele não se move. Com todo aquele equipamento, ele parece ainda maior. *Maior do que tudo.*

— Esse assunto não está encerrado — ele diz, enquanto o treinador Neil grita por ele. Antes que eu possa me afastar, ele coloca uma das mãos grandes e calosas atrás do meu pescoço e me puxa para um beijo. — Deixe que falem, Emma. A gente sabe o que tem. Eu te amo. — Ele beija o canto da minha boca com pressa e sai, pula o muro e corre em direção ao vestiário, com o treinador Neil ao seu lado.

— Olhe! — Aubrey aponta para o telão que está mostrando o beijo com corações cor-de-rosa e vermelhos.

Bem, se as pessoas não sabiam sobre nós depois de ontem, agora sabem.

— Não acredito — digo, sentando de volta na cadeira. Aubrey me dá uma cotovelada, e a câmera está em mim. Sorrio e aceno, sem deixar transparecer que estou envergonhada e ainda abalada das minhas interações não tão boas com os fãs. Quer dizer, acho que com o cara até tudo bem. Pelo menos ele disse que transaria comigo.

Durante todo o jogo, as câmeras continuaram girando em minha direção. Em geral, quando eu estava de pé, torcendo por Landon e o resto dos Trojans. Mal posso esperar para ver o que a mídia vai dizer. Já consigo até ver as manchetes: "*Quarterback* do Trojans de caso com garota local. Fotos dela agindo como uma boba torcendo por seu namorado".

— Outra vitória, baby — os bêbados atrás de nós comentam. — Diga para o seu homem: bom jogo — eles me falam antes de subirem pela escada.

Aubrey sorri.

— Eles são divertidos.

— Ah, sim, são divertidos, mas eu poderia ter ficado sem o "comeria você".

Ela gargalha.

— Não quero estar por perto quando você contar para Landon. Não acredito que ele pulou o muro para ver se estava tudo bem com você.

— Ele é maluco! Doido de pedra.

— Não, ele está apaixonaaaado — ela fala, exagerando.

Ainda estamos sentadas, esperando a multidão se dispersar. Vamos encontrar Chance e Landon fora do vestiário. Nossos passes nos garantem acesso.

— Acho que eu deveria mandar uma mensagem para ele, dizendo que vou encontrá-lo no Harvey's.

— Não. Você não vai fugir disso. Faz parte da relação. Nem sempre é só flores, Emma, mas ele está nisso com você. Ele deixou claro no intervalo.

— Eu sei. Você está certa. Só vai demorar um pouco para eu me acostumar.

— Bem, eu diria que depois da pequena acrobacia dele, vamos ver imagens de vocês dois se beijando por todos os lugares, então precisa se acostumar. Está escancarado e está acontecendo.

— Eu dou conta. — Me levanto e me alongo.

— Caramba, claro que dá. Vamos. Vamos encontrar o abusado e o sortudo e comer aqueles hambúrgueres suculentos do Harvey que já estou ouvindo me chamarem pelo nome.

Felizmente, a maior parte da multidão já tinha ido quando vamos para os vestiários. Mostramos nossos passes e, como era de se esperar, o enorme segurança nos deixa entrar, sem fazer perguntas. Há um longo corredor onde esposas, filhos e, presumo, outros membros das famílias, esperam por seus jogadores. No nosso caso, jogador e treinador.

— CJ teria adorado — Aubrey afirma.

— Você deveria pedir a Chance para trazê-lo quando não houver muita gente.

— Sim, não conseguimos explorar os vestiários quando o trouxemos para o treino.

As portas se abrem e jogadores começam a sair. Nenhum que eu conheça, então ficamos paradas, observando. Não sou muito de conversar sobre mim e Landon onde todos podem nos ouvir. Já fui ouvida o suficiente por hoje. Ou melhor, vista. De qualquer forma, tive minha cota do dia.

A maior parte da multidão já tinha ido quando Chance, Case, Trent, Thomas, Jack e Kaden saem do vestiário. Todos que conheço do time, ou melhor, que já encontrei, exceto o homem que mais quero ver.

— Onde está Landon? — pergunto a Chance.

— O treinador Neil está dando uma dura nele — Case diz.

— Ah, não! — Cubro a boca com a mão e direciono os olhos arregalados para Chance, esperando sua confirmação.

— Eu não diria uma dura — Chance tenta minimizar. — Ele está no escritório do treinador.

— Ele já deveria saber — digo, irritada por ele colocar sua posição na equipe em jogo. Porra, nem valia a pena uma multa que tenho certeza de que ele está recebendo agora.

Trent acena com a cabeça.

— Sim, mas quando se trata da nossa garota, o coração sempre vence. Sabemos que vamos acabar pagando por isso, mas vale a pena — ele diz.

— Esse cara — Kaden aponta para Trent — fez algo parecido. Só que roubou o microfone de um repórter e pediu a Luna em casamento. — Trent é só sorrisos enquanto seu amigo conta a história.

Antes que eu possa comentar, a porta do vestiário se abre e todos nos viramos para olhar. Landon sorri e estende as mãos.

— Estou sentindo o amor — ele diz, suas longas pernas o trazendo até mim. Ele me envolve em um abraço, me levantando do chão.

— Vou até o camarote buscar minha esposa — Trent fala. — Ela prefere as arquibancadas, mas, como está grávida, acho melhor que ela fique no camarote, sem que fãs malucos possam chegar nela. — Com um aceno, ele caminha devagar pelo corredor.

— Ei, nos vemos no Harvey's! — Jack grita para ele. Trent joga o braço no ar, levantando o polegar, mas não para.

— Fale — ele diz, me colocando de pé, mas sem me largar.

— Nada a dizer. Ótimo jogo — respondo, desviando.

— Emma.

— Landon.

— Aubrey — ele chama, com um sorriso malicioso, seus olhos procurando uma resposta minha.

— Eu te coloco a par no Harvey's — ela promete, e ele sorri.

— Seus pais vão com a gente? — pergunto a ele.

— Não, eles vão voltar para casa, pois têm algumas horas de viagem pela frente. Eles me ligaram há alguns minutos e pediram para te dar tchau.

Eu me sinto mal por ter me esquecido de procurá-los, mas fiquei muito perturbada com tudo o que aconteceu no jogo.

— Minha mãe disse que estávamos ótimos no telão — ele comenta.

— Ai, que horror! — resmungo, apoiando a testa em seu peito. Ele ri, e minha cabeça salta com a vibração de seu peito.

Quinze minutos depois, estamos sentados em várias mesas que juntamos para fazer uma maior no meio da área privada do Harvey's. A gangue está toda ali, de acordo com Case. Harvey anota os pedidos de bebidas e porções, e, caramba, esses caras comem mesmo. Considerando o esforço físico que um jogo exige, eu não deveria ficar surpresa com o tamanho deles.

— Fale — Landon diz, se virando em sua cadeira e me encarando.

— Não é nada.

— Emma — Aubrey fala com seu tom de advertência.

— Ok. — Reviro os olhos, fazendo drama, e ela mostra a língua para mim. É hora de repensar essa coisa de melhor amiga. — É só que uma mulher mais ou menos da minha idade queria saber se eu era sua namorada. Eu disse que sim e ela foi embora.

— Emma! — Aubrey me repreende.

— Ok. Ela disse que você poderia conseguir alguém melhor — balbucio.

— Quem era ela? Como ela era?

— Era só uma mulher com uma camisa do Barker, número 18, como centenas de outras que estavam no jogo hoje. — Puxo a camisa do meu peito para provar o que estou dizendo.

— Você não é como as outras — Landon insiste.

— Para elas, eu sou. Sou só uma garota normal, como elas. Ninguém sabe meu nome, não tenho pais famosos, não recebo milhões de dólares por ano e estou usando a mesma camisa que elas. Então, sim, sou como elas.

— Não. Você. Não é. Você é minha. Elas, não. Você tem meu coração. Elas, não. Você, Emma, é tudo o que elas não são. Não deixe que uma maria-chuteira qualquer te incomode. A gente já conversou sobre isso.

— Nós conversamos sobre os tabloides. Não esperava ser confrontada em um dos seus jogos. Ah, e aí teve o cara bêbado atrás de mim.

— O que tem ele? — ele pergunta, sua voz é severa, mas calma.

— Ah, depois que a mulher saiu, ele se inclinou sobre o assento e disse que me comeria. Dá para acreditar?

— Eu deveria ter socado aquele filho da puta quando tive a chance.

— Ah, é? E ter ainda mais problemas com o treinador?

— Uma multinha só, valeu a pena. — Ele se inclina e beija minha testa.

Felizmente, a conversa muda do assunto sobre as pessoas malucas com quem interagi esta noite.

Luna convida Aubrey e eu para seu chá de bebê e, claro, Chance e Landon também. Algo sobre se Trent estiver lá, eles também vão estar, mas... é o bebê de Trent. Não tentei argumentar. Na próxima semana há um jogo fora de casa, e a temporada está a pleno vapor. Irei vê-lo cada vez menos, então vou aproveitar qualquer momento que puder com ele.

— Você quer falar sobre o jogo? — Landon indaga quando voltamos para minha casa.

— Não. Acho que fiquei em choque só. Estou bem.

— Está mesmo, Emma? Você está mesmo bem? Não vou perder você por causa disso.

— Ei. — Estendo a mão e coloco em sua perna quando ele se senta de frente para mim no sofá. — Você não vai me perder. De onde surgiu isso?

— Já vi acontecer, Emma. Já vi a imprensa separar casais, separar famílias, e eles não farão isso com a gente. Da próxima vez, chame a segurança e vamos apresentar queixa.

— Você está se ouvindo? Ela não fez nada além de me dar a opinião dela, e tem direito a isso. É aquela coisinha irritante chamada liberdade de expressão, conhece?

— Eu entendo, mas te assediar está fora de questão.

— Falando sério, Landon, ela até foi legal. Ela não foi má, não gritou. Apenas falou como se estivesse perguntando sobre o clima. Foi estranho pra caramba, mas, pensando agora, fico feliz que ela não tenha feito uma cena. Poderia ter sido muito pior. Os caras bêbados, eles eram só... bêbados e desagradáveis. Quem garante que não teriam feito um comentário mesmo sem ela? Eles estavam bêbados, é o que bêbados fazem: agem como idiotas. Eles não me machucaram nem me tocaram. Então tire essa coisa de me perder da sua cabeça.

— Eu sei que é irracional. Acredite, eu sei. Mas você não viu do jeito que vi... tantas vezes. Os tabloides, as marias-chuteiras, eles separam casais, mas não a gente, Emma. Não vou deixar isso acontecer com a gente.

— Estamos bem. Eu só não estava preparada, é isso. Agora estou. Da próxima vez, vou estar pronta para retrucar.

— Venha aqui. — Ele abre os braços, e não perco tempo para ir até ele, sentar em seu colo e me aconchegar. — Muito melhor — ele diz com um bocejo.

— Vamos te levar para a cama, número 18. Foi um baita jogo e você até deu um show no intervalo. Deve estar exausto.

— Haha, engraçadinha. — Ele me beija suavemente antes de eu me afastar e ficar de pé.

— Vou trancar a porta e ir para a cama. Estou logo atrás de você. — Ele desaparece no pequeno corredor, enquanto verifico as portas e apago as luzes. Pego o celular e o carregador dele de sua mala e coloco na tomada da cozinha ao lado do meu antes de ir para o quarto. Tiro a roupa sem me preocupar em colocar pijama e me acomodo sob as cobertas ao lado dele.

— Adoro, Emma. Sentir você assim pertinho de mim.

— Também adoro.

— Boa noite, linda.

— Boa noite. — No conforto de seu abraço, caio no sono.

CAPÍTULO 20

Landon

É quinta-feira de manhã e, quando digo manhã, quero dizer que o sol ainda nem nasceu. Quase não dormi. Temos um jogo fora de casa em Nova York no fim de semana. A equipe viaja às duas da tarde. É a primeira vez na minha carreira que não quero ir. Claro, já teve algumas vezes em que fiquei apreensivo com o voo, mas nunca assim. Estou deitado aqui com ela nos braços e a ideia de ficar longe por quatro dias está me matando.

Vou sentir falta dela.

Eu me recordo de todas as vezes que falei merda aos meus companheiros de equipe quando falavam sobre sentir falta de suas esposas ou namoradas — principalmente Trent, quando ele e Luna começaram a namorar. Era divertido deixá-lo todo irritado, mas agora ele só deixa rolar. Não dá a mínima para o que dizemos, e enfim entendo como ele se sentia, como se sente ao deixá-la. E, ainda por cima, ela está grávida. Não sei como ele consegue.

Dou um beijo em seu ombro nu, e ela se mexe.

— Landon? — Sua voz está rouca de sono.

— Humm?

— Por que você está acordado?

— Só pensando.

Ela se vira e me encara. O quarto ainda está escuro, então não posso vê-la, mas posso sentir seu olhar.

— Alguma coisa que você quer conversar?

— Não, a menos que queira me ouvir choramingar da saudade que vou sentir de você.

— Vai sentir saudade de mim? — ela pergunta, com uma voz bem doce.

— Ei. — Dou um tapa de leve em sua bunda. — Você poderia pelo menos fingir que vai sentir saudade de mim também.

— Vou sentir saudade de você. Quem vai me manter aquecida à noite?

— Posso ouvir no seu tom que ela está me provocando, mas o pensamento de outro homem com ela assim, como estamos, aumenta minha preocupação. As coisas estão ótimas, mas estou aqui. Ela consegue? Está mesmo disposta a ficar comigo sendo que viajo o tempo todo em função do meu trabalho? Amo meu trabalho, o futebol é quem eu sou, mas Emma... Eu também a amo.

— Esse é o meu papel. — Eu a puxo ainda mais perto. — Porra, Emma, por que você falou isso?

— Ei. — Ela me envolve em seu braço e gentilmente acaricia minhas costas com suas mãos macias. — Eu só estava brincando. Não há ninguém além de você.

— Eu sei. É que só o pensamento de perder isso, de perder você para alguém que pode estar aqui o tempo todo, me deixa arrasado.

— Não quis te chatear. Só estava te provocando. Claro que vou sentir saudade de você. Sinto saudade quando você está no treino e eu estou no abrigo. Não sei como vou fazer sem te ver por quatro dias.

— Vou ligar para você o máximo que eu puder. — Já estou até pensando em ficar preso no quarto só para poder falar com ela. Pedi um quarto com o Trent desta vez, e ele concordou. Não quero nem ficar perto dos caras solteiros na viagem. Não é a tentação, mas os rumores. Quero ficar o mais longe possível dessa merda. Não preciso que a imprensa publique nada que possa me prejudicar enquanto estou fora. Já vai ser difícil o suficiente para nosso relacionamento sem o drama adicional e os rumores que os vazamentos trazem.

— Não precisa. Vou estar aqui esperando por você e vou te ver no domingo.

— Venha comigo.

— Você sabe que não posso. Não posso deixar Aubrey sozinha no abrigo. Além disso, não posso simplesmente ligar para ela e pedir folga sem aviso prévio. Precisaríamos de tempo para agendar voluntários.

— Vou pagar para alguém ir e cobrir para você.

— Obrigada, mas não.

— Imaginei que você diria isso.

— É gentil, mas você vai passar muito tempo fora. Não é apenas este fim de semana. Esta é a nossa vida e precisamos aprender a lidar com ela da melhor maneira possível. Precisamos nos acostumar a estar separados.

— Você poderia pedir demissão e viajar comigo — sugiro. Ela acha que estou brincando, mas estou falando muito sério.

— Aí eu estaria viajando sozinha. Você tem que fazer todas as coisas da sua equipe. De qualquer maneira, eu não ia conseguir te ver muito.

— Nunca fiquei apreensivo com uma viagem para um jogo até agora.

— Levante a cabeça, número 18 — ela diz, brincando. Sei que está tentando aliviar o clima. — Estarei aqui segurando as pontas da frente doméstica.

Suas palavras despertam uma ideia. Uma ideia doida, mas faz eu me sentir melhor.

— Fique na minha casa enquanto eu estiver fora.

— O quê? Que loucura. Por que eu faria isso se tenho uma casa perfeitamente boa bem aqui, sabe, a cama em que você está dormindo?

— Eu sei em que cama estou. Só quero ter certeza de que você está lá. Que está no meu espaço, na minha cama, mesmo que eu não esteja com você.

— Tudo bem. Se isso significa tanto para você, eu fico lá.

— Obrigado. — Avanço e dou um beijo nela. Suave, respeitoso, fazendo o meu melhor para mostrar o que ela significa para mim.

Tudo.

Passo as mãos em seu quadril e subo pela lateral. Toco seus seios, passando a ponta do polegar sobre o mamilo. Dormimos nus ontem à noite. Eu queria seu corpo próximo ao meu. Queria sentir sua pele, memorizar a sensação. Acontece que foi uma boa ideia porque agora as roupas não são um empecilho.

Meus lábios vão para seu pescoço, e ela inclina a cabeça, me dando o espaço que preciso para devorá-la.

— Deite-se de costas — digo, me movendo para ficar sobre ela. Agora ela está de costas, e eu posso me deleitar com a visão. Não me apresso para mostrar o que ela significa para mim, o quanto vou sentir sua falta.

Me posicionando entre suas coxas, meu pau lateja apoiado em sua barriga. Sem mudar de posição, capturo um mamilo duro na boca, mordiscando, chupando e lambendo, deixando-a louca, enquanto belisco o outro com o polegar e o indicador. Não tenho mãos suficientes. Quero tocá-la em todos os lugares.

Ela prende a respiração quando pego seu mamilo entre os dentes. Com beijos no vale entre seus seios, minha boca se move para o outro, e minha mão acaricia suavemente aquele que não estou mais acalmando com a língua.

— Landon — ela fala sem fôlego. Suas mãos estão enterradas no meu cabelo e seu peito está subindo e descendo rápido.

— Sim, linda? — Minha voz está grossa com o desejo por ela.

— P-pare de me provocar — ela ofega.

Solto seu mamilo com um estalo audível e vou descendo meus lábios.

— Não estou provocando. Aproveitando você? Sim. Amando você? Com certeza. — Traço um caminho com a língua sobre seu estômago trêmulo e não paro até chegar em sua boceta. Beijo logo acima de onde sei que ela me quer. Porra, pela força com que ela segura meu cabelo e pelos sons que está fazendo, deve ser uma necessidade neste momento.

— Quatro dias — digo com ternura. — Quatro dias sem você, sardentinha. — Terminei com a conversa. É hora de mostrar. Me movendo ainda mais para baixo na cama, posiciono suas pernas sobre os ombros, beijando a parte interna da coxa. Meu dedo indicador desliza por sua boceta. Ela está molhada, mas preciso de mais tempo.

— Por favor — ela implora, sua mão lutando para segurar meu cabelo, enquanto minha boca paira sobre seu clitóris. — Ah, Deus... — ela solta quando sente meu hálito quente.

Com a língua, giro em pequenos círculos, fazendo com que seus quadris se levantem da cama, e ela agarre meu cabelo com mais força. Sua necessidade só alimenta meu desejo. Me afastando, sopro suavemente em seu clitóris sensível, e ela se contorce debaixo de mim. Estou salivando. Não sei se é minha saliva ou seu líquido que está cobrindo meu queixo.

— Mmm — murmuro.

— N-não pare, por favor — ela implora.

Uma das mãos sobe até seu seio para brincar com o mamilo, enquanto a outra desliza um, depois dois dedos dentro dela. Ao mesmo tempo, minha língua e meus dedos a fodem. Ela está puxando meu cabelo. Ela segura com força e seus gemidos de prazer causam uma pré-ejaculação no meu pau. Preciso que ela goze.

Agora.

Pressiono mais forte com a língua, sacudindo seu clitóris como é meu trabalho, enquanto meus dedos entram e saem dela. Sua vagina começa a tremer, indicando que ela está quase lá. Estou pronto para gozar com o gosto dela na língua e com a reação de seu corpo a mim. Luto contra isso enquanto a levo ao limite. Ela grita quando seu corpo convulsiona, e eu a bebo. Tudo que ela me dá eu pego.

Quando seu corpo finalmente relaxa no colchão e suas mãos caem ao seu lado na cama, deslizo devagar os dedos para fora dela, lambendo-os. Com cuidado, tiro suas pernas dos ombros e retomo o mesmo caminho de antes, trilhando beijos por seu corpo até chegar em seus lábios. Ela me beija de volta sem moderação, sua língua lutando com a minha.

Afasto a boca, e ela se queixa. Alcanço a mesa de cabeceira e pego uma camisinha, rasgando a embalagem com os dentes e deslizando no meu pau.

— Depressa — ela murmura.

Sem precisar ouvir duas vezes, eu me posiciono na sua entrada e deslizo para casa. Nunca me senti mais em casa do que quando estou conectado com ela assim. Nada jamais será parecido com isso. Abaixando meu peso sobre ela, com cuidado para não a esmagar, empurro e puxo sem pressa. Sem parar, lentamente faço amor com ela. É perfeito porque tudo que quero fazer é parar o tempo. Quero que a noite dure para sempre.

— Tudo bem? — ela sussurra. O quarto está começando a clarear com o amanhecer, e posso ver seus olhos me observando, preocupados.

— Tudo ótimo. — Mais alguns golpes preguiçosos são tudo o que preciso para perder o controle e gozar dentro dela. Fico parado e então relaxo, saciado. — Desculpe. — Beijo seu nariz. — Isso deveria durar muito mais tempo.

Ela ri.

— Foi uma tortura. Você me provocou. Mas é tudo perfeito. Eu não mudaria nada. É assim que sempre vamos nos despedir.

— Por que você teve que mencionar isso?

— Porque preciso me levantar e começar a me arrumar para ir trabalhar, e você tem que fazer as malas.

— Não quero ir.

— Claro que quer. Vai ser um saco, mas, Landon, você ama esse jogo. O futebol é a sua vida. E daí que vai sentir minha falta? Dizem que a distância fortalece o amor.

— Não sei se eu poderia ficar mais apaixonado por você do que já estou.

— Ah, qual é. Vamos tomar banho. — Tirando a coberta, ela sai da cama, e eu a observo até que ela desaparece no banheiro.

Realmente apaixonado por ela.

Aterrissamos em Nova York há cerca de duas horas, fizemos o check-in no hotel e agora estamos na sala de conferências comendo, uma refeição obrigatória. O técnico Neil acha que isso promove a união da equipe ou alguma merda do tipo. Ele tem razão. Só estou azedo porque poderia estar no meu quarto conversando com Emma.

— O braço parece bom — uma voz grave soa ao meu lado. Eu me viro e vejo o dono da equipe, Joseph Stamper, se sentando.

— Obrigado. — Tomo um longo gole de água. — A equipe está entrosada. — Tenho certeza de que ele vai me dar uma bronca por eu ter pulado o muro para chegar até Emma. Porém, já paguei a multa, então podemos seguir em frente.

Ele concorda com a cabeça.

— Começamos muito bem. Falando em começos, não sabia que você estava saindo com alguém até que a imprensa relatou sobre a adoção de animais, e então houve sua proeza no jogo na semana passada. Muitos comentários positivos sobre a adoção no abrigo.

Não consigo segurar o sorriso.

— Emma. — Até eu posso ouvir o carinho em minha voz quando se trata dela.

— Você sabe que tivemos que te multar por isso, mas seu showzinho resultou em muita repercussão positiva para o time. Tenho que perguntar, o que fez você subir nas arquibancadas que não podia esperar até depois do jogo?

Encolho os ombros.

— Ela parecia chateada. — Estou esperando sua reprimenda, que não vem.

— Está me dizendo que pulou o muro porque ela parecia chateada, ignorou seu treinador quando ele gritou por você e sabia que seria multado, mas fez mesmo assim?

— Sim.

Ele me surpreende quando coloca a mão no meu ombro.

— Ela tem sorte de ter você.

— Pelo contrário. Eu tenho sorte de tê-la.

— Ela não me é estranha.

— Emma Deaton — falo o nome completo dela. Agora todo mundo já sabe.

Ele balança a cabeça.

— Vamos manter a escalada de muros ao mínimo o resto da temporada, ok? — ele diz, mas sem exacerbação ou reprimenda. Na verdade, parece alegre e algo mais que não consigo definir. Contanto que não seja raiva, não me importo. Não que isso fosse me impedir. Meu contrato pelos próximos quatro anos me garante estabilidade. Além disso, é de Emma que estamos falando. Se ela precisar de mim, bem, estarei lá. Escalando um muro ou não.

— Não prometo nada.

Ele sorri, balançando a cabeça, mas, em vez de responder, dá um longo gole no copo com líquido âmbar que está bebendo. O álcool é proibido para os jogadores, mas acho que se você é o dono do time e não é o seu traseiro sendo jogado de um lado para o outro no campo, pode se dar ao luxo.

O resto da noite passa como um borrão. Comida, risos, piadas e o tempo todo estou sempre pensando nela. Quando finalmente estamos livres para ir, Trent e eu voltamos correndo para o quarto, ambos já com os celulares no ouvido.

— Oi — Emma responde.

— Estou com saudade.

Sua risada suave me inunda.

— Também estou. Como foi o jantar com a equipe?

— Bom. O proprietário, Joseph Stamper, parou para falar comigo. Eu tinha certeza de que ia levar uma bronca por ter pulado o muro, mas ele parecia mais ter se divertido do que qualquer outra coisa.

— O noticiário local fez uma matéria hoje à noite. Eles estão questionando se vou estar no jogo fora de casa e, se estiver, se você vai pular os muros de todos os estádios para chegar até mim.

— Eu pularia.

— Sei que sim, mas você não pode arcar com todas essas multas.

— Na verdade, eu posso.

— Imagino que você seja bem pago sendo um atleta profissional e tudo, mas isso é loucura. Tem noção de quanto dinheiro é dez mil dólares por jogo?

— Emma, sei que não falamos sobre dinheiro e isso é uma das coisas que mais amo em você. Não está comigo por causa do saldo da minha conta bancária, mas sabe de quanto foi meu último contrato, linda?

— Não.

— Pesquise no Google.

— Não pode só me dizer? Não gosto de pesquisar sobre você no Google. Prefiro que me diga tudo que quer que eu saiba.

— Eu te amo. Quero que você saiba disso.

Sua voz suaviza.

— Eu também te amo.

— Assinei um contrato de cinco anos com os Trojans no ano passado.

— Certo.

— Por 160 milhões.

— De dólares? — ela pergunta, se engasgando com as palavras.

Seu choque faz com que uma sensação de orgulho me invada. Não por causa do saldo bancário, ou porque consegui chocá-la, mas porque ela *está* chocada. Finalmente encontrei uma mulher que está interessada em mim, Landon Barker, não no *quarterback*, não no contrato de 160 milhões de dólares. Apenas em mim.

— Dólares — confirmo.

— Nossa. Então tá bom.

— Você é incrível. Já te disse isso?

— Algumas vezes.

— Bem, estou dizendo de novo.

— Obrigada — ela responde com um bocejo.

— Vou deixar você ir. Sei que tem que trabalhar amanhã.

— E você? Como será o seu dia?

— Vamos fazer um treino curto, praticar umas jogadas e assistir a algumas gravações de jogo.

— Emocionante. — Ela boceja de novo.

— Melhor que um emprego tradicional.

— Não desvalorize. Você ama seu trabalho e sabe disso.

— Amo mesmo. Durma um pouco.

— Boa noite, sortudo.

Eu rio com o uso do apelido que ela e Aubrey inventaram.

— Boa noite, sardentinha.

CAPÍTULO 21

Emma

É a terceira semana da temporada regular de futebol americano, e Aubrey e eu estamos viajando para nosso primeiro jogo fora. O bônus é que é na Geórgia, e minha mãe vai com a gente. Landon insistiu em pegar ingresso para ela também. Estamos em um camarote privativo dos Trojans. É nossa primeira vez em um, mas Landon foi inflexível, dizendo que não precisava de um fã louco tagarelando enquanto minha mãe estivesse comigo. Ele está preocupado em causar uma boa impressão. Só para constar, ele não tem nada com que se preocupar. Ele me faz feliz, isso é tudo com que mamãe se preocupa. Além disso, se ele exibir aquelas covinhas e piscar aqueles olhos azuis não tem como ela não gostar dele. Estou muito animada para vê-la e para ela conhecer Landon.

— Lá está ela. — Aponto minha mãe para Aubrey e saio correndo em sua direção. Ela está pronta para o meu abraço quando chego perto. — Que saudade!

— É bom ter você em casa. — Ela dá um passo para trás e olha para mim. Faz seis meses desde que a vi pela última vez. Muito tempo, mas a vida tende a dificultar. A viagem de carro é longa e os voos não são tão baratos para visitar com mais frequência.

— Aubrey — mamãe diz com carinho. — Como você está? — Ela me solta e puxa Aubrey para um abraço tão forte quanto o que me deu.

— Estou bem. Adorei o seu cabelo.

— Eu também — digo a ela. — Adoro as mechas mais claras.

— Achei que era hora de algo diferente. Vocês não acham que é demais?

— Não — Aubrey e eu falamos ao mesmo tempo.

— Vamos. Vamos levar vocês para casa — mamãe diz.

— Obrigada por me deixar ficar com a senhora — Aubrey fala.

— Como você convenceu Chance?

— O cretino abusado me convenceu a ter outro bebê.

— O quê? — Paro e olho para ela. — Você não me disse isso!

Ela dá de ombros.

— Estamos discutindo a ideia e essa foi a concessão dele. Posso ficar com você e Caroline em vez de ficar no hotel da equipe, mas vamos começar a tentar.

— Isso é incrível.

— É. — Ela ergue as sobrancelhas, e damos risada.

— E o Landon? — mamãe pergunta assim que entramos no carro e estamos indo em direção a sua casa. — Quando vou conhecê-lo?

— Hoje à tarde vai ter um jantar da equipe no hotel e a família mais próxima pode ir. Temos que estar lá às 15h. Os meninos vão para a cama cedo esta noite por causa do jogo amanhã.

— Meninos — mamãe zomba. — Você já os viu? Imagino que são ainda maiores pessoalmente.

— Eles são uns meninos grandes — Aubrey concorda.

Passamos o resto do caminho contando as novidades. Aubrey conta à mamãe histórias de CJ e Pixy, e eu a deixo a par sobre como estão as coisas com Landon. Deixo de fora os detalhes mais íntimos. Mamãe e eu somos próximas, mas não tanto assim.

— Lar doce lar — mamãe diz, entrando na garagem de sua pequena casa de campo. — Garotas, fiquem à vontade. Tirem uma soneca, o que precisarem. Temos mais ou menos três horas antes de precisarmos ir para o hotel. Fica a uns trinta minutos daqui.

— Obrigada, mãe. Vou tomar um banho rápido e depois desço. Nos vemos tão pouco. Não vou tirar uma soneca durante o tempo que temos juntas.

Seus olhos se enchem de lágrimas e brilham.

— Seria ótimo.

Arrastando a mala pelo corredor, indico o quarto para Aubrey e, em seguida, vou para o meu. Pego o celular no bolso e mando uma mensagem para Landon.

Eu: Oi, acabei de chegar na casa da mamãe. Tudo certo para hoje à tarde?

Landon: Sim!
Eu: Legal. Até mais.
Landon: Saudades.

A mensagem é seguida por uma imagem dele fazendo beicinho. Ele está fingindo estar triste, mas a felicidade em seus olhos azuis o denuncia.

Eu: Saudades também.

Jogo o celular na cama, pego uma roupa para me trocar e vou ao banheiro para tomar um banho rápido antes de descer para ficar um tempo com minha mãe. Passando pela porta de Aubrey, eu a ouço no telefone com CJ. Ele vai ficar com Adele, irmã de Chance, e está tagarelando sobre todas as coisas divertidas que eles têm feito. Aubrey e Chance são ótimos pais, e mal posso esperar para ver a família crescer.

A palma das minhas mãos está suando quando entramos no hotel. Não sei por que, de repente, estou tão nervosa por Landon e minha mãe se conhecerem. Talvez seja porque a última vez que a apresentei a alguém foi no ensino médio. Talvez seja porque tenho medo de que ele veja a casa em que cresci e perceba que sou apenas uma garota comum e que nossas vidas são muito diferentes. Talvez seja porque o amo com todo o meu ser e tenho medo de deixá-lo entrar no meu passado, desenvolver uma conexão com minha mãe e, se tudo acabar, seria ainda mais doloroso.

— Emma! — Eu o ouço me chamar. Examino a multidão até que o vejo. De repente, todas as preocupações desaparecem. Seus olhos azul-celeste estão brilhando e suas covinhas estão à mostra quando ele chega até nós. Ele não se importa com quem está por perto. Me puxa para seus braços e enterra o rosto no meu pescoço. — Senti sua falta — ele murmura.

Erguendo a cabeça, mas me mantendo em seus braços, eu o abraço e me aninho em seu peito.

— Landon Barker. Prazer em conhecê-la, Caroline. — Ele toma a iniciativa e se apresenta à minha mãe.

— Prazer em conhecê-lo também. Eu ia perguntar se você está cuidando bem dela, mas acho que já tenho a resposta. — Mamãe abre um sorriso largo quando nos vê abraçados.

Sei que deveria me afastar dele, mas não consigo. Sem mencionar que não acho que ele me deixaria se eu tentasse.

— Peguei uma mesa para nós. Aubrey, Chance também está com a gente. Ele está conversando com o treinador Neil e o dono da equipe. Ele vai se juntar a nós daqui a pouco. — Landon olha para mim e beija minha testa. — Vamos nos sentar. — Ele finalmente abaixa os braços, enlaça os dedos nos meus e nos guia através da multidão. Jogadores e suas famílias estão por toda parte no grande salão. — É aqui. — Ele puxa a cadeira para mim e depois tenta puxar a da minha mãe, mas ela e Aubrey já estão sentadas.

Nós quatro conversamos durante os aperitivos e, quando as saladas são servidas, parece que já somos amigos há anos. Não há silêncio constrangedor e a conversa não para. Landon está à vontade, assim como minha mãe. Seu sorriso me diz que ela gosta mesmo dele. Aubrey encontrou minha mãe algumas vezes desde que a conheci, então ela se encaixa na conversa com a mesma facilidade. Chance se junta a nós, e mamãe diz a ele que adora seu sotaque, e ele faz charme, exagerando para ela. Aubrey apenas sorri e revira os olhos.

— Isso foi incrível — mamãe diz, empurrando o prato. — Landon, obrigada por me convidar. Sei que é um evento familiar, mas foi bom te conhecer e ver vocês dois juntos.

— E eu — Chance entra na conversa, fazendo todos rirem.

— Foi um prazer, além disso — ele se vira e olha para mim, seus olhos suavizando —, somos uma família agora. — Sua expressão me diz que ele foi sincero e, pelo audível "ohhh" vindo de mamãe e Aubrey, elas percebem também.

— O maldito roubou minha atenção — diz Chance, mas é seu sotaque que nos faz rir novamente. Juro que ele força e o deixa mais pronunciado apenas para mamãe.

— Parece que esta é a mesa para se estar — um homem fala, provavelmente na casa dos cinquenta anos, parando ao lado de nossa mesa. Há uma mulher com ele e, embora ela seja bonita, sua expressão de irritação esconde sua beleza natural.

— Sr. Stamper, esta é minha esposa, Aubrey — Chance apresenta.

— E esta é minha namorada, Emma, e a mãe dela, Caroline. Senhoras, este é o dono da equipe, Joseph Stamper.

O sorriso de Joseph parece titubear quando ele olha para mim e depois para minha mãe. Espero que não fique com raiva por estarmos ali. Seus olhos vão para Aubrey.

— Prazer em conhecê-la, Aubrey. Bem-vinda à família Trojans — ele diz, educado, antes de seu olhar voltar para mim. — Emma. — Sua voz é mais suave, quase reverente. — Você parece estar trazendo publicidade positiva para nossa equipe. — Ele me dá um sorriso gentil.

— Ah, não, isso é tudo o Landon — digo com uma risada nervosa. — É difícil controlá-lo.

— Quando se trata de você, é difícil mesmo — Landon responde, sem se importar com quem o ouve.

— Caroline, não é? — o sr. Stamper indaga, olhando para minha mãe. Seus olhos estão fixos nela. — É bom ver a senhora... aqui apoiando Landon. Aproveitem o jantar — ele deseja, se afastando.

— A esposa dele é estranha — Aubrey comenta, e aceno em concordância.

— Meu Deus, estou exausta. Não dormi bem ontem à noite; estava animada demais por conta da sua visita. Acho que vou chamar um táxi. — Mamãe enfia a mão na bolsa e me entrega as chaves. — Vocês duas fiquem com o carro e voltem para casa quando quiserem.

A preocupação me faz baixar as sobrancelhas. Ela está nervosa.

— A senhora está bem? — pergunto.

— Ah, sim, estou bem. Apenas cansada, e vocês, crianças, precisam de um tempo sem a mãe por perto. Landon, obrigada pelo convite. Foi um prazer conhecê-lo.

— Vou pedir para o carro da equipe levar a senhora. Temos um para emergências. — Mamãe tenta impedi-lo, mas ele já está com o celular combinando as coisas, sem se incomodar com seus protestos.

Landon e eu acompanhamos mamãe até a saída e acenamos quando o carro se afasta.

— Você acha que ela estava agindo de uma maneira esquisita?

— Não a conheço bem o suficiente para dizer. É uma história plausível.

Eu também não dormiria bem sabendo que veria você depois de seis longos meses.

— Seis meses é muito tempo.

— Concordo. Sua mãe já pensou em se mudar para a Califórnia?

— Não, ela adora a Geórgia. Já tentei convencê-la a se mudar algumas vezes, mas ela sempre diz que tem uma vida na Geórgia. Eu entendo, mas sinto falta dela. Às vezes, me pergunto se eu deveria voltar para casa para ficar mais perto dela.

— Precisamos tentar convencê-la. Não posso perder você para a Geórgia. Eu nunca conseguiria ver você durante a temporada e seria difícil viver assim.

— Não vou me mudar.

— Eu sei. Ela vai. Nós vamos convencê-la. Que tal a levarmos nas férias e mostrarmos alguns lugares que ela pode visitar? Talvez vender o luxo de Hermosa Beach e a ideia de te ver mais? Acha que vai funcionar?

— Ela já visitou antes, Landon.

— Sim, mas ela tem mais a perder agora. Você está em um relacionamento sério e logo haverá netos, e ela não vai querer perder isso. Precisamos jogar com essa carta.

— Netos? — pergunto. Estamos tendo essa conversa do lado de fora do hotel, na entrada privativa dos fundos. Qualquer um poderia estar nos espreitando e acabar nos ouvindo, mas ele não parece se importar.

— Nós dois queremos filhos, não é? A gente já conversou sobre isso.

Faço um gesto lento com a cabeça, concordando.

— Quero ter filhos e já conversamos sobre isso, mas você está pensando em termos filhos?

— Isso é parte da evolução de duas pessoas que se amam.

Mais uma vez, concordo.

— É, sim. Acho que só fiquei surpresa.

— Emma. — Ele dobra os joelhos para que possamos ficar cara a cara. — Eu te amo. Não só hoje ou no presente. Eu te amo pelos dias de ontem, de hoje e de amanhã. Todos eles: passado, presente e futuro. Isso não vai mudar.

— Eu também te amo.

— Vamos. Vamos voltar para dentro e socializar. Quero que conheça mais da equipe.

De mãos dadas, voltamos para o hotel e passamos as duas horas seguintes rindo e conversando com seus companheiros de equipe. Luna e eu conversamos por um longo tempo, e ela me lembrou do chá de bebê. É em algumas semanas, quando os caras terão uma semana de folga. Não consigo imaginar ter que organizar a vida em torno de um time de futebol americano profissional, mas é exatamente o que estou fazendo. Na minha cabeça, Landon e eu temos duas vidas muito diferentes, mas a realidade é que fazemos funcionar. Porque queremos que funcione. É uma revelação esclarecedora e faz com que nossa conversa anterior toque ainda mais fundo. Eu quero isso com ele. O futuro, a casa, as crianças. Tudo. Tenho medo de expressar, mas o desejo está bem enraizado na minha alma.

— Acho que a gente deveria ir agora. — Olho para o outro lado do salão, onde Aubrey e Chance estão conversando com Thomas.

— Estava planejando te levar para o meu quarto.

— Você parece um adolescente. — Eu rio.

— Não que eles fossem conferir — ele diz com um sorriso.

— Não, você precisa descansar e não vamos fazer isso com Trent.

— Tudo bem — ele resmunga, bem-humorado. — Obrigado por estar aqui, Emma. Obrigado por me deixar conhecer sua mãe.

— Não há outro lugar em que eu prefira estar.

— Posso pensar em um lugar — ele sussurra, com sua voz rouca enquanto me beija.

— Barker, comporte-se — a voz grave de mais cedo diz atrás de nós.

Posso sentir meu rosto esquentar de vergonha.

— Não posso prometer nada — Landon responde, arrogante como sempre.

— Landon — eu o repreendo, baixinho.

— Emma, foi um prazer conhecê-la.

— O prazer foi meu, sr. Stamper.

— Por favor. — Ele engole em seco. — Me chame de Joseph.

Concordo com a cabeça.

— Landon, me acompanha até a saída? — peço.

— Já que não tem outro jeito. — Ele suspira, fazendo drama, e não consigo esconder meu sorriso.

— Vamos lá, número 18, você precisa do seu sono de beleza.

— Ei! — Ele finge estar ofendido. Ambos sabemos que ele não precisa de sono de beleza. Ele foi presenteado com genes muito bons e não está nem um pouco ofendido.

— Eu estava indo te procurar — Aubrey diz quando nos aproximamos. — Vou ficar aqui hoje à noite. — Ela se aninha no peito de Chance.

— Eu deveria ter sido treinador — Landon se queixa, e todos rimos.

— Vamos, seu bebezão. Me acompanhe até o carro. Aubs, se precisar de uma carona amanhã, é só me ligar.

— O carro da equipe a levará para casa — Chance responde, confiante.

Depois de uma rodada de abraços e despedidas, saímos em direção ao carro da mamãe.

— Tudo bem você dirigir de volta sozinha?

— Eu cresci aqui — eu o lembro. — Vou ficar bem.

— Tranque as portas e me mande uma mensagem. Não... me ligue assim que chegar na casa da sua mãe.

— Landon, vou ficar bem.

— Faça isso por mim, sardentinha.

— Está bem, te ligo quando chegar na casa da mamãe.

— Isso. — Ele concorda com a cabeça, feliz por ter conseguido o que queria. É uma pequena concessão, na verdade. Conversamos todas as noites antes de dormir quando não estamos juntos, então eu teria ligado para ele de qualquer maneira, ou ele para mim.

Chegamos ao carro, e ele me envolve nos braços, me puxando para perto.

— Eu te amo, Emma. Dirija com cuidado.

— Também te amo — murmuro contra seu peito. — Estou um pouco triste por não poder ficar nas arquibancadas torcendo por você no jogo. Parece que vou perder toda a ação.

— Não, você terá os melhores lugares da casa. Temos várias cabines, então não sei bem quem vai ficar com você, mas são todos Trojans, vocês três estarão em boa companhia.

— Vamos ficar bem.

— Sei que vão. — Mais um beijo que me dá um frio na barriga, e ele se afasta para abrir a porta do carro para mim. — Dirija com cuidado. — Ele espera até que eu coloque o cinto de segurança antes de fechar a porta e recuar. Eu me forço a ligar o carro e me afasto.

Nunca quis estar perto de alguém como quero estar com Landon. É como se sua alma chamasse a minha, é diferente de tudo que já conheci. No caminho para casa, penso em como nosso futuro pode ser, e a emoção borbulha em meu peito. Landon e eu vamos conseguir. Nosso futuro é o que fazemos e vejo grandes coisas a caminho.

CAPÍTULO 22

Landon

O treino terminou há duas horas. Os caras se apressaram para sair dali, mas eu fiquei e pratiquei mais algumas rotas com Kaden. Estamos na metade da temporada e invictos. A equipe está entrosada. Estamos nos conectando, e isso aparece dentro e fora do campo.

— Você vai para casa? — Kaden pergunta quando entramos no vestiário.

— Tenho que dar uma passada no escritório antes de ir. Parece que há a correspondência de um fã, um garotinho que está no hospital. Vou assinar algumas coisas para mandar para ele e depois fazer uma visita assim que tiver uma chance.

— Cuidado, seu lado bom moço está aparecendo — ele brinca.

— Deve ser por causa da Emma — respondo.

Ele ri.

— Cretino de sorte, ainda não sei como você a conseguiu. Você e Trent tiraram a sorte grande.

— O que houve? Você está com vontade de sossegar?

— Não, mas se acontecer de eu topar com uma Emma ou uma Luna, não pretendo deixá-las irem embora.

— Sábia decisão.

— Está certo, vejo você no treino amanhã. — Ele acena, e então fico sozinho. Tomo meu banho com calma e me visto. Não preciso ir a nenhum outro lugar. Emma está no trabalho e minha casa parece vazia sem ela. Enfio as roupas de treino na mala, me certifico de que estou com as chaves, carteira e celular e vou até os escritórios.

— Oi, Landon — cumprimenta Sally, a recepcionista. — Preparei tudo para você na sala de conferências menor. Há algumas coisas extras, se precisar, já as teremos em mãos. Pode ir lá.

— Obrigado, Sally.

Volto para o longo corredor e vejo as fotos emolduradas de antigos jogadores e treinadores. Nunca deixo de me emocionar quando caminho por este corredor e penso que sou um dos sortudos. Meu talento e trabalho árduo me possibilitam viver meu sonho. Posso praticar o esporte que adoro por um monte de dinheiro e fazer coisas como assinar camisetas para crianças doentes. Consigo trazer um sorriso para o rosto delas apenas por ser quem sou. É uma lição de humildade.

Jogo a mala em um canto no chão, pego uma das muitas canetas que Sally disponibilizou e começo a trabalhar. Assino dez ou mais camisas e pelo menos o dobro de camisetas antes de assinar algumas bolas. Estou me preparando para começar a assinar a pilha de pôsteres, pelo menos cem, talvez mais, quando a porta se abre. Fico surpreso ao ver a sra. Stamper, esposa do dono do time, parada na porta.

— Landon — ela cumprimenta, entrando na sala como se fosse a dona do mundo.

Acho que nunca a vi sorrir, não um sorriso verdadeiramente genuíno, não como os que recebo de Emma.

— Sra. Stamper.

— Uma palavrinha? — ela indaga, fechando a porta.

Esta é a menor sala de conferências, não há janelas e, de repente, fico nervoso. Bridgett Stamper não é o tipo de mulher que gosta de ouvir "não".

— O que posso fazer pela senhora? — pergunto.

— Vou direto ao assunto. Você precisa terminar com a sua garotinha.

Que. Merda. É. Essa?

— Como é?

— Você me ouviu. Termine.

— Não. — Largo a caneta e cruzo os braços à frente do peito. — A senhora não pode controlar o que faço na minha vida pessoal.

— Ah, mas eu posso. Sabe, não gosto dela. Não a quero por perto. Posso tornar sua vida um inferno, até mesmo negociar você.

— Mentira. Você não comanda a equipe, Joseph comanda. — Fico grudado na cadeira, mesmo querendo sair da porra da sala. Isso é muito fora da realidade. Nunca imaginei uma coisa dessas acontecendo.

— Você está disposto a arriscar sua carreira por uma bunda? — ela zomba.

— Aquela bunda é o amor da minha vida. Pode me ameaçar com a porra que quiser. Não dou a mínima.

— Ah, mas deveria. Sabe, meu marido gosta de me fazer feliz. — Seu dedo indicador, que parece ainda mais comprido com uma unha pintada de vermelho-sangue, desenha uma linha na mesa quando ela se aproxima. Estou fora da cadeira e me movendo para o outro lado da sala antes que ela me alcance. Não quero estar perto dela.

— A senhora nem mesmo conhece a Emma. Como pode odiá-la? — Como alguém poderia? Ela é a pessoa mais gentil e real que já conheci.

— Não gosto da maneira como ela olha para o meu marido.

— Me explique. Como exatamente ela olha para ele? — Eu estava com Emma quando ela conheceu Joseph e Bridgett e, na maior parte do tempo, ela olhou para mim.

— Como se ela pudesse tirá-lo de mim. — Vejo algo nos olhos dela, mas não sei o que é.

— Isso é loucura.

— Eu sei o que vi. Você tem até o final do fim de semana para terminar com ela e anunciar publicamente ou vai se arrepender.

— Vá se foder.

Seus olhos percorrem meu corpo, me fazendo sentir sujo e pronto para outro banho.

— A gente pode providenciar isso também. Eu posso te mostrar como é estar com uma mulher de verdade. — Ela lambe os lábios, e eu quero vomitar.

— Não tem a mínima chance.

— Uma pena, seríamos bons juntos. Mesmo assim, você sabe as condições. Termine com ela ou será negociado. Quanto à sua namoradinha, vou garantir que ela não queira nada com você.

— Vai se foder — repito, porque, quem essa mulher pensa que é?

Ela solta uma gargalhada, um som tão agudo que parece fazer os ouvidos sangrarem.

— Eu dei duro para estar onde estou e não vou deixar você e aquela sua ratinha estragarem tudo. Termine ou então você vai ver. Tem até sábado à meia-noite. — Ela se vira e sai.

Ela se foi tão rápido quanto chegou, e eu fico parado com a boca aberta com sua audácia, a raiva correndo por mim. Estou pouco me fodendo para o que ela diz. Não vou perder Emma. Nem para ela, nem para o seu marido, nem para o time, nem para o futebol. Emma vem primeiro.

É uma revelação surpreendente para mim. Eu sabia que a amava, mas a profundidade dos meus sentimentos não tinha me atingido até este momento. Amo Emma mais do que amo o futebol americano. Fui sincero quando disse que estou pouco me fodendo para o que ela faz comigo ou com minha carreira. Emma é a única coisa na minha vida da qual não vou desistir. Nunca.

Levo alguns minutos para me acalmar. Volto para a pilha de pôsteres e trabalho depressa para rabiscar meu nome e número em cada um deles. Quando o último pôster é autografado, pego minha mala e saio correndo da sala. Sally ainda está em sua mesa e acena para mim, mas não fala nada. Tenho certeza de que a expressão no meu rosto já diz tudo.

Assim que estou no meu SUV, ligo para Emma.

— Oi, como foi o treino? — ela me cumprimenta.

Fecho os olhos, deixo a cabeça descansar no encosto do carro, deixando sua voz me invadir.

— Foi bom. Fiquei mais um pouco e pratiquei algumas rotas com Kaden. Depois tive que assinar algumas coisas, já que recebemos a carta de um fã. — Vou contar sobre a visitinha de Bridgett, mas não por telefone. Preciso dela nos meus braços quando contar, para que ela saiba, para que possa sentir, que não estou preocupado. Preciso que ela veja que, enquanto estiver comigo, minha vida estará completa.

— Você parece cansado — ela comenta.

— O dia foi longo. Como está o trabalho?

— Está indo. Buckwheat está doente, então estamos esperando o veterinário chegar para dar uma olhada nele. Talvez eu não saia a tempo hoje à noite. CJ também está doente, aí falei para a Aubrey que eu ficaria.

— CJ está bem?

— Sim, só um resfriado, mas ele quer a mãe. Tudo bem se eu passar na sua casa quando terminar aqui?

— Você vai ficar comigo? — Viajo pela manhã para Ohio para um jogo fora. Preciso dela nos meus braços esta noite. Me sinto como um animal enjaulado depois da conversa com Bridgett e, por mais que eu odeie, preciso contar a Emma. Não quero esconder nada dela.

— Sim. Só preciso passar em casa e pegar algumas roupas.

— Você não tem o que precisa aqui?

— Não para o trabalho.

— Me manda uma mensagem do que você precisa. Passo aí, pego sua chave e vou buscar as coisas.

— Você não precisa fazer isso.

— Emma, isso coloca você nos meus braços muito mais rápido. Estarei aí em cerca de meia hora. Precisa de alguma coisa? Você almoçou?

— Não, estou bem. Obrigada, amor.

Sorrio com a palavra carinhosa. Ela não a usa com frequência, mas, quando o faz, meu coração dispara.

— Te amo — digo, encerrando a ligação. É incrível como apenas ouvir sua voz e saber que estou a caminho para vê-la pode iluminar o pior dos dias.

Estou sentado no sofá, esperando Emma chegar. Minha casa cheira a espaguete de forno que deixei lá para não esfriar e minha mente está disparada. Quanto mais penso sobre aquela pequena cena de hoje com Bridgett, mais fico irritado. Quem ela pensa que é? Dizendo com quem posso ou não namorar. Obedeço aos termos do meu contrato. Sou um jogador de futebol bom pra cacete. Ela não tem o direito de me dizer o que posso ou não fazer na minha vida pessoal.

O celular toca, e vejo a cara sorridente de Case na tela.

— Oi, cara — respondo.

— Quer tomar uma cerveja?

— Não, mas obrigado. Emma deve chegar aqui logo. Ela teve que trabalhar até mais tarde. Elas estão com um cavalo doente no abrigo.

— Que merda. O que você tem? Sentindo falta da sua garota?

— Sempre, mas não é esse o problema.

— Quer me atualizar?

Conto tudo sobre a manhã, incluindo meu discurso inflamado sobre como ela não tem esse direito. Quando termino, estou com a respiração pesada e os punhos cerrados ao lado do corpo.

— Foda-se ela. — Case ferve de raiva. — Ela não pode fazer isso. Você precisa dizer para o treinador Neil o que está acontecendo. Você não vai querer que essa merda te prejudique depois.

— Eu sei. Preciso contar para Emma também.

— Porra, talvez você devesse ir direto para o próprio Stamper. Espere, talvez até levar o treinador junto, por segurança. Não acredito nessa mulher. Essa vadia é suspeita pra caralho. Dá pra ver nos olhos dela. Stamper parece um cara confiável. Não passei muito tempo com ele, mas os dois não se parecem em nada.

— Concordo. Realmente não pensei muito além de contar para Emma.

— Ela vai surtar, né? Tentar se afastar de você e essas merdas para salvar sua carreira. Ela é esse tipo de mulher, coloca aqueles que ama em primeiro lugar.

— Você acha que ela vai fazer isso?

— Acho. — Não há hesitação na sua resposta.

— Porra, agora não quero contar mesmo. Sei que ela vai ficar preocupada com minha posição, vai ficar com raiva por mim, mas nunca pensei que terminaria comigo por causa disso.

— Ela é uma das boas, Barker. Gentil, altruísta. Não a conheço muito bem, mas posso ver isso nela. Não estou dizendo que seria para sempre, ou mesmo que ela conseguiria, mas sei que ela tentaria.

— Merda. Vou te dizer, Case, se eu perder Emma por causa disso, cabeças vão rolar.

— Fique calmo, Incrível Hulk. Fale com o treinador. — Enquanto ele diz isso, ouço a porta da frente se abrir.

— Ei, Emma acabou de chegar. Vejo você amanhã.

— Fale com o treinador — ele repete antes de desligar.

— Ei, como está o Buckwheat? — pergunto, encontrando Emma no corredor. Ela parece exausta. Pego sua mão, a levo para a sala de jantar e puxo uma cadeira para ela.

— Ele tem mieloencefalite protozoária equina.

— Facilite para mim, sardentinha. — Ela ri, e era o que eu esperava.

— Também é chamada de doença do gambá. É quando os cavalos entram em contato com fezes de gambás e isso afeta o sistema neurológico.

— Parece sério.

— E é. Se identificado cedo o suficiente, a maioria dos cavalos se recupera, pelo menos foi o que o veterinário disse. Mas o Buckwheat é velho. Ele tem vinte anos, então isso será um fator importante também.

— Quando você vai saber se ele está fora de perigo?

Ela suspira profundamente.

— Com sorte, vamos ter uma melhora pela manhã. O veterinário vai voltar para dar outra injeção.

— Posso fazer alguma coisa?

— Não, mas agradeço sua disposição em ajudar. Que cheiro bom é esse?

— Fiz espaguete de forno.

— Estou morrendo de fome.

— Perfeito. Fique aí que já faço um prato para você.

— Deixe que eu faço — ela diz quando seu celular toca. Ela o tira do bolso. — É a Aubrey.

— Atenda. Já volto. — Beijo o canto de sua boca e vou para a cozinha fazer os pratos. Depois de colocar um prato para ela e outro para mim na mesa, volto para a cozinha. Pego uma garrafa de água para mim e, para Emma, sirvo uma taça de seu vinho favorito. Quando volto para a sala de jantar, ela ainda está ao telefone, mas está comendo o espaguete. Ela murmura "obrigada" quando coloco o vinho a sua frente.

— Sim, o veterinário disse que há cinquenta por cento de chance de recuperação por enquanto. Identificamos cedo, o que é bom. Agora é só esperar para ver — ela explica para Aubrey. — Ah, e antes que eu esqueça, ele pediu para te dizer que volta na próxima semana para os exames dos outros animais e que, se você quiser trazer Pixy, planeje para quinta-feira.

Ainda não consigo acreditar que Aubrey e Chance têm um bode de estimação. Um bode que, pelo visto, desmaia, pelas histórias que ouvi. É estranho, mas cada um na sua. Porra, se Emma quisesse um bode de estimação, eu moveria céus e terra para conseguir um para ela. Só posso imaginar que esse foi o raciocínio exato de Chance quando se tratava de Aubrey. Não há nada que um homem não faça pela mulher que ama.

Incluindo desistir de sua carreira. Espero que não chegue a esse ponto. Não acho que Bridgett tenha esse tipo de influência. Case está certo. Falar com o treinador é a melhor escolha, e vou esperar para contar a Emma até falar com ele. Não quero preocupá-la e, francamente, quero ter mais informações sobre o que Bridgett pode ou não fazer. Não quero dar a Emma a chance de se afastar.

— Ok. Dê um abraço no CJ por mim. Te vejo amanhã. — Ela coloca o celular na mesa e pega sua taça de vinho. — Obrigada. — Ela a ergue antes de tomar um gole. — Desculpe. Ela queria uma atualização sobre o Buckwheat.

— Sem problema. Espero que ele fique bem.

Há tristeza em seus olhos.

— Eu também. Se não funcionar, se ele não responder aos tratamentos, vamos ter que sacrificá-lo. — Sua voz falha.

— Pense positivo.

Ela concorda com a cabeça.

— A propósito, isso está incrível.

— Que bom. Coma. Temos planos para depois do jantar.

— Landon, eu realmente só quero relaxar. — Seus ombros caem, como se ela estivesse desapontada por ter algo mais adicionado a seus planos para a noite.

— Ótimo. É exatamente isso que a gente vai fazer. Então, coma.

Um lento sorriso surge em seus lábios.

— Eu te amo. — Suas palavras são suaves, mas o significado não menos poderoso.

Me inclinando sobre a mesa, eu a beijo.

— Eu também te amo.

CAPÍTULO 23
Emma

— Vá relaxar no sofá enquanto eu limpo.

— Posso ajudar. — Me levanto da mesa para pegar meu prato, mas sua mão sobre a minha me impede.

— Eu cuido disso, Emma. Agora, vá se sentar.

Faço o que ele pede, porque estou mentalmente exausta e conheço Landon – ele não vai me deixar ajudar. Perder tempo discutindo não vai adiantar nada. Pouco tempo depois, ele está estendendo a mão para mim.

— As sobras estão na geladeira. Você vai ficar aqui enquanto eu estiver fora, não é?

— Vou, a menos que você não queira.

— Eu quero você aqui. — Sua voz é firme; sua decisão, final. Não que eu esperasse algo diferente. — Ótimo. Você pode comer as sobras enquanto eu estiver fora. Preparei uma marmita para você levar para o seu almoço amanhã.

— Landon Barker, ah, se os seus fãs pudessem ver você agora, sendo todo doméstico, fazendo meu almoço.

— Ah, é? Você acha que isso ajudaria minha imagem?

— Não acho que você precise de ajuda nesse departamento, número 18.

— Ei, você me apelidou mesmo de cretino de sorte, afinal — ele brinca.

— Bem, e você não é? Você está aqui comigo agora — provoco.

— Com certeza sou — ele concorda. Empurra a porta do quarto e não para até estarmos no banheiro. — Tire a roupa, linda. — Sua voz é suave, mas rouca. Ele se abaixa na enorme banheira vitoriana e abre a água.

— Você está preparando um banho para mim? — pergunto, meu coração derretendo em uma poça aos meus pés.

— Estou preparando um banho para *nós* — ele corrige, tirando a camiseta e a deixando cair no chão.

Antes que eu perceba, estamos nus, e Landon entra na banheira, estendendo a mão para mim. Entro e fico à sua frente. Ele se acomoda, se encostando na banheira.

— Sente-se — ele diz, abrindo as pernas para eu me juntar a ele. Não perco tempo para me sentar e me encostar em seu peito. A água quente nos acalma e seus braços me envolvem.

— Como você sabia que era disso que eu precisava?

— Um banho?

— Não. Você.

— Porque eu preciso desse tempo com você também. Odeio te deixar quando temos jogos fora de casa.

— Eu sei, mas a temporada está na metade. Estamos quase lá.

— Sim, você pode tirar uma folga do trabalho? Talvez possamos fazer uma viagem quando a temporada acabar. Algum lugar tropical onde eu possa ver você em pequenos pedaços de pano o dia todo.

— Eu realmente não faço isso em público.

— Claro que não, estou falando de praia particular. De jeito nenhum vou deixar outro homem te cobiçar. Porra, para ser honesto, nem precisamos de roupa de banho. Vamos só ficar deitados nus na cama o dia todo.

— Você acha mesmo que poderia fazer isso? Passar uma semana só deitado na cama.

— Ah, mas você perdeu um ponto-chave. Dois, na verdade.

— O que seria?

— Eu disse *nu* com *você*.

Eu rio.

— Então, você acha que você e eu poderíamos ficar nus na cama por uma semana?

— Acho. — Não há hesitação em sua resposta.

— Sério? Você não ficaria entediado?

— Não se eu estiver com você.

— Ah, você está tão meloso hoje. — Pensando bem, ele está agindo de maneira estranha. Eu me viro e olho para ele. — Tudo bem?

— Sim, apenas apreensivo de deixar você. Fica mais difícil a cada viagem.

— Tem certeza de que é só isso?

Ele concorda com a cabeça.

— Algumas coisas que preciso falar com o treinador sobre o meu contrato, mas nada que me preocupe. Só estou com muita coisa na cabeça.

— A que horas seu voo sai amanhã?

— Às nove, então vou levantar e sair antes de você ir para o trabalho.

— Por que tão cedo?

— Não sei. O horário que viajamos sempre varia. Depende do avião fretado e dos horários do piloto.

— Faz sentido, acho. Não consigo imaginar ter que coordenar todos esses horários.

— O que você vai fazer enquanto eu estiver fora?

— Trabalhar. Preciso lavar roupa, então vou para minha casa por um tempo. Dependendo do que acontecer com Buckwheat... — Minha voz some. Não posso imaginar ter que sacrificá-lo. Rezo para que a medicação faça efeito.

Ele segura meus seios.

— Você vai sentir minha falta? — pergunta com uma voz rouca.

— Sempre.

Inclino a cabeça para trás e encosto em seu peito, fecho os olhos e desfruto de suas mãos percorrendo meu corpo. Quando seu toque se move para baixo e seus dedos deslizam para dentro de mim, minhas costas arqueiam, me fazendo empurrar a bunda no seu pau duro.

— Eu preciso de você, Emma.

Suas palavras estão cheias de determinação e desejo. É um lado dele que nunca vi antes. Ele parece quase desesperado para me possuir.

— Sou sua. Faça o que quiser comigo.

— Levante-se — ele rosna.

Faço o que ele pede e me levanto. Ele sai e estende a mão para mim. Eu a pego, deixando-o me ajudar a sair da banheira. Espero que ele me entregue uma toalha, mas em vez disso ficamos de pé, pingando água por todo o chão, nossos peitos arfando com o desejo surgindo entre nós.

Ele dá um passo e depois outro até estar perto de mim. Estendendo a mão, ele abre a gaveta e pega uma camisinha. Em segundos, a coloca em seu pau duro.

— Emma — ele diz, se aproximando para ficar na minha frente.

— Me possua, Landon. — Era tudo o que eu precisava dizer para que ele perdesse o controle.

— Braços em volta do meu pescoço — ele comanda, sua voz grave. Fazendo o que ele pediu, coloco as mãos atrás de seu pescoço, e, com as mãos nos meus quadris, ele me levanta. Envolvo as pernas em volta dele e seguro com força. — Me diga pra parar se eu for muito rápido. Se eu te machucar, me diga para parar.

— Vai com tudo. — Eu sorrio, e ele ri, um som que estremece seu peito.

— Estou indo fundo — ele diz enquanto empurra para dentro de mim. Então fica imóvel, me dando tempo para me ajustar a ele. Ele me beija, e é suave e gentil. Nada como o fogo que está em seus olhos azuis me encarando, ou seus avisos de que, se for muito, ele vai parar. Quando interrompe o beijo, ele lentamente tira e empurra de volta. Só que, dessa vez, ele não para. Várias vezes, com os pés plantados no chão, ele enfia em mim. Tudo o que posso fazer é me segurar, enquanto meu corpo o tem mais fundo do que nunca.

Inclino a cabeça para trás quando um orgasmo me atravessa. Meu corpo treme, minhas pernas o apertam com força e minhas unhas cravam em seu couro cabeludo.

— Landon! — grito seu nome, enquanto a faísca que ele acendeu no meu interior se espalha por todo o meu corpo.

— Porra, você está me apertando — ele diz com um grunhido e para, soltando um rugido ao gozar dentro de mim.

Envolvo os braços ao seu redor, enterrando o rosto em seu pescoço. É como se eu tivesse tido uma experiência fora do corpo. Meu corpo ainda está tendo espasmos. Nunca senti nada tão intenso.

Nunca.

— Você está bem, linda? — ele sussurra.

— Acho que você me matou. Da melhor maneira — respondo, porque sei que ele vai se preocupar em ter me machucado. — Não tenho certeza do que foi, mas a gente pode fazer isso mais vezes, em breve. Ok? — pergunto, batendo em seu ombro.

Ele joga a cabeça para trás e ri, fazendo com que eu erga a minha. Seus olhos azuis número treze, como Aubrey os chamaria, estão brilhantes e o que quer que estivesse o atormentando se foi. Pelo menos por ora.

— Agora preciso de um banho.

— Eu também. — Sem me colocar no chão, ele vai até o chuveiro e abre a água. — Você fica linda assim — ele diz, olhando nos meus olhos. — Amo que sou o único que pode te ver desse jeito. Suada e saciada, os olhos vidrados por causa do meu pau.

— Humilde, hein? — provoco.

— Te dar prazer faz eu me sentir o máximo.

— Você está com tudo hoje com toda essa doçura.

— Apenas me certificando de que você sabe o que significa para mim. Te deixar bagunça minha cabeça — ele admite. — Odeio não estar aqui com você e não quero que questione meu amor. É profundo, Emma. Do fundo da minha alma. E é tudo para você.

— Eu também te amo. — Beijo sua bochecha, e ele nos leva para o chuveiro sob o jato quente. Ele me coloca em pé com cuidado e desaparece para se livrar da camisinha. Ele volta rápido e tira o xampu das minhas mãos para lavar meu cabelo. Suas mãos percorrem meu corpo e as minhas o dele enquanto lavamos nossos corpos do dia que passou e do amor que fizemos. Era isso mesmo. Não importa o quão forte ou rápido, não importa o quão suave ou lento, não há nada além de amor entre nós. Posso sentir. Bem como ele disse: é profundo na alma como se ele fosse parte de mim. Não vejo isso mudando.

Depois do banho, vamos para a cama. Aconchegada perto de seu peito, caio em um sono tranquilo.

Pela manhã, acordo em uma cama vazia. Há um bilhete ao meu lado em seu travesseiro, onde ele deveria estar, com nada além de "Eu te amo. L" escrito. Já sinto sua falta e gostaria que ele tivesse me acordado para dizer que já estava indo. Saio da cama e vou ao banheiro. Prendi meu cabelo molhado e está bagunçado como se eu tivesse trepado muito e, de certa forma, foi isso mesmo. Dou risada sozinha. Meu celular toca, e corro de volta para o quarto para atender, esperando que seja Landon, e estou com sorte.

— Oi, já estou com saudade — eu o cumprimento.

— Droga, Emma, essa é uma saudação e tanto. Eu também estou, linda. Estamos nos preparando para decolar. Só queria te desejar um bom dia.

— Você deveria ter me acordado.

— Que nada, você parecia um anjo dormindo na minha cama. Não tive coragem de te acordar. Não sei quando vou conseguir entrar em contato de novo. Mando uma mensagem quando pousarmos. Me mantenha informado sobre o Buckwheat.

— Pode deixar. Bom voo.

— Te amo — ele responde e encerra a ligação.

Termino de me arrumar, coloco um bagel na torradeira e pego o recipiente com espaguete que Landon preparou para o meu almoço. Quinze minutos depois, estou no carro indo para o trabalho.

— Bom dia — Aubrey me cumprimenta quando chego ao abrigo.

— Buckwheat? — pergunto. — Vi a caminhonete do veterinário lá fora.

— Sim, ele está lá agora — ela diz, tomando um grande gole de café.

— Noite difícil?

— Pode-se dizer que sim. — Ela sorri. — Odeio quando eles estão fora da cidade e a primeira coisa que CJ fez hoje de manhã foi perguntar pelo pai. Talvez a gente ficasse bem só com as vendas dos pôsteres de bunda... — ela reflete.

Apenas sorrio e balanço a cabeça.

— Eu te entendo. Embora não tenha um filho com saudades do pai.

— Ainda não.

Sorrio.

— Talvez um dia. As coisas estão indo muito bem para a gente.

— Isso é visível. Esse homem é louco por você, Emma.

— O sentimento é mútuo.

— Você vai assistir ao jogo no domingo? — ela pergunta.

— Sim. E você?

— Vamos. Por que você não vai lá em casa e assiste comigo e com CJ? Ele adoraria te ver.

— Claro. O que vamos comer? Petiscos? Quer que eu compre pizza e frango frito?

— Pizza e frango frito, assim nenhuma de nós precisa cozinhar. Bem, vou fazer uns biscoitos ou algo assim. Aqui. — Ela pega a bolsa. — Vou te dar dinheiro antes que eu esqueça.

— Não. Eu pago. Queijo para CJ?

— Isso mesmo. Um dia essa criança vai comer mais do que apenas queijo na pizza.

— Deixe comigo.

— Olá — uma voz grave chama. Aubrey e eu vamos para a recepção para cumprimentar o veterinário. — Ele está respondendo à medicação, mas ainda não está fora de perigo. Dei outra dose e passo amanhã para dar mais uma. Alguma de vocês vai estar aqui?

— Eu vou — digo.

— Ótimo. Amanhã antes de sair passo aqui para te atualizar.

— Obrigada, George — Aubrey e eu falamos ao mesmo tempo.

— Ah, e obrigada por avisar sobre a próxima semana. Pixy precisa de um check-up. — Aubrey dá a ele um sorriso largo.

Ele balança a cabeça e sorri.

— Você que manda, chefe. Tenham uma ótima noite, garotas.

George tem sessenta e poucos anos e ainda não acredita que Aubrey e Chance tenham um bode como animal de estimação. Não é o bode que o surpreende. É o fato de eles deixarem o bode morar dentro de casa e até o levarem para passear na coleira.

— Ele ainda acha que você é maluca.

— Eu sei. Adoro. Claro, Pixy não é um animal de estimação convencional, mas a maneira como nos conhecemos e nos apaixonamos também não é.

— A vida é o que você faz dela. Além disso, CJ adora o Pixy. Agora, o que temos para hoje?

— Só limpar gaiolas e alimentar os animais. Graças à feira de adoção, ainda não estamos lotados, então não deve demorar tanto. — Muitos dos animais conseguiram lares. — Achei que a gente poderia trabalhar juntas em vez de nos separarmos hoje.

— Sim! Já faz muito tempo que não fazemos isso. — Assim que falo, a campainha da porta soa. Olho para cima e meu queixo cai. — Mãe? O que você está fazendo aqui? — Saio de trás do balcão para dar um abraço nela.

— Queríamos fazer uma surpresa para você.

Eu me viro e olho para Aubrey.

— Sua fingida.

Ela levanta as mãos.

— Adoraria levar o crédito por isso, mas não fui eu. Eu não sabia de nada.

— Landon — mamãe diz.

— Sério? — pergunto, e minha voz desafina.

— Ele me ligou outro dia e disse: "precisamos te trazer para Hermosa Beach com mais frequência". Eu concordei e aqui estou.

— Não acredito que ele fez isso. — Volto a abraçá-la.

— Ele disse que vamos ficar na casa dele? — ela indaga, erguendo a sobrancelha e me dando um olhar que só uma mãe pode dar.

Meu rosto esquenta.

— Sim, ele gosta de saber que estou lá enquanto ele está fora.

— Esse homem está na coleira — Aubrey entra na conversa com uma risada.

— Ah, deu para perceber. Ele foi insistente para que eu viesse — mamãe concorda. — Então — ela muda de assunto —, quais são os planos para o fim de semana?

— Bem, eu trabalho o fim de semana todo aqui e ia na casa da Aubrey assistir ao jogo no domingo.

— Amanhã você só está aqui até o meio-dia — Aubrey corrige.

— Perfeito. Adoraria vir junto e ver o que minha filhinha faz todos os dias. Na maioria das vezes que venho você tira folga. Pode ser? — Ela se vira para olhar para Aubrey. — Você se importa?

— Claro que não.

— Bem, garotas, temos trabalho a fazer. Vou colocar suas malas no escritório.

Mamãe nos ajuda durante o resto do dia e, com um terceiro par de mãos, o trabalho é feito ainda mais rápido. Terminamos tudo até a hora do almoço.

— Vocês duas podem ir para casa. Passem um tempo juntas.

— Podemos ficar — mamãe diz a ela.

— Não. Eu insisto. Você virá amanhã. Eu me voluntariaria, mas com o CJ fica difícil fazer qualquer coisa quando estou aqui sozinha com ele.

— Sem problema, está tudo bem — asseguro a ela.

— Vão colocar o papo em dia.

— Me ligue se precisar de mim. Posso voltar.

— Está tudo certo. Agora vá. — Após uma rodada de abraços, mamãe e eu pegamos a bagagem e saímos. Pensei que já teria notícias de Landon, mas nada ainda. Mando uma mensagem para ele agradecendo por trazer minha mãe. Ele pode lê-la quando aterrissar. Mamãe e eu dirigimos para o prédio dele, e meu coração está pleno. Transbordando de amor pelo meu número 18.

CAPÍTULO 24

Landon

Fiquei com os fones de ouvido fingindo dormir durante todo o voo. Estou exausto, mas nem assim o sono veio. Penso em Bridgett e suas ameaças e fico ainda mais puto. Case está certo, devo falar com o treinador Neil, e já mandei uma mensagem dizendo que, assim que ele tiver um tempo livre, preciso falar com ele. Só espero que seja assim que aterrissarmos. Essa merda está me comendo por dentro e estou prestes a explodir. Será impossível me concentrar no jogo quando tudo o que sinto é raiva pelo que ela pensa que pode fazer. Essa é a pior parte. Eu realmente não sei se ela tem esse tipo de influência. Se tiver, e Emma não puder ficar comigo, acho que vou me aposentar mais cedo. Só o pensamento me faz cerrar os punhos. Por que ela tem o poder de ditar quando eu paro de jogar? Merda, também há Emma e minha conversa com Case. Não vou deixá-la se afastar. Preciso contar para ela. Eu disse que sempre seria honesto, mas, droga, ela teve um dia tão ruim, e eu não queria acrescentar esse drama desnecessário.

Que bagunça do caralho.

Pego um lugar na frente de um dos ônibus que nos levam do aeroporto ao hotel. Não estou a fim de ser sociável. Case se joga no assento ao meu lado, me fazendo gemer.

— Falou com ele? — pergunta, mantendo a voz baixa.

— Não. Mas ele sabe que quero conversar na primeira chance que tiver.

Nesse momento, o treinador Neil sobe no ônibus e se senta à nossa frente.

— Quando chegarmos ao hotel e todos pegarem suas chaves, a gente conversa — ele diz baixinho.

Concordo com a cabeça e me recosto na cadeira.

— Quer que eu vá com você?

— Não, mas obrigado. — Case e eu jogamos juntos na faculdade e somos unha e carne desde então. Sei que ele sempre me defende, mas, em relação a isso, tenho a sensação de que, quanto menos pessoas envolvidas, melhor. Claro, ele sabe, mas não o quero muito envolvido e com seu contrato comprometido. Não quero que Bridgett o destrua também, se for dessa maneira que isso vai acabar.

Quarenta e cinco minutos depois, estou andando de um lado para o outro na suíte do treinador Neil. Acabei de contar tudo, e ele está sentado no sofá me olhando.

— Diga alguma coisa — peço, passando as mãos pelo cabelo.

— É besteira. Joseph não deixa que ela se envolva com a equipe. Posso quase garantir que ele não sabe de nada sobre isso.

— Por que diabos ela está atrás de mim? E Emma? Você a conheceu. Ela é a pessoa mais gentil e doce que existe. Eu não entendo.

— Landon, seu contrato te garante estabilidade. Você tem uma cláusula que impede sua negociação.

— Eu sei disso, mas, droga, eles têm a equipe jurídica dos Trojans para apoiá-los. Quem sabe de que tipo de merda de violação de contrato ela vai tentar me acusar. — Ele puxa o celular do bolso e clica na tela, colocando-o no ouvido. — O que você está fazendo? — pergunto, e ele levanta o dedo indicador, sinalizando que preciso dar a ele um minuto.

— Oi, Stamper — ele o cumprimenta pelo sobrenome. — É o treinador Neil. Quando chegar, gostaria de falar com você. Em particular. Me ligue. — Ele desliga o celular. — Ele vai ligar. Joseph é um bom homem.

— Achei que ele fosse mesmo, ainda acho, mas a esposa dele é a maldita Bruxa do Oeste. O que ele vê nela?

— Não sei, mas eles são completamente diferentes. Vamos descobrir a verdade, Landon. Eu te garanto.

Concordo com a cabeça.

— Ok. Acho que tudo o que podemos fazer é esperar. Vou voltar para o quarto. Ela disse até sábado meia-noite, então o relógio está correndo. Não estou preocupado comigo. É a ameaça de que ela vai fazer Emma me odiar que me preocupa. Eu não poderia viver com isso. Posso abrir mão de jogar, mas não vou desistir dela.

Ele assente.

— Vou cuidar disso.

Não tenho outra escolha a não ser acreditar nele.

— Obrigado. — Saio sem dizer mais nada e entro no quarto compartilhado com Trent. Ele está ao telefone com Luna, e é então que me lembro de que não avisei Emma que aterrissamos. Pego o celular e vejo uma mensagem dela. Estive tão envolvido em minha raiva que nem percebi.

Emma: Eu te amo, sortudo. Muito obrigada por trazer minha mãe. Não sei dizer o quanto isso significa para mim. Você é incrível.

Meu coração se expande lendo suas palavras. Não há nada que eu não faria para deixá-la feliz. Nada. Começo a enviar uma mensagem e decido que preciso ouvir sua voz. Ligo, e ela atende no primeiro toque.

— Landon. — Ela parece feliz e, pela primeira vez hoje, sinto que me livro um pouco da raiva.

— Oi, sardentinha. Surpresa boa?

— Você já sabia que seria. Não acredito que fez isso.

— Eu disse que a gente precisava fazer com que ela visitasse com mais frequência. Talvez possamos até fazer com que ela se apaixone e se mude para mais perto.

— Bem que eu gostaria. Como foi o seu voo?

— Sem intercorrências.

Ela ri.

— Bem, isso é sempre bom, acho. Você parece cansado.

— Sim, não dormi muito ontem à noite. Nunca durmo quando tenho que te deixar.

— Lá vem você de novo — ela fala com delicadeza. — Dizendo essas palavras doces que me fazem derreter.

— Estou sendo sincero, Emma. Todas as vezes. Você é o amor da minha vida. — Sinto que estou exagerando um pouco agora, mas, droga, quero que ela entenda. Ela precisa entender que isso é real para mim. Eu deveria contar. As palavras estão na ponta da língua. Preciso contar, mas não assim. Não por telefone e não até falarmos com Stamper. Quando eu chegar em casa na segunda-feira, vou contar tudo enquanto ela estiver em meus braços, de onde não pode correr ou se afastar. Case do caralho, espero que ele esteja errado.

— É o Landon? — Ouço Caroline perguntar. — Diga para ele que mandei um oi.

— Mamãe disse oi.

— Diga para ela que eu disse olá. O que vocês duas vão fazer hoje?

— Vamos para a praia. Pegar uma comida para jantar. Só ficar juntas.

— Vão ficar na minha casa, não é?

— Sim, estamos aqui agora.

— Ótimo. Preciso descer para uma reunião de equipe. Te ligo antes de dormir. Te amo, Emma. — Quase engasgo com as palavras.

— Te amo. — Sua voz é alegre quando a linha fica muda.

Preciso acabar com isso. Odeio essa sensação de não saber o que vai acontecer. Odeio estar tão longe dela. Acima de tudo, odeio Bridgett Stamper de verdade. Simplesmente não consigo entender por que ela odeia Emma. Um encontro que durou apenas alguns minutos e elas só disseram olá... Aonde ela quer chegar com isso? Não consigo entender mesmo.

Como se as coisas não pudessem piorar, o voo de Joseph atrasou. Ele fretou um avião e, pelo visto, aconteceu algo com o motor, então ele não conseguiu chegar antes de hoje. Sábado. O prazo que Bridgett deu para eu anunciar publicamente o término com Emma. O que me recuso a fazer. As consequências que se danem.

Toda a equipe está na área de refeições privativa, jantando. Hoje foi um dia preguiçoso, como o treinador o chama. Pela manhã, repassamos as gravações, mas, fora isso, é um dia de relaxar no hotel para descansarmos para o jogo de amanhã. Devorei um frango grelhado com vegetais, mas nem senti o sabor.

Meu tempo está acabando. Ela disse meia-noite e já são quase oito horas. Não sei se ela estava blefando ou falando a verdade. Algo me diz que foi um blefe, mas é arriscado não a levar a sério. Só espero que o sr. Stamper possa lidar com isso com discrição.

— Landon. — O treinador Neil aparece ao meu lado. — Tem um minuto? — ele pergunta.

— Claro, treinador. — Olho para Case do outro lado da mesa, e ele me dá um aceno sutil. Trent faz o mesmo. Não aguentei e contei para ele ontem à noite. Eu estava ficando inquieto, e, já que estamos no mesmo quarto, ele sabia que algo estava acontecendo. Sei que me apoiam, mas, no fim das contas, é Joseph Stamper que preciso ter do meu lado. Se o treinador Neil estiver certo, ele estará.

Em silêncio, o treinador Neil e eu entramos no elevador. Nenhum de nós fala no trajeto até o último andar do hotel. Vou atrás dele e o espero bater na porta.

— Entrem — Joseph diz. — Sentem-se. — Quero dizer a ele que vou ficar em pé, mas não preciso irritá-lo. Quero que ele fique do meu lado. — O que está acontecendo, Neil? — ele pergunta.

— Vou deixar Landon te contar.

Então, conto a história novamente. Me certifico de manter a raiva sob controle, sabendo que estou falando sobre sua esposa. Eu o olho nos olhos ao contar a conversa que ela teve comigo. Quando termino, minhas mãos estão cerradas, e ele parece... culpado?

— Não me importo com as ameaças, não vou terminar meu relacionamento com Emma. Se eu tiver que desistir da minha carreira, então que assim seja.

— Espere, calma aí. — Ele ergue a mão e se levanta do sofá. Agora estamos cara a cara. — Você não vai desistir da sua carreira e não vai deixar Emma. — O nome dela é falado com reverência. — Sei por que Bridgett está te ameaçando e temo que seja minha culpa.

— Explique — digo com os dentes cerrados. Se ele deu em cima dela, vou matá-lo. Por que ela não me contou? Há um milhão de hipóteses passando pela minha cabeça.

— Sente-se.

— Estou bem. — Cruzo os braços e endireito os pés. Não vou ceder. Não dou a mínima para quem ele é. — Explique — repito.

— Depois que vi você pular o muro e suas fotos com Emma estavam por toda parte, percebi que ela me parecia familiar.

— Você já disse isso — falo, me lembrando de nossa conversa.

Ele assente.

— Sabe, houve uma mulher. Cabelo escuro, lindo, grandes olhos verdes. Ela se parecia muito com a Emma. Ficamos juntos por uma semana durante as férias de primavera. Fomos inseparáveis naquela semana, e eu ia pedir para tentarmos um relacionamento a distância até que pudéssemos resolver como faríamos. Ela era incrível, vibrante e cheia de vida. Em apenas seis dias, eu me apaixonei completamente. Eu sabia que ela era o amor da minha vida. Queria me empenhar e fazer funcionar. Nossa última noite juntos foi... uma que revivo todos os dias da minha vida. De manhã, ela tinha ido embora. Não deixou nada além de um bilhete, agradecendo a semana incrível e dizendo que nunca me esqueceria. Foi então que percebi que não sabia o sobrenome dela. Ela também não sabia o meu. Meu pai era o dono do Hermosa Beach Trojans, e eu já estava farto de mulheres vindo atrás de mim pelo que achavam que poderiam conseguir. Eu só queria ser o Joseph. Foi quem eu fui com ela. Apenas eu mesmo.

— O que isso tem a ver com Emma? Além da semelhança? Bridgett acha que você quer ficar com minha namorada?

— Não. — Ele balança a cabeça. — Quando vi a Emma, todos esses sentimentos vieram ainda mais fortes. Falo sério quando digo que não se passou um único dia sem que eu não pensasse naquela mulher e no tempo em que estivemos juntos. Eu estava arrasado. Quando cheguei em casa, meu pai me informou que estava doente e que era hora de eu assumir a direção da equipe. Ele queria que eu me estabelecesse como um homem de família, e tudo que eu queria era minha garota da praia. Bridgett era amiga da família. Crescemos juntos. Nossos pais eram melhores amigos. Certa noite, enquanto eu ficava muito bêbado pensando na vida, Bridgett apareceu. Fizemos um pacto. Um casamento de conveniência. Ela seria minha esposa e, em troca, teria a vida de luxo que ser casada com um Stamper traz. Quanto a mim, não precisava me preocupar em me apaixonar de novo, algo que sabia que nunca aconteceria. Eu sabia que não haveria mais ninguém para mim.

— Então, seu casamento é de conveniência?

— Sim. Eu gosto da Bridgett, mas não a amo, não como um homem deveria amar sua esposa. Não como você ama a Emma.

— Ainda não entendo — o treinador Neil fala. — O que isso tem a ver com o Landon e Emma?

— Quando vi Emma, tudo veio à tona. Decidi que queria tentar encontrar o amor da minha vida. Contratei um investigador particular. Eu não tinha muita informação, mas ainda tinha uma foto da Emma e outra de uma cabine fotográfica de anos atrás. — Ele enfia a mão na carteira e pega uma pequena tira que contém duas imagens. — Ela está com as outras duas — ele diz, entregando-as para mim.

Fico boquiaberto.

— Meu Deus. Elas são muito parecidas. — Estudo a imagem desgastada, imagino que dos anos sendo carregada em sua carteira.

— Eu a encontrei, Landon. — Ergo os olhos para vê-lo me observando de perto. — Encontrei minha Caroline.

Levo um minuto para registrar o que ele está dizendo e então compreendo.

— Puta merda, a mãe da Emma?

Ele assente.

— Sim. Caroline Deaton. — Ele diz o nome dela com tanta reverência que até eu posso sentir o que ela significa para ele. — Só posso supor que Bridgett encontrou meu arquivo e juntou dois mais dois. Não tentei esconder. Nosso casamento é de amizade. Por que você acha que nunca tivemos filhos?

— Você está casado há quanto tempo? Vinte anos?

— Vinte e cinco.

— E você... se absteve de sexo todo esse tempo?

— Não, mas fiz uma vasectomia que a irritou.

— Puta merda. Então Bridgett quer que Emma suma, pensando que, se ela estiver por perto, a mãe também estará e que você vai se divorciar dela.

— Sim. Ela assinou um acordo pré-nupcial, por isso ela será bem-cuidada. Mas temo que haja mais.

— O que seria?

— Landon, tenho motivos para acreditar que Emma... é minha filha.

Me sento no sofá, minhas pernas não mais capazes de me manter em pé.

— A linha do tempo se encaixa.

— Porra. Entendo. Tudo faz sentido para mim agora. — Fecho os olhos e respiro fundo. — Posso ter certeza de que não vou ser negociado?

— Não. Não vai.

O alívio toma conta de mim, mas ainda há um problema que preciso resolver.

— Ela me deu até a meia-noite de hoje.

Ele assente. Vejo quando ele pega o celular e tenta ligar para ela.

— Correio de voz — ele murmura antes de enviar uma mensagem.

— Tenho que avisar a Emma.

— Espere. — Há pânico em sua voz. — Não quero que elas descubram dessa maneira. Não sei se sou o pai dela, mas quero ser, e não é assim que quero que a notícia seja recebida.

— Tudo bem. Mas ainda assim vou avisá-la. — Pego o celular no bolso e ligo para Emma.

— Oi, sortudo, estava pensando em você.

— Ah, é? — pergunto, meu coração desacelerando com o som de sua voz.

— É. Comprei almofadas para a sua sala hoje para animar um pouco este lugar. — Ela ri. — Espero que não se importe. Se não gostar, levo para minha casa.

— Não, linda. Não me importo. Faça o que quiser. O que importa é que você esteja aí.

— Ahhhh. — Ouço Caroline ao fundo.

— Eu deveria ter dito que estou no viva-voz.

— Não me importo com quem saiba o quanto te amo, Emma. Inclusive a sua mãe. Estou feliz que estejam aproveitando um tempo juntas. Olhe, tem algo acontecendo. Não quero que se preocupe, mas uma fã louca está começando boatos de uma negociação e sabe-se lá mais o quê. Não é verdade.

— Tuuudo bem — ela diz devagar.

— Vou explicar quando chegar em casa. Eu só queria te avisar caso a imprensa fique sabendo. Além disso, seria possível você e sua mãe ficarem no meu apartamento pelo resto do fim de semana? Não sei onde essa garota está e me sentiria melhor sabendo que vocês estão seguras.

— Sim, quer dizer, a gente ia para a casa da Aubrey assistir ao jogo com ela e CJ.

— Assistam na minha casa. Na verdade, vocês todas podem ficar aí. O prédio tem uma segurança excelente.

— Landon, estamos em perigo? — Posso ouvir a preocupação em sua voz.

— Não, vocês não estão em perigo, mas eu me sentiria melhor sabendo que vocês estão na minha casa, longe dos fãs malucos.

— Tudo bem. Tem certeza de que não há nada com que nos preocupar?

— Certeza. Acha que eu deixaria você aí sozinha se houvesse? Só queria te prevenir. Ah, e pergunte para a sua mãe se ela pode ficar mais uns dias. Queria conversar algumas coisas com vocês duas. — Observo o olhar de Joseph quando digo isso e parece que ele está prendendo a respiração, com medo de respirar.

— Posso, sim — Caroline interrompe. — Vou ligar para o escritório e avisar que vou tirar alguns dias de férias.

— Obrigado. Vejo vocês amanhã à noite.

— Te amo, Landon.

— Também te amo, Emma.

— Ela está lá? Caroline está em Hermosa Beach? — Joseph parece meio animado e meio em pânico.

— Está. Eu a chamei para passar o fim de semana com a Emma. Odeio deixá-la quando temos jogos fora de casa.

— A equipe viaja na segunda-feira de manhã — o treinador Neil fala.

— Não importa. Vou voltar para casa para minha garota. Pode me multar, me deixar no banco, não me importo.

— Você tem uma emergência familiar — ele diz com autoridade.

— Pode dar a explicação que achar melhor. Assim que o jogo acabar, vou pegar o primeiro voo de volta para Hermosa Beach.

— Tom, oi. É o Joseph — ele fala, com o celular no ouvido. — Preciso que entre em contato com minha esposa. Lembre-a dos termos do acordo pré-nupcial e diga que vou pedir o divórcio. Ah, também diga que ela será processada se falar qualquer coisa em relação a um dos meus jogadores e as famílias deles. Obrigado, Tom. — Ele desliga e solta o ar com força. — Se eu conheço Bridgett, isso vai impedi-la e, se não — ele encolhe os ombros —, tomarei providências.

— O senhor vai voltar comigo? — pergunto a ele.

— Com certeza. — Ele faz outra ligação para fretar um avião para nós dois.

Achei que ia entrar em sua suíte e ele me diria que deu em cima de Emma, ou que sua esposa era uma lunática e achou que ele queria algo, qualquer coisa, menos o que ele de fato disse. Talvez ele seja o pai de Emma? Que loucura é essa? O mundo é pequeno. De certa forma, quero que ele seja. Quero que Emma tenha um pai e que sua mãe fique em Hermosa Beach. Sei que isso faria minha garota feliz. Além disso, ela não vai perder o que vem a seguir.

CAPÍTULO 25

Emma

É uma da manhã e Landon deve chegar a qualquer minuto. Ele ligou pouco antes da meia-noite, dizendo que o avião aterrissou e que estava vindo para cá. Mamãe e eu estamos acordadas. Ele nos pediu para esperarmos, o que é estranho, e estou me esforçando para não me preocupar. Pelo que sei, a imprensa não ficou sabendo de nenhum boato envolvendo uma negociação dele. Estive vasculhando a internet, e nada. Isso é bom, mas não posso deixar de sentir que há algo que ele não está me dizendo. Há algo que não estou sabendo.

A porta da frente se abre, e eu me levanto do sofá. Ouço sua mala cair no chão e seus passos pesados quando ele entra na sala de estar. Seus olhos estão fixos nos meus, enquanto ele caminha em minha direção. Quando me alcança, ele me esmaga em seu abraço e enterra o rosto no meu pescoço.

— Meu Deus — minha mãe deixa escapar, e sua reação faz com que eu me afaste.

Joseph Stamper, o dono da equipe, está na sala de estar de Landon. Ele olha para minha mãe como se ela fosse um copo de água fresca depois de ficar preso no deserto.

— Caroline — ele diz, em um tom nostálgico.

— Não acredito que é você. Depois de todos esses anos. — Uma lágrima rola em seu rosto quando ela se levanta e dá um passo hesitante em direção a ele. — No jantar, pensei que talvez estivesse tendo alucinações. Você agiu como se nunca tivesse me conhecido. Achei que tinha esquecido e que nossa semana era só uma memória perdida para você.

Landon se move para ficar atrás de mim; seus braços me mantêm perto de seu peito.

— Só observe — ele sussurra.

— Você está mais bonita hoje do que anos atrás — Joseph diz. — Fiquei chocado ao te ver e não queria fazer uma cena, mas me lembro de você, minha Caroline. Me lembro de tudo sobre você.

Ela fica corada. Minha mãe fica corada!

— Você me encontrou — ela fala, olhando por cima do ombro para nós, como se tivesse lembrado que estamos na sala com eles. Há algo em seus olhos. Ela está preocupada? Ela se vira para encará-lo antes que eu possa entender.

— Encontrei. Eu deveria ter me esforçado para te encontrar anos atrás.

— Uau — ela murmura.

Vejo como seus ombros ficam rígidos, e ela olha para mim.

— Mãe?

— Estou bem — ela despista.

— Acho que vocês dois deveriam conversar — Landon diz.

Os olhos de Joseph se voltam para onde estamos, depois vão para minha mãe.

— É minha? — ele pergunta a ela.

Um soluço se solta de seu peito, e ela concorda. Tento me soltar de Landon, mas ele não deixa.

— Continue vendo, linda — ele sussurra com a voz suave.

— Você foi embora — Joseph diz, com a voz sombria.

— Eu não queria dizer adeus.

— Nunca planejei dizer adeus — ele responde, dando um passo em direção a ela.

— Não?

— Nunca. Eu te queria por quanto tempo você me quisesse. — Ele dá mais um passo e depois outro, até que fiquem frente a frente. Sua mão treme ao tocar o rosto dela e segurá-lo. — Eu te amei, Caroline. Ainda amo.

Mamãe está chorando, nem mesmo tenta esconder as lágrimas. Ele a puxa para seu peito e a segura, enquanto ela chora. Não posso fazer nada a não ser ficar ali e observar como tudo acontece. É como se estivéssemos assistindo a uma peça bem ensaiada.

— Mãe? — pergunto, quando seus soluços diminuem.

Ela levanta a cabeça e sorri, então olha para Joseph, que concorda.

— Emma, é melhor você se sentar.

Landon aceita o aviso e, segurando minha mão, se senta no sofá, me puxando para seu colo. Mamãe e Joseph também se sentam no sofá à nossa frente, com as mãos entrelaçadas com firmeza.

— Férias de primavera, meu último ano de faculdade — mamãe começa. Ela me conta como ela e Joseph se conheceram, como passaram uma semana mágica juntos e como ela fugiu do quarto dele ao amanhecer, deixando apenas um bilhete. — Eu não sabia o sobrenome dele, e ele não sabia o meu. Não tínhamos como encontrar um ao outro.

— É por isso que eu não estava lá — Joseph interrompe.

— Não entendo. Por isso você não estava onde?

Mamãe respira fundo.

— Emma, Joseph é seu pai.

Minha respiração para no peito.

— O q-quê? — Acho que não a ouvi direito.

— Eu não sabia sobre você, Emma. Não sabia como entrar em contato com sua mãe. Quando te conheci, vi que você se parecia muito com ela, e decidi que já era hora de encontrá-la. Achei que ela estaria casada, e eu disse a mim mesmo que, se ela estivesse feliz, eu recuaria, mas ela está aqui e não é casada, e agora tem você. Nunca poderia ter imaginado que a encontraria e também à minha filha.

Ela mentiu para mim.

— Você me disse que ele nos deixou. Você mentiu.

— Disse mesmo e peço desculpas. Querida, eu não sabia como explicar de uma maneira que você entendesse quando era mais nova. Não sabia como te dizer que conheci um homem e me apaixonei em uma semana e que, desse amor, você nasceu. Você era muito nova, e eu precisava que entendesse.

— Por que não me contou quando fiquei mais velha?

— Nunca pensei que estaríamos aqui. Nunca pensei que o veria de novo. Quando você tinha idade suficiente para entender, não achei que isso importasse mais. Ele não fazia parte da nossa vida, e eu não conseguia pensar em uma situação em que ele voltaria.

— Você é casado — falo para Joseph, e ele confirma com a cabeça.

— É aí que eu entro — Landon explica. Ele me conta sobre as ameaças e como Bridgett encontrou o arquivo sobre minha mãe e, desse jeito, sobre mim.

— Meu Deus. Não acredito que isso está acontecendo. — Tudo que pensei que sabia sobre minha vida está errado. Como ela pode ter mentido para mim todos esses anos? — Você deveria ter me contado, vocês dois. — Eu me solto do abraço de Landon e me levanto. — Deveriam ter tido respeito suficiente por mim para me dizer a verdade.

— Eu queria contar. Só queria descobrir o que estava acontecendo primeiro. Você teve um dia tão ruim no trabalho com Buckwheat, e eu não queria piorar as coisas sem ter certeza de qual era o jogo dela. Depois de falar com Joseph, liguei para te prevenir, caso ela cumprisse as ameaças. Felizmente, a equipe de advogados dele foi capaz de impedi-la.

— E de entregar para ela os papéis do divórcio — Joseph acrescenta.

— Há muito o que conversar. Já é tarde. Por que não dorme um pouco e a gente volta a falar sobre isso de manhã? — Landon sugere.

— E-Eu não posso ficar aqui.

— Emma. — Landon estende a mão para mim. — Por favor, vamos apenas descansar um pouco.

— Tudo bem. — Marcho pelo corredor sem voltar a olhar para algum deles. Vou para debaixo das cobertas e me sento do meu lado da cama. Fecho os olhos com força, tentando bloquear tudo. Não funciona, porque ouço Landon entrar no quarto, fechando a porta e se deitando na cama. Não resisto quando ele se aconchega ao meu lado, me envolvendo em seus braços.

— Desculpe, Emma. Nunca quis te magoar. Pelo contrário. Eu não queria te perder. Não sabia o que estava acontecendo ou por que ela queria você fora da minha vida. Eu precisava saber para poder te contar os fatos. Você é minha vida, Emma. Se não acredita em mais nada, acredite pelo menos nisso.

Não respondo, e lágrimas silenciosas rolam pelo meu rosto. Eu o amo e sinto seu amor por mim, mas prometemos ser sempre abertos e honestos. Porém, ele me ligou e disse que algo estava acontecendo. Acho que posso entendê-lo por não querer me dizer nada por telefone, mas se ele tivesse me contado antes de partir, isso não teria sido um problema.

— A gente deveria ser um time.

— E somos. Eu ia desistir, Emma. Eu ia abandonar minha carreira se a negociação fosse real. De jeito nenhum eu ia te deixar.

— Isso é loucura.

— Sei o quanto ama seu trabalho no abrigo e nunca pediria que o deixasse.

— Você está se ouvindo? Você é um jogador de futebol americano profissional com um contrato multimilionário. Não pode simplesmente largar tudo.

— Posso, sim. O que não posso é me afastar de você. Nunca vou me afastar de você, Emma.

Penso sobre o que ele está dizendo e deixo o significado ser absorvido. Ele estava disposto a desistir da sua carreira por mim. Posso estar chateada com ele por não ter me contado desde o início, mas não tenho dúvidas de que ele tinha a melhor das intenções. Devagar, eu me viro para encará-lo. Ele imediatamente me abraça com força e dá um beijo carinhoso na minha testa.

— Eu teria ido com você — sussurro na escuridão. — Eu te seguiria para qualquer lugar, Landon Barker.

— Emma — ele diz, sua voz falhando. — Eu nunca pediria que você fizesse isso.

— Não teria que pedir. Relacionamentos são para dar e receber. Verdade, eu amo meu trabalho no abrigo e sentiria falta de Aubrey, Chance e CJ, mas sentiria ainda mais falta do meu coração.

— Desculpe. Eu deveria ter contado assim que aconteceu. Aprendi a lição, prometo.

— Com sorte, nada disso vai acontecer de novo.

— Se acontecer, estamos juntos — ele me garante.

— Juntos — repito.

Conversamos por horas durante a manhã. Ele me ajuda a enxergar a perspectiva da mamãe e, embora eu esteja magoada, entendo suas razões. Não consigo me imaginar dizendo à minha filha jovem e impressionável que conheci um homem, dormi com ele na primeira semana, me apaixonei e nem sabia seu sobrenome. Entendo. Ainda acho que ela deveria ter me contado quando eu tinha idade suficiente para entender, mas como Landon diz, não me diz respeito. Não de verdade. Isso não muda o fato de que Joseph não sabia sobre mim. Só podemos olhar para o futuro, deixando o passado onde ele está e nos concentrar no que ainda está por vir.

Na manhã seguinte, Landon e eu encontramos mamãe e Joseph na sala de estar, bebendo café e comendo bagels.

— Bom dia — cumprimento, me sentando no sofá.

— Saímos para comprar bagels — mamãe diz. — Estão na cozinha.

— Eu pego. — Landon se inclina, beija minha testa e desaparece na cozinha.

— Vocês ficaram acordados a noite toda? — pergunto.

— Ficamos. — Mamãe sorri para Joseph, e seu rosto se ilumina. Nunca vi esse brilho nela antes. Não desse jeito.

Landon volta, me oferecendo uma xícara de café, mas sem nenhum bagel à vista. Amo como ele me conhece bem. Não vou conseguir comer até falar com minha mãe.

— Obrigada — digo. Ele acena com a cabeça e se senta ao meu lado.

— Desculpe — mamãe começa. — Eu deveria ter contado quando você ficou mais velha, mas não sabia como. Doeu muito pensar que nunca mais o veria.

— É por isso que você nunca namorou?

— Eu namorei — ela rebate.

— Mais ou menos, mas nunca ninguém sério. Nunca ninguém que você chegou a me apresentar. Sempre fomos apenas nós duas.

— Eu teria estado lá — a voz grave de Joseph promete, cheia de convicção. — Se soubesse onde ela estava, eu também estaria lá.

— Por que você não a procurou antes?

— Não sei. Por medo do que eu poderia encontrar, acho.

— Então, por que agora?

— Porque vi você. Você é a cara de sua mãe e isso a fez real de novo. Todos esses anos, aquela semana esteve na minha mente, quase como um sonho, mas ver você... trouxe tudo isso de volta à realidade. E eu queria mais dessa realidade. Eu sabia que, se a encontrasse, e ela estivesse feliz, eu iria embora. Sabia que meu coração iria se partir de novo e, mesmo assim, fui atrás. Estava cansado de viver com o que poderia ter sido. Precisava saber. Nunca poderia ter imaginado que encontraria você e ela. Minha f-filha — ele diz, engasgando.

Landon coloca a mão na minha coxa, me dando a coragem de que preciso.

— Eu entendo. Entendo, mas vou precisar de um tempo. Não tenho essa... conexão que vocês dois têm. Você é um estranho para mim — falo, olhando para Joseph.

— Quero te conhecer, Emma. Quero fazer parte da sua vida. Leve o tempo que precisar. Quando estiver pronta, eu gostaria de incluir meu nome na sua certidão de nascimento. Sei que é adulta, mas é importante para mim.

— Não vou mudar meu nome. — Não sei por que digo isso. Não foi o que ele me pediu. Acho que só precisava colocar para fora. Quem sabe, talvez um dia eu mude de ideia.

— Não para Stamper — Landon fala. Ele coloca seu café na mesa e se ajoelha na minha frente. Pega meu café e também o coloca na mesa, antes de segurar minhas mãos. — Não foi assim que planejei fazer isso e não tenho um anel.

Ele sorri, exibindo suas covinhas. Fico olhando para ele, meu amor. Minha respiração está presa no peito quando percebo o que está para acontecer.

— Quando pensei que poderia te perder, senti como se meu mundo estivesse girando fora de controle. Não quero mais passar por isso. Quero saber que sempre voltarei para casa, para você. Que é você quem vai dormir ao meu lado e que terá meu sobrenome. Emma Deaton, sardentinha... — Ele sorri. — Você me daria a honra incrível de me fazer o homem mais feliz do mundo e ser minha esposa? Quer se casar comigo?

Lágrimas escorrem pelo meu rosto e a emoção fecha minha garganta. Concordo com a cabeça, e ele ri.

— Preciso das suas palavras, linda.

— S-Sim — consigo murmurar.

Ele solta um grito de emoção e me levanta nos braços. Seus lábios pressionam os meus e, de repente, tudo está certo no meu mundo. Sei que com sua carreira vai ser difícil, mas temos um ótimo sistema de apoio e, acima de tudo, temos amor. Landon Barker é tudo o que eu nunca soube que queria e tudo de que preciso. Ele é o amor da minha vida.

— Eu te amo — declaro, enquanto ele me põe de pé.

— Eu também te amo.

— Parabéns. — Mamãe vem até nós e nos envolve em um abraço gigante. — Estou tão feliz por vocês dois — ela diz, enxugando as lágrimas.

— Landon — Joseph chama ao nosso lado. Vai levar algum tempo para eu chamá-lo de pai. Tenho certeza de que esse dia chegará, mas, no momento, chamá-lo pelo primeiro nome é o melhor que posso fazer. — Cuide dela.

— Sempre — Landon responde.

— Você já sabe que é um cretino de sorte, né? — Joseph pergunta a ele.

— Eu poderia dizer o mesmo de você.

— Pois é. — Joseph puxa minha mãe para o seu lado e beija o topo de sua cabeça. — Cretino de sorte mesmo.

EPÍLOGO
Landon

Este é meu primeiro chá de bebê, mas com certeza não será o último. Luna e Trent receberam inúmeros presentes de familiares e amigos hoje. Agora, Luna, Aubrey e Emma estão sentadas no sofá, comendo bolo, conversando e rindo. O anel de diamante de três quilates que Emma e eu escolhemos juntos brilha cada vez que ela mexe a mão. Não é o que eu teria escolhido. Eu estava olhando um de seis quilates, mas ela me impediu. Mas entendo. Não é prático quando ela está trabalhando, mas só quero o melhor para ela. E também funciona como um sinalizador. Assim, todos os solteiros que tentarem dar em cima dela vão se tocar mais rápido. Pelo menos, espero que eles se liguem.

— Você vai ser o próximo? — Trent pergunta, me entregando uma garrafa de água. Tentamos moderar no álcool durante a temporada.

— Espero que sim.

— Sério? Essa não era a resposta que eu esperava.

— Não?

— De jeito nenhum, mas posso te dizer que é uma emoção do caralho, cara, saber que meu bebê está crescendo dentro dela. E é ainda melhor ver seu corpo crescer e mudar e sentir o bebê chutar. Estou te dizendo, é outro nível. — Ele toma um gole de água. — Ainda me lembro do dia em que ela me contou. Eu estava morrendo de medo. Mas assim que ouvi os batimentos cardíacos do bebê pela primeira vez, eu soube que ficaríamos bem. Como você ama alguém que nunca conheceu? É louco pra caralho, mas é uma experiência que mal posso esperar para ter de novo.

— Acho que vamos para algum lugar tropical quando a temporada acabar e nos casar. Até lá, espero já ter convencido Emma a tentar.

Ele acena em direção à sala de estar. Sigo seu olhar e Emma está com a mão na barriga de Luna, um sorriso em seu rosto que ilumina minha vida.

— Não pense que vai ser preciso muito para convencer. — Ele se afasta, e vejo quando se inclina para beijar a barriga de Luna e depois dá um beijo carinhoso nos seus lábios.

A vida está finalmente começando a se acalmar após o rebuliço da imprensa. Assim que o divórcio de Joseph veio a público, os abutres não demoraram muito para descobrir que Emma, minha noiva, era sua filha. Bridgett não teve argumentos contra o divórcio. Os termos do acordo pré-nupcial eram claros. Caso Joseph decidisse terminar o casamento, ela iria embora com muito mais dinheiro do que merecia. Ela bancou a vítima para a imprensa, mas eles ignoraram sua atuação para chamar atenção. Surpreendentemente, a maioria decidiu relatar sobre o amor há muito perdido do proprietário do time Hermosa Beach Trojans. Todo mundo adora uma boa história de amor. E o fato de Bridgett não ser uma pessoa legal também ajuda. Ela mostrou sua maldade para muitas pessoas ao longo dos anos e nem mesmo a imprensa se interessa por ela. Acho que chamam isso de carma.

Há uma coisa boa que resultou de toda a atenção da imprensa. Bem, duas coisas, na verdade. A primeira foi que Caroline se mudou para Hermosa Beach. Joseph insistiu em arranjar um lugar para ela no meu prédio, então somos vizinhos, por enquanto. Não vejo isso durando muito. Na realidade, se fosse como ele queria, ela teria se mudado já para a casa dele — sua nova casa. Mas minha futura sogra está inflexível sobre morar com um homem casado. Nesse aspecto do relacionamento, ela o está mantendo a distância. Além de um leve beijinho nos lábios e andar de mãos dadas de vez em quando, eles estão juntos em segredo até que os papéis estejam assinados. Ele tem contatos e cobrou alguns favores. O divórcio deve ser finalizado na próxima semana.

E a segunda coisa? Emma foi morar comigo. Foi uma decisão fácil quando ela voltou do trabalho e encontrou repórteres acampados no seu gramado. Meu prédio é protegido, e ela está mais segura lá. Além disso, ela fica comigo a maior parte do tempo, de qualquer maneira. Temos um agendamento na próxima semana com uma corretora de imóveis para colocar sua casa à venda e começar a procurar uma casa para nós. Precisamos de um lugar maior para nossa família crescer. Espero que cresça o mais rápido possível. Enquanto isso, até eu a convencer, concordamos em trazer um dos cães do abrigo para casa. Nada é mais sinônimo de compromisso do que comprar uma casa e ter um cachorro juntos. Bem, a menos que você considere o anel no dedo dela.

Se você tivesse me dito naquele dia de treino quando conheci Emma que estaríamos aqui, eu teria morrido de rir. Nunca poderia imaginar que estaríamos noivos e planejando nossa vida juntos. Nunca sonhei que estaria em um chá de bebê e me perguntando quanto tempo levaria para convencer minha futura esposa de que este é o nosso próximo passo: começar uma família.

Emma me pega a observando e acena para mim. Sorrio para ela e vou em sua direção. Ela já passou por coisa demais nas últimas semanas, mas lidou com tudo muito bem. O coração da minha garota é enorme, e ela já está mais receptiva ao pai. Ainda vai levar um tempo, mas não tenho dúvida de que ele vai se assegurar de que faz parte da vida dela. Vejo quando ele olha para ela ou sua mãe. Ele ama as duas. Dizem que você não conhece o amor até conhecer o de seu filho. Se isso é verdade ou não, não tenho certeza, mas conheço o amor de uma boa mulher, e isso é algo que vou estimar pelo resto da vida.

EPÍLOGO
Emma

Landon nunca tira os olhos de mim. Não importa onde ele esteja, posso erguer o olhar e encontrá-lo me observando. Sorrio para ele e isso é tudo o que ele precisa para se juntar a nós. Me levanto para cumprimentá-lo, dizendo a Trent para tomar meu lugar ao lado de Luna.

— Ei — digo quando ele chega perto.

Ele se inclina para me dar um beijo.

— Oi, sardentinha. — Ele acena em direção a Luna. — Você está pronta para um daqueles?

— Você está? — retruco. Estou pronta. Tudo o que quero é começar nossa vida juntos. Isso inclui ter filhos.

— Sim.

— Jura? — Fico surpresa com sua resposta.

— Podemos começar hoje à noite.

— Vamos com calma, número 18. Acho que você está antecipando o passe.

Ele joga a cabeça para trás e ri.

— Amo que você entende de futebol. Já te disse isso?

— Já. — Eu rio. — Mas vamos ter que esperar um pouco.

— Por quê? — ele pergunta. Seu olhar é suave ao me observar.

— Bem, acabei de perceber que vou me casar com um Trojan. Acho que preciso tirar algum tempo e refletir sobre esse acordo. — Ergo a mão e mexo os dedos, mostrando o anel de noivado. — Preciso pelo menos deixar AJ ter... — Ele me interrompe com um beijo.

— Minha, Emma. Você é minha. Você é uma Trojan. Nossos bebês serão Trojans.

— Ainda posso torcer para os Mavs, não é? Tipo, uma competição boa e saudável.

— Contanto que você tenha meu sobrenome e esteja vestindo minha camisa, até posso conceder alguma torcida para o time adversário. Mas não quando jogarmos contra eles.

— Combinado. — Eu me estico para beijar o canto de sua boca. — Não acha que a gente deve se casar primeiro? — pergunto, voltando à conversa original.

— Isso vai acontecer. Mas não há nenhuma lei que diga que precisamos esperar até lá. Porra, a gente pode se casar hoje à noite. Vou fretar um avião. Podemos ir para Las Vegas, Fiji ou para onde você quiser.

— Você faria isso?

— Eu faria qualquer coisa para você ser minha esposa, Emma.

— Em meados de fevereiro. Com sua mãe e seu pai, minha mãe e Joseph. Uma cerimônia pequena. É só daqui a alguns meses.

— Feito. Vou fazer acontecer.

— Fácil assim?

— Fácil assim. Parece que você vai mudar seu nome, afinal.

— Não sei. Landon Deaton soa bem.

— Não soa tão bem quanto Emma Barker.

— Humm. — Deslizo os braços ao redor de seu pescoço, unindo as mãos. — Soa melhor mesmo. — Estou nas nuvens. Landon é o homem dos meus sonhos, e eu nunca poderia imaginar que estaríamos aqui neste momento. O que começou como uma caça, se tornou algo para sempre.

— Falando em anel, o seu está brilhando. — Ele sorri.

— Meu noivo insistiu. É detestável.

— Mas você ama.

— Amo. Amo ele também. Embora eu não tenha certeza se ele sabe a sorte que tem.

— Você acha que não? Ele beija essas sardinhas? — ele pergunta, beijando o alto do meu nariz.

— Todos os dias.

— Ele te segura nos braços todas as noites?

— Sempre.

— Ele te diz como você é bonita?

— Toda hora.

— Pode acreditar, ele sabe que tem sorte.

— Você acha mesmo? Você acha que ele ainda se sentiria assim se eu dissesse que ele será papai?

Ele congela, seu corpo rígido.

— O que você disse?

Assinto, incapaz de falar, com lágrimas nos olhos.

— Vamos ter um bebê? — ele pergunta com reverência.

— S-sim — gaguejo.

— Emma — ele solta, e meus pés deixam o chão quando ele me levanta, segurando meu corpo perto do dele, seu rosto enterrado no meu pescoço. Não sei quanto tempo ficamos assim, mas, algum tempo depois, quando me coloca no chão, seus olhos azuis número treze estão marejados. — Não posso acreditar que estamos aqui agora, que finalmente tenho tudo o que sempre quis nos meus braços.

— Surpresa boa?

— Surpresa boa pra caramba. Você está certa, Emma. Eu sou um cretino de sorte.

AGRADECIMENTOS

Vi Keeland e Penelope Ward,

Garotas, obrigada por me permitirem escrever em seu universo. Sua série Cocky Hero sempre foi uma das minhas favoritas entre seus trabalhos juntas. *Cretino de sorte* foi uma história divertida de escrever. Gostei de combinar seus personagens com os meus. Foi uma honra trabalhar com vocês neste projeto.

Aos meus leitores,

Obrigada por reservarem um tempo para ler *Cretino de sorte*. Se você é novo no universo de Vi e Penelope, por favor, corra para ler o trabalho delas, independente e em conjunto. Prometo que você não vai se decepcionar.

À minha família,

Amo vocês. Vocês me amparam e me dão forças todos os dias. Não consigo imaginar minha vida sem vocês como meu sistema de apoio. Obrigada por acreditarem em mim e por estarem presentes para comemorarem meu sucesso.

Wander Aguiar,

Essa imagem... Eu me apaixonei por ela e sabia que Pat tinha que ser meu Landon. Obrigada por outra imagem digna de capa.

Pat Tanski,

Obrigada por fazer o que você faz e ser a cara do cretino de sorte.

Sommer Stein,

Você sempre me impressiona com seu talento. Obrigada por outra capa incrível.

Minha equipe beta,

Jamie, Stacy e Lauren, eu estaria perdida sem vocês. Vocês leem minhas palavras tanto quanto eu e não posso dizer o quanto suas opiniões e todo o tempo que dedicam significam para mim. Foram incontáveis mensagens e trocas de ideias. Vocês, garotas, me mantêm sã com os personagens quando não consigo. Obrigada, do fundo do meu coração, por embarcarem nesta viagem louca comigo.

Give me Books,

A cada lançamento, sua equipe trabalha diligentemente para colocar meu livro nas mãos dos blogueiros. Não posso dizer o quanto sou grata por seus serviços.

Tempting Illustrations,

Obrigada por tudo. Eu estaria perdida sem vocês.

Virginia Tesi Carey e Julie Deaton,

Obrigada, garotas, por darem a este livro um novo olhar final. Seus serviços são inestimáveis.

Becky Johnson,

Eu não poderia fazer isso sem você. Obrigada por me dar um empurrãozinho e me fazer trabalhar para isso.

Blogueiros,

Agradecer não parece suficiente. Vocês não são pagos para fazer o que fazem. O que os motiva é a bondade dos seus corações e seu amor pela leitura. Sem vocês, sem suas páginas, sua voz, suas críticas, a divulgação seria muito mais difícil, talvez até impossível colocar minhas palavras nas mãos dos leitores. Não dá para dizer o quanto o seu apoio sem fim significa para mim. Obrigada por serem vocês, obrigada por tudo o que fazem.

Para minha equipe Kick Ass Crew,

O nome do grupo fala por si só. Vocês são mesmo incríveis! Tenho a honra de ter vocês comigo nesta jornada. Obrigada por lerem, compartilharem, comentarem, sugerirem, pelos teasers, mensagens, tudo. Obrigada, do fundo do meu coração, por tudo o que vocês fazem. Seu apoio é tudo!

Com amor,
Kaylee Ryan